さまよう刃

彷徨之刃

〔日〕东野圭吾 著　刘珮瑄 译

南海出版公司

新经典文化股份有限公司
www.readinglife.com
出　品

1

直挺挺的枪杆散发出的黯淡光泽，让长峰一阵揪心。他回想起以前那段迷上射击的日子。手指扣下扳机那一瞬间的紧张、射击时的后坐力，以及射中靶心时的快感，都鲜明地烙印在脑海里。

长峰正在看枪支目录上的图片。他以前买过枪的某家店每隔几年就会寄来新的商品目录。图片下方写着“枪身半抛光处理，附有意大利制枪套”。他瞄一眼价格，叹了口气。九十五万日元实在不是随随便便就能丢出手的金额，而且他早已放弃射击了。他罹患了干眼症，无法参加比赛。之所以会得这种病，是因为看电脑屏幕的时间过长——他已在半导体公司从事集成电路设计工作多年。

他将目录合上，摘下眼镜。干眼症痊愈之后，他又开始老花眼，现在阅读较小的文字都必须戴上老花镜。每次寻找眼镜时，女儿绘摩就嘲笑他是“老头子”。

老花眼还是可以应付射击的，但长峰已不想过度用眼了。一看到枪的图片，他就会技痒，但也可以说只是心中那份怀念苏醒了而已。过去视若珍宝的枪，这一年来他却连保养都没有做过，现在已变成电视柜上的装饰品了。

墙上的钟显示时间已过了七点。他拿着遥控器，正想打开电视时，听见了窗外的喧闹声。

长峰从沙发上站起身，拉开面向庭院的落地窗帘。树丛外有几个人影，可能是一家人。

他立刻明白那是他们的笑声。远处的天空中有烟火，当地正在举行烟火大会。和都市不同，这一带很少有高楼大厦，尽管距离很远，从长峰家中还是看得一清二楚。

长峰觉得既然在家里就看得到烟火，又何必大老远跑到人群中凑热闹。但他也明白，绘摩那种年纪的女孩子应该无法认同他的想法。她们的目的并不是看烟火，而是和同伴嬉闹，而且必须在热闹的地方。现在绘摩应该正拿着烤玉米或冰激凌，用只有她们才懂的语言，兴高采烈地谈论着只有她们才懂的话题。

绘摩今年已升入高中。在长峰眼里，她和一般的少女没两样，个性开朗活泼。在她十岁的时候，母亲过世，她还因悲伤而高烧不退，但又重新振作起来，这让长峰心中充满了感激。现在她还会开玩笑说："爸爸，如果你碰到好的对象，可以再婚哟。"当然，长峰觉得这并非真心话。他能预想到如果他真的提出再婚，绘摩会强烈地抵触。但不管怎样，绘摩似乎已经从丧母之痛中走出来了。

女儿现在正和同学们一起看烟火。为此，长峰特地为她买了夏季和服。她不会穿，还说要请同学的妈妈帮忙。长峰想看女儿穿夏季和服的模样，嘱咐道："要拍张照片回来。"但他非常怀疑绘摩是否会记得。她只要一玩疯，就会把其他的事忘得一干二净。她的手机有拍照功能，但长峰可以预料她拍的一定都是朋友的照片。

从女儿上小学开始，长峰就让她带着手机上学，并嘱咐一旦发生什么事就给他打电话。对于没有母亲的绘摩而言，手机成了唯一的防护，长峰也可以放心地出门工作。

听说烟火大会九点结束。他告诉绘摩一结束就立刻回家，如果稍晚一点儿回来，也要记得打个电话。从长峰家到最近的车站步行大约需十分钟。附近虽是住宅区，但一到深夜，路上便杳无人迹，路灯也只有几盏。

长峰看了看时钟的指针，露出苦笑。现在绘摩一定又把老爸的话抛诸脑后了。

一辆旧款日产荣光行驶在双向均只有一条车道的狭窄县道上。在路灯很少、视野又不佳的弯道上，凸出的电线杆显得很碍眼。

坐在副驾驶座上的敦也咂了咂舌。“这是什么鬼地方！不要说女人，连个人影都没有。一直在这里打转有什么用？快换个地方！”

“那去哪里？”中井诚单手操控着方向盘，问道。

“哪里都行，只要是有人的地方。在这种鸟不拉屎的乡间小路上干吗啊！”

“话是这么说，可今天晚上有烟火大会，走一般的路会堵死。不然我们干吗来这里！”

“掉头！”坐在后座的快儿踹着驾驶座，“现在烟火大会应该结束了，女孩们也差不多要回家了。”

“所以我才说如果回去，会堵在路上啊。”

“谁要你回去了，笨蛋！刚才不是经过一个车站吗？我们就在离那里稍远的地方埋伏，等待猎物经过。”

“会有人经过吗？”

“那个车站小归小，下车的人还是挺多的。其中应该会有住得比较远、必须一个人走路回家的女生。”

"会有吗？"

"少啰嗦！快掉头，不然猎物就跑了。"快儿又踹了一脚驾驶座。诚满腔怒火，但还是默默转动方向盘，因为他吵不过快儿，敦也应该也会站在快儿那一边。

他随即意识到，这两个家伙好像是玩真的，他们真的打算袭击女人。

快儿身上带着两种药，一种是氯仿。诚不知他是从哪里弄来的，但他自称曾用这玩意儿强暴过好几个女孩。听说只要让对方昏倒，就可以为所欲为。只不过这样很难插入女孩体内，所以要先准备润滑液。他得逞之后，好像直接将被害人弃置在现场，自行逃逸。诚觉得快儿运气真好，至今都没人被他弄死。被害人应该到警察局报案了，但警方始终没有查到快儿头上，因此他才食髓知味。

快儿手上的另一种药被他称为"魔粉"，好像是一种兴奋剂。他说："只要用了这个，不管什么样的女人都会对你百依百顺，只希望你赶快上她。"听说他是两三天前在涩谷弄到的，好像非常想尝试。

"我们去找小妞吧。"诚接到这通电话，是在今天傍晚。快儿命令他开车去找他们。

"只要将这玩意儿涂到那里，她们就会乖得像奴隶一样，你们不觉得很过瘾吗？"快儿展示着装了药的塑料袋，双眼闪着光。

他们三人是初中同学，从那时起就干了不少坏事。相继从高中休学后，他们之间那种休戚与共的意识就更为强烈了，恐吓、盗窃已成家常便饭，还勒索过中年男人。近乎强暴的案子也做了几起，但只是将对方灌醉后侵犯。那些醉醺醺地跟着陌生男人回家的女孩也不是完全没有错，所以诚没有强烈的罪恶感。

但是给女孩下药后加以侵犯的做法呢？只因某个女孩刚好这

个时候出现，就可以对她做这种事吗？

还是算了吧——诚觉得应该这么对他俩说。但他非常清楚，自己若说出这句话，会被骂得多惨，会受到怎样的攻击。还不只如此，快儿一定会找其他兄弟来凌虐诚。曾经有个少年因顶撞快儿而遭到围殴，结果整张脸都变形了。那个少年在警察局里坚称不知那些施暴者是谁，因为他知道若报出快儿的名字，将遭到更惨的报复。

当时诚也加入了施暴的行列，因为快儿下了命令。

“不要手软，要让他知道下次绝不能再背叛我。如果打得太轻，他还会去报警。”

诚可不想遭到那样的凌虐。虽然觉得即将被侵犯的女孩很可怜，但为自保，他还是决定照快儿说的去做。

开了一段路，似乎刚欣赏完烟火的人群慢慢从马路那端走过来。电车好像进站了。

“再往前开一点儿！”快儿发出命令。

一接近车站，行人更多了。有很多年轻女人，还有成群结队的高中或初中女生。每次看到这些女孩，敦也都会发出响亮的咂嘴声。

“如果人再少一点儿就好了，这样怎么把人带走啊！而且全都三三两两地聚在一起。喂，快儿，我看还是随便找个妞搭讪更快。”

“神经病，谁要去搭讪啊。如果是能搭讪的妞，又何必特地用魔粉？”

“啊，也对。”

“我们要找那种平常很难到手的猎物，驯服这种小妞才过瘾。”

敦也闻言伸出舌头舔舐嘴唇。诚瞥一眼敦也的表情，笑了出来。如果不笑，不知会被他们怎么说。

"哎呀，就在这里等一下吧，人会慢慢变少的。诚，在附近待命。"

"好的。"诚按照吩咐将车停在可以看见车站的路边。

不知警察会不会经过，诚心想，如果警察来例行盘查，快儿应该会宣布取消今天晚上的行动吧。

快儿似乎看出了诚的心思，开口说道："今天晚上是下手的好时机，因为警察不在。"

"为什么？"诚小心翼翼地问。

"那些家伙都被调到烟火大会的会场啦。"

"哦。"敦也敲了敲仪表盘，"原来全都去那里维护秩序了，你真聪明。"

"我又不是只因为看烟火的人穿得漂亮才说要今天晚上行动的。"快儿似乎很得意，"对了，敦也，你住的地方没问题吧？"

"绝对没问题。"敦也竖起大拇指。

敦也一个人住在足立区的公寓里，房租由父母负担。父母说为了让他通过大学入学资格鉴定考试，该给他一个安静的环境念书云云，其实只是幌子，真正目的则是把这个会对家人施暴的儿子逐出家门。

"数码相机呢？"

"数码相机和摄像机都搞定了。"

"好。"快儿点燃一根烟，"现在只等猎物上门了。"

快儿强暴女孩子时，一定要用数码相机和摄像机拍下当时的情形，一来为防止事情闹大，二来也是他的个人癖好。敦也房间的架子上摆满了他们猎艳的成果。

好像又有电车进站了，人们陆陆续续从车站走出，人数似乎比刚才少。

“喂，看那个！”敦也指向前方，转过头去。

快儿探身到前座之间。

“那个穿夏季和服的？不错嘛！”他的声音像野兽的一般。

诚也立刻清楚了他们挑中的对象是哪个。那是一个十五六岁的娇小少女，身穿夏季和服，手上拎着一个小袋子。虽距离很远，仍看得出她长相清秀。诚觉得她属于快儿喜欢的类型。

少女一个人走着，身旁似乎没有同伴。

“诚，行动！”快儿发出命令。

“可是还有人啊。”诚一边发动车子一边说。

“我知道，先超过去看看她的长相。”

诚慢慢发动车子，少女似乎没有察觉。他们从她身后慢慢接近，然后超过。

看清楚少女的长相后，敦也低声赞叹：“很不错啊，真漂亮，真想上！”

“诚，停车，不要熄火，把车窗打开。”

诚依照快儿的命令而行，不时瞄着后视镜。那个少女似乎不太习惯脚上的木屐，慢慢地走近。

快儿好像正将氯仿倒到手帕上。

2

长峰的目光从播报新闻的电视移向墙壁上的时钟。他不断重复这个动作有一段时间了。时钟的指针已接近十点，长峰觉得绘摩差不多该打电话回来了。听说烟火大会是九点结束。

电视正在播报职业棒球赛的结果。获胜的是赑屃球队，但长峰根本不在乎。他站起身，伸手去拿无绳电话。那里存有绘摩的手机号码。

他不知道是否应该立刻拨打。以前绘摩和朋友去唱卡拉OK时，长峰担心她晚归而打去电话，结果她一回家便抗议。

“去卡拉OK唱两个小时是很平常的事情。我很感谢爸爸的关心，可我也不是小孩子了，多信任我一点儿嘛，不然我会被朋友笑话的。爸爸别再老担心我了。”

长峰并没有说出“你明明还是个孩子啊”这样的话。这一年来，长峰对于女儿的成长感到很困惑。他完全不知道女儿在想什么、在外面做些什么，所以也不知该如何应对。他只知道，女儿好像不太喜欢他过度的关爱。

长峰的同事中也有不少人的女儿和绘摩年纪相仿。他们也都有同样的烦恼，不明白女儿在想什么。

“哎呀，这个年纪的女孩子最麻烦了。我顶多只能逗她开心，其他的事就全交给老婆去处理了。”几乎所有人都这么说。

要是她母亲还在就好了，长峰心想。相比不知该如何责骂、必须严加管教这样的心思，不想被女儿讨厌的心情占了上风。长峰觉得自己这样很窝囊。

长峰又看了一次时钟，指针几乎没有前进。

烟火大会结束后，一大堆人要回家，路上人山人海，大概会挤得水泄不通。要坐上电车，无疑也得等上好一阵子。这样一想，长峰就觉得没什么好担心的了。

但是，距离烟火大会结束已经快一个小时了。

长峰最后还是下决心按下了通话键。或许又要听到绘摩的抱怨了，但总比一直这样发愁要好。

手机铃声忽然响起，是现在最流行的曲子。诚吓了一跳。“啊，这是什么？”

“只不过是手机，干吗吓成那样！”快儿说完便发出找东西的沙沙声。他好像打开了女孩刚才提着的那个袋子。

铃声持续响着。快儿找到了手机。

“关机。”敦也说。

“现在关掉只怕会让人起疑。不要管它，它自己会停。”

果然如快儿所说，铃声停了。快儿随即关机。

“这样就没事了，刚才应该先关掉的，太大意了。”

“进行得很顺利嘛。”敦也愉快地说，“真是个上等货色！”

快儿也带着笑意。诚听见夏季和服下摆摩擦的声音，应该是他们把手伸了进去。

穿着夏季和服的女孩在后座，被快儿和敦也夹在中间，已完全失去意识，一动也不动。

令诚感到惊讶的是，快儿和敦也的速度竟然这么快。停车，等待女孩经过，确认四下无人后，快儿一说“行动”，两人便冲到车外。敦也赶到女孩前方，忽然止步回头。女孩似乎吓了一跳，也跟着停下脚步。快儿随即从背后袭击。他用那条洒了氯仿的手帕捂住女孩的嘴。大约不到五秒钟，女孩就瘫软了。他们扶住女孩的身体，同时向诚望去。这是叫他快点儿把车开过去。诚驾车来到旁边，他们便架着女孩坐进后座。看那熟练的手法，可以想见同样的事他们已做过多次了。

“如果还没到她就醒了，怎么办？”诚问道。

“暂时还不会醒。”快儿回答。

“如果醒了，再给她闻氯仿不就好了。”

“不能一直闻，弄不好会出人命的。”

“真的假的？”

“我好像听人说过，弄昏人的时候是有诀窍的。吸入不够会醒过来，吸入过多会再也醒不过来，很难拿捏。”

“快儿你太强了，应该是全日本最会用氯仿的人了。”

听到敦也的奉承，快儿低声笑了笑。“不是只捂着嘴就行，还要稍微压一下胸部，这样对方就会觉得呼吸困难，然后用力吸一口气，这时氯仿也会被吸进去，人就会立刻昏倒。哎呀，说起来很简单啦。”

“太了不起了，都靠你了。”

“刚才的配合实在太完美了。”

弄到了一个超乎预期的美少女，两人显得非常兴奋。等把她带到敦也的住处之后，借助药物的力量，他们应该会更疯狂。诚自然也非加入不可。

车子越过河川，进入足立区，不久就来到敦也的公寓前。女孩仍然没醒。

确认四下无人后，三人将女孩抬进敦也的住处。敦也住在一楼，他将手指伸进门上的信箱，拿出钥匙。信箱内侧粘着一个小袋子，他平常都把钥匙藏在这里，以便让朋友——其实就是快儿——自由进出。诚从未擅自使用过敦也的住处。

他们刚将女孩抬进房间，诚的手机便响了。他一看来电显示是父亲，便按下通话键。“干吗？”

“诚，你在哪里？”

“朋友家。”

“车呢？”

“停在旁边。”

“你现在马上回来，我要用车。”

“什么？现在啊？”诚说着，心里庆幸自己得救了。

“就是现在。你也没告诉我今天晚上要把车开出去。”

“我知道了。”诚挂断电话，做出扫兴的表情看着快儿他们，“真倒霉，我爸打来的，要我把车还他。”

那辆荣光是诚父亲的，但不常开，所以最近诚常常擅自驾车到处跑。他两个月前才考了驾照。

“搞什么！不要理他！”敦也皱着眉头说。

“不行！如果把他惹火了，他会把车卖掉的。”

“那种老爷车哪里卖得掉啊。”

“如果真卖不掉，就只能等着报废吧。车检的时间也快到了。”

敦也咂了咂嘴。“浑蛋！没有人摄像有什么意思啊！”

看来他们好像打算让诚拍下强暴女孩时的情形。

"没办法，我要回去了，不好意思。"诚对快儿说，然后打开门。

"等一下！"快儿叫道。诚刚回过头，发现快儿的脸已凑到他眼前。"你可以回去，但这件事不准泄露半句。"

"我知道啦。"

"话说在前头，你也是共犯，不管你做没做都一样。"

诚咽下一口口水，点了点头。他背脊发冷。

快儿已察觉诚从一开始就不想参与这场游戏，也看穿诚想趁着父亲来电逃跑的念头。

"那好吧，你可以回去了，我们俩要享受了。"

"拜拜。"敦也的声音从快儿背后传来，带着轻蔑。

诚什么都没说就走出了房间。

他坐上车，发现有个东西在后座闪闪发光，便伸手拿起。是那女孩的手机。

长峰伸手去拿烟，却发现烟盒已经空了，就用双手捏扁。桌上的烟灰缸里已堆满烟蒂。他看了一眼墙上的时钟，搔了搔头。额头上沁出的汗水流到了鬓角，但他丝毫不觉得热，甚至还起了鸡皮疙瘩。不祥的预感几乎令他崩溃。

电话响了。长峰像是弹起来似的站起身，拿起无绳电话。但看见来电显示，他失望了。那不是绘摩的手机号码。"喂，这里是长峰家。"

"啊，那个……我是金井。"传来一个年轻女孩的声音。

长峰认得这个声音，因为他刚在电话里听过。金井美和是今晚和绘摩一起去看烟火的同伴之一。长峰牵挂迟迟未归的绘摩，便打电话到美和家询问。

美和说她和绘摩是在电车上分手的。离她家最近的车站是长峰家的前一站，当时她和其他朋友都已分开，同伴只剩下绘摩一人。

如果是坐那班电车，绘摩应该已抵达车站。之后她到底去了哪里呢？时间已经过了十二点。

“我试着联系了所有今天一起去看烟火的人，但是没有人知道绘摩的行踪。大家分开之后，也没有人接到绘摩的短信或电话。”美和用难过的声音告诉长峰。

“是吗？我知道了，谢谢你。”

“我等会儿再打电话给没去看烟火的同学，还有班上和绘摩比较要好的同学，或许可以打听到什么消息。”

“那真是帮我大忙了。没关系吗？都这么晚了。”

“如果不做些什么，我实在放不下心，非常担心绘摩。只要一想到绘摩碰到了什么……”美和的声音哽咽了。

“谢谢，如果有任何消息，请再跟我联络，我是不会睡的。”

“好，我一定会通知您。”说完，她挂断了电话。

不只金井美和，绘摩的那些朋友现在一定都在打听消息，然而长峰心中其实对她们怀着些许恨意——要是她们不邀绘摩去看烟火就没事了。他心里明白这是毫无道理的迁怒，但无法不这样想。

坐回沙发时，玄关的门铃响了。长峰拿起对讲机。“哪位？”

“警察。”对讲机里传来了低沉的声音。

问过金井美和后，长峰便打了电话到当地的派出所，那大约是四十分钟前的事。他们终于赶过来了。

来的是两个穿制服的警察。长峰请他们到客厅，说明事情的经过。

“来这里之前，我已经四处打听过了，但目前并没有接到关于您描述的女孩被收容的消息。烟火大会现场及周边也没发生什么特殊情况。”年长的警察说。

“我女儿很可能已经回到车站了，就算发生了什么事，也应该是在车站四周。”

“这个可能性很大。我们待会儿就去车站附近调查一下。”

警察的回答让长峰很不耐烦。“难道不能展开规模更大的搜索吗？”

警察露出很为难的表情。“我理解长峰先生您的心情，但考虑到万一是特殊情况，就不能大张旗鼓。”

“特殊情况？”

“也就是说，”警察舔了舔嘴唇，“如果令爱是遭人绑架，就不能刺激歹徒。歹徒如果知道警察已展开大规模搜索，可能会终止计划，到时候令爱说不定会有生命危险。”

“绑架……”长峰听到这两个字便两腿发软，感到绝望。他从未想过会碰到这种事。“生命危险……就是说会被杀吗？”长峰呻吟般问道。

“因为令爱可能看到了歹徒的脸……”警察吞吞吐吐地回答。

长峰的脸扭曲了。他想说话，却发不出声音。

3

烟火大会已过去两天了。中井诚在自己的房间里玩着游戏机。他已看完所有租来的录像带，无事可做了。两星期前他还在货运公司打工，但现在又游手好闲了。遭解雇的原因据说是工作态度恶劣。他确实经常迟到，还觉得被老员工呼来唤去实在太无趣，偷偷旷工了好几次。

被开除这件事，诚起初瞒着父母。他觉得如果被发现，一定会被数落一顿。然而，父母知道后什么也没说。松一口气之余，他也知道了父母似乎没对他抱任何期望。这让他觉得索然无味。

诚的父亲在建筑公司上班，离退休还有十年左右，或许他也希望儿子能在这段时间内独立。母亲则在附近的书店工作。诚打工时，她每天早上都会为他做早餐，最近却什么也不做就出门。反正诚爬出被窝时都已是中午时分了。

对于自己的未来，诚并非完全不担心。高中休学的他，今后重拾书本的概率简直是零。他明白这样绝对找不到什么好工作，也想过去上职业学校，但完全不知道该学习什么技能。说起来，他很不擅长向人请教，也讨厌下功夫学任何东西。他天真地想着能直接找到一份好工作，最好钱多事少。

游戏玩腻了，诚便将画面切换到电视。电视上已经开始播报晚间新闻了。他咂了咂嘴，切换着频道，但都是类似的节目。

若在平常，他一定会出门去和敦也、快儿碰头。但他仍然很在意前天晚上的事情，觉得自己像是胆小的叛徒，无颜去见他们。

不断切换着频道时，他看见了一个年轻女孩的面部特写，手指顿时停住。

男主播说道："行踪不明的女孩是住在埼玉县川口市的上班族长峰重树先生的女儿——长峰绘摩。据说，她和朋友去看当地的烟火大会后，在回家途中失去联系。埼玉县警察局和川口警察局都认为长峰绘摩可能已身陷某起案件……"

诚目瞪口呆。电视上叫长峰绘摩的女孩，一定就是两天前被他们强行带走的那个。她的手机已经被关掉，现在还放在诚的书桌抽屉里。

那个女孩失踪了，警察已经展开调查！

快儿他们难道还没把女孩放走吗？还是和以前一样将她丢弃在什么地方，尚未被发现？如果是这样，她会不会死了？

诚的心跳越来越激烈，握着电视遥控器的手已渗出汗水。他切换频道，想获得更详尽的信息。

这时，诚的手机响了，他吓得扔掉了遥控器。

一看来电显示是敦也，诚便用颤抖的手指按下通话键。"喂……"诚声音沙哑。

"是我。"

"呃。"

"你现在一个人吗？"

“是。”他想问敦也女孩的事，却说不出口。

“你有车吗？”

“有……有。”

“那你现在立刻开车过来，停在我公寓楼下，知道了吗？”

“呃，哦……”

“怎么，不行吗？”敦也的声音听起来很急。

“没有，不是不行，我只是在想你要去哪里……”

“和你无关，你只要借我车就好了，知道了吗？”

“呃，知道了。”诚还没说出看见了新闻报道，电话就挂断了。

诚拿着手机一阵茫然。虽然这不是敦也第一次向他借车，但在这个时间点来借，很难不令人想到有什么重大的事。

他的喉咙忽然燥热起来，冷汗从腋下流出。他站起身，拿起放在桌上的荣光车钥匙。

快六点了，天仍然很亮。敦也的公寓楼下空无一人，诚停好车，一边环顾四周一边走到门前。

他试着按下门铃，但没人回应。他想起两天前他们带着那个女孩回来时的情景。快儿和敦也后来对她做了什么？

门锁着。诚犹豫了一下，还是把手伸进信箱。

可原本藏钥匙的袋子却是空的，好像被敦也带走了。真奇怪，敦也和快儿即使同时外出，也一定会把钥匙放在那里，因为他们以前喝醉酒时曾把钥匙弄丢过。

诚离开前门，绕到公寓后方。确认没有人看到，他翻过阳台栏杆，将脸靠近微微掀开的窗帘。

屋内很暗，但仔细看多少还是看得见里面的情形。地板上散落着啤酒罐和零食包装袋。

他将视线再往前移，一个东西忽然跳进视野，吓了他一大跳。

是一只苍白的手。

好像是从敦也睡的那张床上伸出来的，从诚的位置只能看到手腕以下的部分，五根细细的指头微微弯曲，一动不动，而且皮肤白得吓人，毫无血色。

诚往后退，腰部碰到了阳台的栏杆。他翻过栏杆，踉跄着退到公寓旁边。

来到马路上后，他觉得头晕目眩，几乎喘不过气来。他把手撑在路灯柱上，调整呼吸，心怦怦急跳不停。

他很想吐，便捂着嘴回到车边，结果发现敦也和快儿已在那里等候。他们俩都提着印有“Home Center”① 商标的纸袋。

“你到哪里去了？”敦也嘴角往下撇。

“我去喝果汁……在自动售货机那里。”诚吞吞吐吐地说。

“我不是叫你在楼下等着吗！”

“对不起。”诚知道自己的脸在抽搐，所以不敢正面看敦也。他小心翼翼抬起头，正好和快儿四目相交，快儿的眼神似乎在探询什么。

“拿来！”敦也伸出手。

“什么？”

“钥匙啊，车子的。”

“啊……哦。”诚从口袋里拿出钥匙，放到敦也手上。他的指头在颤抖。

“好，行了。”

敦也这样一说，诚便点了点头往回走。正要迈开脚步，忽听快儿叫道：“等一下！”

诚没有回头，但停下了脚步。快儿抓住他的肩膀，用力将他

---

① 日本知名家居零售商。

转过来。“你是不是有什么话要说？”

“没有……”

诚轻轻摇头，快儿抓住他的衣领。

“别装了，有屁快放！”快儿的脸扭曲着，眼中布满血丝。

“电、电、电视上……”

“什么？”

“我看见新闻了。那、那、那个女的……”

快儿皱起眉头，揪着诚的衣领将他带到巷子里。

“你这家伙，该不会把我们的事说出去了吧？”

诚用力摇头。“我没有告诉任何人。”

“真的？”

“真的。”

快儿稍稍松开了手，敦也在一旁接着说道：“快儿，让这家伙也来帮忙，这样他就成共犯了。”

“即使不让他做，他也是共犯——明白吗？啊？”快儿将诚的衣领揪紧。

“难道，那个女孩……”诚发出呻吟般的声音。

“啰唆！”诚被推到墙上，快儿龇着牙将脸凑近，“那是意外，没有办法。”

诚没敢问是什么意外。事态严重已是不争的事实，快儿和敦也好像在想办法脱身。

“快儿，让这家伙也加入吧……”敦也说。

“不，不带这家伙，”快儿终于松开了诚的衣领，“让他当我们不在场证明的证人。喂，诚，你先去一个地方，制造我和敦也的不在场证明。”

“可是……要怎么做？”

“你自己慢慢想！要是敢随便乱搞，我不会放过你！”

诚很为难地看着他们。那两人把责任推给他，好像觉得没事了似的，转身离去。

诚稍后才走出巷子，这时快儿和敦也正朝公寓走去。发现诚茫然地目送着他们，快儿举起拳头，示意他快点儿离开。

诚加快脚步离开那个地方，脑中一片混乱。

他们把那个女孩……把那个女孩……

不在场证明，要怎么做……要怎么做呢？

长峰在黑暗中醒来，一时间不明白发生了什么，然后才发现自己终于小睡了片刻。

自从绘摩失踪以后，这好像是他第一次睡着。

他躺在床上，并没有换上睡衣，身穿长裤和 Polo 衫。他一直没有洗澡，也没有换衣服。

长峰拿起枕边的闹钟，数字显示已过十二点，但不知是中午还是凌晨。房间的防雨百叶窗都关上了，一片漆黑。

看着闹钟，他的记忆慢慢复苏了。昨晚他也没睡，喝着威士忌等待天亮。天一亮他就出门查看信箱，期待着绑架绘摩的歹徒会寄些什么消息给他。但信箱里除了报纸空无一物。他很失望，走回房间躺下，就这样睡着了。

现在长峰反而希望绘摩是被人绑架了，因为这样她还活着的概率会比较大。如果歹徒是为了钱而绑架，至少还可以期待付了赎金之后，绘摩就能平安回来。从现在的情况看，他很难想象绘摩碰到了绑架以外的事，而且仍然平安无事。

然而在一天后，警察判断这并非绑架案件，便向他提议让媒体报道。他同意了。他认同警察所说的——将事情公开会有助于调查。

他慢慢从床上起来。他感到脑袋很重，全身倦怠无力，连思考的力气都没有。

长峰揉搓着脸，手掌触摸到粗粗的胡茬，还有油脂附着在手掌上。他想起自己连脸都没洗。

就在他慢慢站起来的时候，电话响了。

他在黑暗中转过头，看见枕边电话机上的来电显示灯正在闪烁。

自从电视报道以后，长峰接到许多人打来的电话。亲戚、朋友和同事，每个人都来安慰他、鼓励他。“没关系，一定不会有事的。”明明没有任何根据，但大家都这样说。对于这种只会让他感到心烦的电话，他还必须不断道谢。其实他只想大叫：“让我安静一下吧！”

难道又是这种电话？

不，他想不是。毫无根据，但直觉这么告诉他：这是一则和绘摩有关的重要通知。

他拿起电话，按下通话键。“喂？”

“请问是长峰先生家吗？”是一个陌生男人的声音。

“是的。”

“您是长峰重树先生吗？”

“我是。”

他回答后，对方停了一秒才说话：“这里是警视厅，我们发现了一具尸体，想请您确认一下是不是令爱。”

黑暗中，长峰的身体僵住了。

4

那具尸体是在荒川下游葛西桥的北边被发现的，就在荒川砂町河滨公园旁边。一个垂钓者乘着小船来去时，发现尸体靠着堤防漂在河面上。这是清晨五点多的事。

那是个裹着蓝色塑料布、宽几十厘米、长度不到两米的物体。它能漂浮，是因为下面垫着一架木梯。

垂钓者起初以为只是一般的非法倾倒的废物，可用望远镜观察之后，却发现像是人的脚踝的东西从塑料布一端露了出来，于是立刻报警。

城东分局的警员立刻打捞，随即确认塑料布里包的果然是人的尸体。死者是一个全裸的少女，面部和指纹并未遭到破坏。可能是放在梯子上的关系，尸体不太湿，尚未开始腐烂，推测应该是死后不久即遭丢弃。

警方以处理弃尸案的方式开始调查，但因早晚会变成凶杀案，所以从警视厅赶来的调查员已从杀人弃尸这一方向展开初步调查。

查明尸体的身份并未耗费太多时间。这具尸体和埼玉县川口市失踪的一名十五岁少女身体特征类似。迅速进行指纹比对之后，警方确认两者指纹吻合，随即联系了死者的父亲长峰重树。

警视厅搜查一科的织部孝史和组长久冢一起陪同长峰确认遗体。长峰来到城东分局时，已失魂落魄，憔悴得像个病人。

但亲眼看到女儿惨死的样子，长峰还是声嘶力竭地号啕大哭。他的叫声和怒吼似乎永远停不下来。这深刻的悲恸也震撼了织部，他紧张得无法动弹，自然也没有勇气说什么话。

但令人惊讶的是，当久冢对长峰说“等您心情平静之后，我们有些问题想请教”时，长峰居然回答“现在就可以”。当时长峰的表情令织部毛骨悚然。在那张痛哭后的脸上，只剩下对凶手的憎恨。

他们决定借用城东分局的接待室询问长峰。由久冢亲自询问被害人家属是很少见的情形。

长峰用沉重但很有礼貌的语气叙述起女儿失踪时的状况。他带了记事本并不时查看，说出绘摩出门的时间、他最后一次拨打女儿手机的时间等。记事本看起来像是绘摩失踪之后才开始使用的。

“那个记事本可以借我看看吗？”久冢问道。

“这个吗？可以。”长峰略一迟疑，递了过去。

久冢翻着记事本，织部也在一旁看着。上面的字迹很潦草，写了许多东西，如“烟火大会九点结束，绘摩她们九点二十分左右离开？”，像是他女儿的朋友告知的信息。

“可以先放在我这里吗？”久冢问。

“可以，希望能对您有所帮助。”

“这个记事本充满了您的挂念，一定能借此抓到凶手。”

久冢这番话似乎刺激到了长峰，他脸上浮现出痛苦的表情，摇了摇头。

“为什么那孩子会碰到这种事……为什么要对那孩子下手？”长峰哀叫般喃喃自语，抬头看着织部，“她是被杀害的吧？”

织部望着久冢的侧脸，久冢慢慢张开嘴巴。“目前无法判断。毕竟我们还不知道死因是什么。”

“不是被勒死的吗？”长峰摸着脖子。

“就外观而言，看不出这种迹象。”

“没有这类外伤？”

“从外观来看，没有。”

织部将视线从上司的侧脸移到被害人家属的脸上。长峰皱起眉头，一副无法理解的样子。

“遗体已经送去司法解剖了，今晚就会查出死因。”久冢说，“是否为他杀，可能要看了结果之后才能判断。”

“一定是他杀，否则为什么会被扔到河里？”长峰吊起眼角。

“或许凶手一开始并没有打算杀被害人，但在突发状况下导致被害人死亡，凶手不知该如何处理尸体，所以就……这种情况很常见。”

“这……和杀人有什么两样？”长峰一阵激动，随后似乎有些后悔，叹了一口气，“对不起……”

“没关系。”久冢微微欠身，“您说得没错，这和杀人一样。是否为蓄意杀人或他杀，这些只是法律上的界定。我们一定会追查出杀人犯，将其绳之以法。我向您保证。”

虽然语气很轻松，但久冢的话很有分量，是发自内心的。长峰似乎也感受到了这一点。

“拜托您了。”长峰深深鞠躬。

织部和久冢一起送长峰到分局门口，目送他坐上刑警驾驶的汽车后才折返。

“为什么您不告诉他打针的事？”织部问。

“说了又能怎样？”

“但长峰先生想知道死因。”

“他迟早会知道的。现在告诉他我们的推测，有什么意义吗？”

“或许没有意义，可是……”

久冢停下脚步，戳了戳织部的胸膛。“记住，被害人家属都想知道所有的事，不该知道的他们也想知道。但是有关案子的事，他们知道得越多就越痛苦。所以尽量不要让家属知道，这也是警察的职责。”

“可如果因被害人家属没有获得信息而造成问题……”

“没有关系。”说完，久冢迈开脚步。

无法释怀的织部赶紧追了上去。

久冢称遗体看起来没有外伤，但事实并非如此。长峰绘摩的手臂因注射形成内出血，留下了斑斑点点的痕迹。那绝非是治疗疾病而留下的。注射的方式和部位都乱七八糟，一看便知不是医护人员所为。

调查员推测应该是注射了兴奋剂，织部也有同感，久冢大概也这么认为。瞬间给予大量毒品，导致急性中毒，引发心脏麻痹，这样的事偶有发生。

如久冢所言，这只是推测，长峰绘摩可能是被毒死的，也可能注射毒品和死因没有直接关系。但把目前掌握的信息告诉她父亲又有什么关系呢？织部这样思忖着。

到了晚上，司法解剖的结果出来了。织部他们和久冢那一组的调查员全聚集在警视厅的一个房间内。

“死因应该是急性心脏衰竭。死者体内残留的尿液呈阳性反应……是毒品。”久冢拿着资料，慢慢吐出这些话。

在场的十三名调查员似乎都在叹气。

“那就不能按照凶杀案提起公诉了。”一名姓真野的资深刑警说。

“这种事等抓到凶手后再说吧。”久冢以安抚的语气说，“给未成年人注射毒品致其死亡，会引起社会高度关注，媒体也会骚动。”

“要从毒品这条线去追查吗？”其他刑警问道。

“当然也要查，但不用抱太大期望。我想凶手可能对毒品一窍不通，至少不太熟悉‘冰’①的使用剂量。”久冢将目光投向资料，继续说，“注射的剂量乱七八糟，当时在现场可能有人懂，但注射手法还是很糟，大概是为了找静脉反复扎了好几次，以上是鉴定科的判断。熟悉毒品的人不会做出这种事。”

一名刑警咂了咂嘴。“反正一定是哪个死小鬼从什么地方弄来冰，抱着半开玩笑的心情随便乱用。”

久冢瞪着他。“你怎么知道是死小鬼？”

“这个……”

“不要有先入为主的想法。”久冢看着资料说道。

房间内的气氛变得很凝重。织部觉得有些怪，而且大家好像都有同感。到底是为什么呢？他想。他刚被编到这个部门没多久。

“凶手应该不认识被害人吧？”真野换了个话题。

“应该是。”久冢继续看着资料回答。

这个说法织部也能理解。尸体的脸和指纹都没有遭到破坏，可以看出即使尸体的身份被确认，凶手也不担心警方会循线查到自己。

“既然这样，为什么还要大费周章丢弃尸体呢？”真野搓着下

---

① 即冰毒，成分是去氧麻黄素。白色晶体，很像小冰块，对人的中枢神经和交感神经有强烈刺激作用。

巴，“直接扔进河里不就好了？”

“应该是不想太早被发现吧？不然会比较容易找到目击证人。”织部说。

“还不如直接在尸体上绑重物，让死者沉到河底比较快，反正最后都会浮上来，至少这样可以拖延一点儿时间。可是凶手却将尸体绑在梯子上，好像故意不让它沉下去。”

“真，你到底想说什么？”久冢看着这名资深刑警。

“凶手是想让尸体漂走。”

“漂走？为什么？”

“其中一个目的应该是让我们难以锁定调查目标。如果尸体漂到下游，我们就更难判断凶手是从哪里丢弃的，调查范围势必会扩大，目击者的信息也更难收集。”

“其实调查本来就很困难。机动调查队的人也说，没有人会一一留意荒川上的漂流物。”久冢环视大家的表情，然后又看向真野，“其他的理由呢？”

“这是我猜的，或许您又要骂是先入为主的想法。”

久冢苦笑着。“没关系，你说说看吧。”

“凶手会不会就住在离荒川不远的地方？”

“为什么？”

“丢弃尸体不是小事，得完全掌握现场情形才行。丢弃在荒川，表示凶手对当地很熟悉。但他又希望尸体漂得越远越好，这就和心态有关了。”

“也就是说，凶手觉得尸体一直在自己的住处附近，会很不舒服，是吗？”

“正是。”

久冢点了点头，没有说话，若有所思。

“那一开始就不要选择荒川，扔到别的地方不就好了？”织部说。

“如果可以，凶手就不用那么大费周章了。”真野回答，“但凶手想不到别的地方。”

“如果是荒川的上游，那距离长峰绘摩失踪的地方很近。”另一名刑警说，“要是真野猜对了，凶手就是在距离自己住处不远的地方掳走少女，然后在附近弃尸。这个凶手的活动范围还真小。”

“没错。我想凶手在掳人和弃尸时都用了汽车，但平时应该不常开着车到处跑。车可能不是凶手的。还有一个可能性：凶手或许刚考了驾照没多久，还没什么长途驾驶经验。”

“真！”久冢用困扰和责难的眼神看着部下。

“对不起，我太主观了。”真野爽快地道了歉。

“要分析凶手是什么样子可以，但是有先入为主的认定就不太好了。对别人来说是这样，对自己也是。”

真野说了声“对不起”，又低头致歉。

“从明天开始，调查总部要正式开始运作了，所有人都给我上紧发条！”

久冢说完，大家齐声回答：“是。”

解散后，织部抓住真野。“组长难道没考虑过凶手是少年的可能性吗？”

真野微微耸了耸肩，盯着这个资历尚浅的同事。“就是因为确信是这样，他才不敢说出来啊。”

“啊？”

“所以我们也要和他一样。”说着，真野竖起食指放到嘴唇上。

5

看到新闻时，诚正在家里吃着稍嫌晚的晚餐。父亲因公司有应酬而未归，母亲和文化教室的朋友聚餐，傍晚就出去了。诚的晚餐是母亲做的寿司。他知道，这只不过是将速食包中的食物掺在一起罢了，酱汤也是冲泡式的。他已经很久没有吃到母亲亲手做的饭菜了，她的理由是“反正没人在家里吃饭，我也不想费心去做”。诚却认为，就是因为餐桌上都是偷工减料的饭菜，才没人想在家里吃饭。不知老爸是不是也这么觉得。

平常边吃晚餐边看电视的时候，诚绝对不会将频道转到新闻节目。然而，某种预感让他今天晚上格外在意新闻。快儿和敦也是在昨天向他借车的，他们到底借去干什么？诚对此稍加揣测，但不敢想得太具体，那会让他不敢再开那辆车。

昨晚，其实是更接近今天凌晨的时候，诚接到了敦也的电话，叫他过去把车开回来。敦也的声音听起来似乎在微微颤抖。

从诚家步行到敦也的公寓，距离太远；若是骑自行车去，到时候又不知该拿自行车怎么办。敦也叫诚快点儿过去，但在电车发车之前，诚无计可施。

“那我把车停在公寓前面，你坐首班车过来开走。知道了吗？你要是敢不听话，我就告诉快儿。”说完，敦也就挂断了电话，语气中明显带着焦虑。

无可奈何的诚只好依言搭乘最早一班电车前往敦也的公寓。除了想快点儿把车开回来，他也想知道他们到底做了什么。

荣光就停在路边。诚拨打了敦也的手机。

“你也太慢了吧！”虽是大清早，敦也还是立刻就接听了。诚推测他可能根本没睡。

“我已经尽量赶了。”

“算了，你待在那里等我。”

几分钟后，敦也和快儿一起出现了。两人都面色铁青，眼睛也很混浊，双颊瘦削。

“上车！”敦也将车钥匙扔给诚。

诚一上车，敦也也跟着坐上副驾驶座，快儿则坐进后座。诚心想他们大概是要去什么地方，便准备发动引擎，快儿却叫他不要发动。

“不在场证明弄得怎样了？好了吗？”快儿用阴沉的声音问道。

“呃，弄好了……”

“怎么弄的？”

“假装我们三个人一起去了卡拉 OK。是在四号公路沿线一家叫‘海岸’的店。”

“什么意思？你真的去了？”

“我去了。对方问我几位的时候，我回答三位，还说其他两个人待会儿就来，然后走进包房，点了三人份的食物和饮料。”诚没有告诉他们，一个人吃下三人份的食物和饮料有多痛苦。

敦也咂了咂嘴。“什么卡拉 OK 嘛……”

"我想不到其他的地方。"

"你一直都是一个人？"快儿问。

"嗯。"

"为什么？你怎么没有另找两个人来？让那两个人充当我们不就天衣无缝了？"

"没有办法啊，事出突然，而且如果那两个人在外面乱说，反而更不好。"

"一直只有你一个人，店员肯定会觉得奇怪。"

"等一下，说不定诚说得没错。"快儿接着说，"那家店没有装摄像头？"

"没有，所以我才选那里。"

这个快儿应该最清楚。如果没有装摄像头，那么只要把门帘放下并拉起来，包房外的人就看不见里面的情形。快儿曾经利用这一点，多次把女孩子带到那里强暴。

"而且那家店的客人很多，店员不会一一清查每间包房有多少人。"诚说，"只要按人数点了食物和饮料，之后就没人管了。"

"那你从几点待到几点？"快儿问。

"呃，大概是从九点到十一点左右吧……"

"那么短？"快儿的脸扭曲了。

"你没告诉我不在场证明是要做几点到几点的啊，卡拉 OK 又不可以待好几小时不走……"

"就算是唱上四五个小时，店员也不会怀疑吧。"敦也吐出这句话。

刚才不是还在担心只有一个人待在里面，店员会觉得很奇怪吗？现在又改口说待很久也没关系！诚很想这么说，但还是忍住了。

“卡拉 OK 之后呢？”快儿又问。

“咦……”

“我在问你卡拉 OK 之后的不在场证明！”

“没有……那个，”汗水从诚后脖颈流了下来，“我不知道不在场证明需要做到几点，所以就想先做卡拉 OK……”

诚感到背部有一股撞击力，快儿踹了驾驶座椅背一脚。

“搞什么！就只有这样啊？”敦也龇牙咧嘴，“短短两小时根本没意义！你知道我们半夜有多辛苦吗？”

“敦也！”

快儿一叫，敦也便住口了。看来快儿不想让别人知道他们半夜到底做了什么。

“没办法，就说唱完卡拉 OK 之后我们去了餐厅好了，就是我们常去的那家‘Anny's’。”快儿做了决定，“然后我们回到敦也住的地方，三人一整晚都在一起——就这样吧。”

“我也是？”诚惊讶得转过头去。

他的肩膀被快儿抓住。“怎么？你有意见？”

“不，不是。”

“那是怎样？”

“会有谁……警察会问我们不在场证明吗？有这个可能吗？”

快儿移开手，冷哼一声。“这是以防万一。照理说应该不会有事，但那些条子查东查西的，到时候说不定会找上我们。”

“既然这样，那天晚上的不在场证明不是比昨晚的更重要吗？就是掳走那个女生的晚上。”

听到诚的话，敦也不悦地撇下嘴角。他们心中应该也是这么想的。

“那天晚上我们一直待在敦也的住处。如果有谁问起，就这样回答，知道吗？”快儿说。

“那倒没什么问题，可是我中途就回家了。那个时候不是得还车吗？我觉得我爸应该会记得这件事。”

“开车回家后，你做了什么？”

“待在房间里……”

“那么把车还给你老爸之后，你又回到敦也的住处。总之那天晚上我们三个人一直在一起，懂了吗？”

见诚没有回答，快儿又抓起他后脑勺的头发。“昨天我说过了，你也是共犯，休想一个人置身事外。”

诚默默点头。他很想大喊和他无关，但真的说出口的话，不知那两人会怎么对付他。他们毕竟已经杀了一个人。

“就这么定了。”说完，快儿放开了手，“我们暂时不要聚在一起，被警察看见就麻烦了。”他和敦也相互点了点头，然后下车了。

发生这件事之后，今天早上诚什么都没做。很明显，那两人杀了那个女孩，而且用某种方法把尸体藏了起来。他们到底干了什么？又用车做了什么？因为太在意这件事，诚才破天荒地看了新闻。

“今天早上，江东区城东分局接到报案，有尸体漂浮在荒川上，警员赶到后展开打捞，发现蓝色塑料布里包着一具女尸。”

男主播的声音让诚差点儿噎住。他盯着电视，看着从直升机上航拍的画面。荒川的堤防边聚集了很多警察。

“城东分局调查发现，死者是埼玉县川口市上班族长峰重树先生日前失踪的女儿长峰绘摩。警视厅和城东分局怀疑长峰绘摩系遭人杀害，已展开调查。”

诚无法动弹。手上的筷子不知不觉间滑落了，他却无心去捡。食欲也完全消失。

其实诚本就知道此事。快儿他们杀了长峰绘摩，为了处理尸体，叫他把车开过去。但是，亲眼看到新闻后，却有种说不出的焦虑、紧张甚至是恐惧向他袭来。这种感觉就像是走进了一条无法回头的隧道。

“你知道我们半夜有多辛苦吗？”他想起敦也说过的话。他们将尸体用塑料布包好，扔进荒川。不料，尸体漂到下游时被人发现了。

他把车开到敦也的公寓时，正好看到他们手里提着 Home Center 的纸袋。那里面可能就装着塑料布。

诚回到自己的房间，拿起手机，想打电话给敦也，然而在按下通话键前，他又犹豫起来。他不知该说些什么。现在再确认事实已于事无补，只会让他们一再提醒“你也是共犯”。

他真的是共犯吗？

确实，他协助他们掳走了长峰绘摩。开车的人是他，把他们送到公寓也是事实。

可他根本没想到快儿他们会杀了那女孩，而且快儿说是意外。那么他还算是共犯吗？是杀人凶手之一吗？

很可惜，诚完全没有法律常识。他只知道未成年人就算犯下稍微严重一点儿的罪，也几乎不需要入狱服刑，姓名也不会公开。

诚切换着电视频道。他想看新闻报道，但找不到，只好一直看 NHK 台。现在 NHK 台正对海外天气异常现象进行分析。

他忽然想到一件事情，便拉开书桌的抽屉，拿起放在里面的那部粉红色手机。

那是长峰绘摩的手机。那天之后，他从未开启过电源。在尸体被发现前，亲朋好友应该给她打了无数电话，可能也有短信。只不过绘摩已经听不到他们的声音、看不到他们写下的文字了。

忽然间，诚觉得自己好像理解人活着的意义了。不单单是吃饭呼吸那么简单，还包括和周遭的人的联系与互相关怀，如同蜘蛛网上面的一个个网眼，人的死亡就相当于一个节点从蜘蛛网上消失。

“自己闯了大祸”这个念头再次冲击着诚的心。明明手机很轻，他却觉得沉重无比。

长峰绘摩到底用这部手机和多少人联系过呢？有多少人曾抱着一丝希望打来电话？

几乎是无意识地，他打开了手机的电源。开机画面是一张猫的照片。那是绘摩养的猫吗？

他看了来电记录。在长峰绘摩被掳进车之后，她的手机曾经响过一次。那是谁打来的呢？要是那个电话早五分钟打来，或许事情就不会变成这样。

液晶屏幕显示的文字是“爸爸”。来电时间就是那个烟火大会的晚上。

诚关掉电源。

他快崩溃了。

把手机放回抽屉之后，他倒在床上。

6

“应该是在这附近吧。”酒贩指着路旁某处。

旁边那块空地上仍残留着建筑拆掉的痕迹，附近民宅很少，只有一家不知是否还在营业的小酒馆，以及仓库模样的建筑。车站旁倒是有便利店和居酒屋，但走上几十步，周遭就变成这副模样了。路灯很少，晚上应该看不了多远。年轻女孩独自在这里走夜路真的太危险了，织部想。

“那天晚上停在这里的车是一辆日产公爵吗？”真野看着笔记进行确认。

酒贩没什么自信似的露出一抹浅笑，歪了歪头。“我只是猜测可能是这种车。以前我弟弟开过公爵，那辆车看上去非常像，但我没有十足的把握。我只瞄了一眼，当时又很暗。”

“总之是这类型的大车，对吗？轿车之类的。”真野确认道。

“是的，我那时还想说这辆车怎么这么旧呢。我弟弟开公爵也是十几年前的事了，我才说感觉很像。车好像是黑色的，但也可能不是，反正肯定是深色的。”

“您能问一下您弟弟开的是哪一年的车吗？或是给我您弟弟的

电话，我来确认。”

“没关系，我待会儿再问好了。呃……拨打您刚才给我的名片上的号码就可以吗？”

“可以，麻烦您了。”真野连连鞠躬，“还有，车上是怎样的人呢？”

“就像我之前在电话里说的一样，是年轻男人。驾驶座和副驾驶座上都是，可能后座也有人。我当时就想，不知这些家伙要干什么。”

“您不知道吗？”

“我只是开着小货车从旁边经过啊。如果一直盯着他们，他们可能会来找我麻烦。现在的年轻人很容易冲动。”

“您看见他们的脸了吗？”

“我都说了没办法盯着他们看啊。只有这些信息不行吗？我是不是没帮上什么忙啊？”酒贩脸上露出了不满的神色。

真野赶紧摇摇手。“不不不，很有参考价值。配上其他目击者的证词，应该就能发现很多事情了。”

“那就好。”

“那么……可能有点儿啰唆，能不能麻烦您再告诉我一次看见那辆车的时间呢？”

“这个我也在电话里说过了，应该还不到十点。就是烟火大会结束后，有人陆续从那边的车站走出来的时候。我没办法再说出更准确的时间了。”

“是吗？真是谢谢您。以后我可能还会有问题要请教，到时还要再麻烦您。”

真野道谢后，一旁的织部也低头致意。

酒贩坐上小货车离去。他是在送货途中专程赶到车站附近和他们俩会合的。

酒贩特地给调查总部打电话提供了线索。他说长峰绘摩失踪那晚，他在她下车的那个车站看到一辆可疑的汽车。

看到同样景象的目击者不只一个。好几个在那一站下车的人都看见路边停放着一辆黑色汽车，这是目击者证言的共同点。据说有几个年轻男人坐在车上。

“会是公爵吗……”走在去往车站的路上，真野喃喃自语。

“昨天那个上班族却说好像是丰田皇冠。”

“皇冠和公爵……这两款车倒是真像。织部，你对车有研究吗？”

“这个嘛……应该和一般人差不多吧。”

“十几年前的公爵到底什么样子啊？”

“那要看是多久以前，国产车更换款型的速度很快。”

“也是。”

他们来到了车站前面。在通往车站的楼梯前方竖着一个长方形广告牌，上面写着“征集有关长峰绘摩命案的信息”。上面的电话号码是调查总部设立在城东分局内的。好像是久冢提议不要写“请通知离您最近的警察局”这类标准文句，其根据是：看见广告牌的歹徒或其同伙，可能会为了搅乱调查而提供假情报，倒不如直接让目击者打电话到调查总部，这样比较容易掌握线索。

竖立这个广告牌以后，几乎每天都有线索涌入。那个酒贩也是打来电话的人之一。绝大多数信息对案情都没什么帮助，而酒贩提供的则是少数被调查总部视为有用情报的信息之一，因为还有别人提供了同样的信息。

在月台等电车时，真野忽然将手伸进西服口袋，好像是手机响了。

“喂？我是真野……啊，刚才真是谢谢您……呃，知道了吗？是……呃，五三年[1]的车？没错吗？哦，谢谢。您帮了我们一个大忙。”挂掉电话后，真野看了看织部，说，“是刚才那个人打来的。他好像去问过了，说是五三年的款型。真令人吃惊！那不是十年前的车，而是二十多年前的车！”

“五三年的公爵……”

“不过还不确定就是那款车。那种破车还开得动吗？大家都说开车的是年轻人，所以多半不是自己的车。可能是老爸的吧。年轻小鬼不可能有那种车。”

“不，这很难说。”

织部正要反驳时，电车进站了。车内很空，两人上车后并肩而坐。

“有些玩车的人还会故意开这种老车呢。”织部接着说起之前的话题。

“哦？为什么？”

“他们觉得这样才酷啊。不管在哪个领域，古董都很受欢迎。就像牛仔裤也是，听说有好几十万日元一条的哩。”

“牛仔裤？真是疯了！”

“车也一样。有些人会特地买来旧车，修理引擎，烤漆，觉得这样才帅气。我觉得现在会开五三年车的人应该就属于这种。”

“哼！我实在弄不懂现在的年轻人在想什么。”真野噘起下唇。

“你觉得如何？有关那个酒贩看到的车。”

“你想问那是不是凶手的？”

“对。”

“是不是呢……我觉得确实可疑。现在唯一能确定的，就是明

---

① 指昭和五十三年，即 1978 年。

天要去寻找旧款公爵或皇冠的车主。”

这件事在织部意料之中。“这要告诉媒体吗？”

“不能完全不说。上面的人绝对很想透露。每次的记者会上都没有任何进展，这可关系到警察的威信呢。”

“会对外宣布坐在车上的是年轻男人吗？”

“应该会吧。如果是真的，凶手们可能会放弃挣扎，选择自首。这应该也是上面的人希望的。”

织部噤口不语，陷入思考。他不知该不该问。

“怎么了？有什么事吗？”真野似乎察觉到了，开口问道。

“如果凶手是少年，事情是不是就会变得很棘手啊？”织部索性说了出来。

真野面露苦笑。“你还是在意我以前说的话吗？不好意思啊，让你想太多了。”

“我很在意。”

“或许是吧。说棘手也是事实。凶手如果是少年，逮捕之后也很难处理，即使起诉，检方也要格外小心，相当麻烦。但是我以前那么说，并不是因为这个。”

“那是因为什么……”

真野脸上仍带着微笑，皱起眉头。“织部，你应该还记得三年前在江户川区发生的虐杀案件。一名高中生在墓地被杀。当时负责调查的就是我们小组。”

“哦，我听说过。凶手也是高中生。”

“那是一起很凶残的案件。死者内脏破裂，此外全身上下都有烧伤的痕迹。来自首的四个人是一伙的。他们被父母带来的时候，还一本正经。他们哭了，但并不是对被害人感到抱歉，而是害怕会被警察逮捕，觉得自己很可怜而已。我侦讯他们之后大吃一惊。

你猜他们为什么要杀人？因为对方不借给他们游戏机。是游戏机！那种玩的时候会发出哔哔声的电视游戏机。高中生因争夺玩具而打架，最后把人给杀了。听说四个人对被害人拳打脚踢，等他失去意识后，还点火焚烧。”

“点火？”

“就是点着打火机靠近他，烧伤就是这样造成的。”

“那些家伙也太过分了。”织部咋舌。

“被害人一醒过来，他们就再次施暴。反复多次之后，被害人不再动弹了。最后好像还烧了被害人的耳朵，结果被害人还是一动不动，他们才发现他已经死了。”

织部默默地摇摇头，光是听就觉得很恐怖了。

真野长叹一声。“被害人的父母我也见过。我觉得他们真的太可怜了，所以根本无法直视他们。他们对我们说‘辛苦了’，但说实话，我真的感到很无力。我们完全不能为他们做什么。”

“凶手有没有真诚地道歉？”

真野叹了口气，摇了摇头。“他们一直哭个没完，连句话都说不出来。那个浑蛋主犯居然还胡扯说，他会变成这样，都是因为父母和环境让他受到心理创伤。我真想揍他一顿。”

“是你做的侦讯吗？”

“不，我后来听组长说的，真是一肚子火。”

织部心想，真野应该是当真的。看他现在的样子，或许真会出手打人。

“那些浑蛋明明干了那么过分的事，但别说判他们死刑了，我们连把他们扔进拘留所都做不到。”

“就因为他们是少年？”

“这是其中一个原因。另外，案发时那些浑蛋喝了酒，喝了很多。明知他们未成年却卖酒给他们的商店是否也有责任？在案子审理过程中，这种可笑的争议还半路杀了进来。”当时的不快仿佛又苏醒过来，真野搔了搔头。他好像又忽然想到了什么，停下手喃喃自语：“最不甘心的应该是组长。他有一个和死者差不多年纪的儿子在意外中丧生，所以很能体会被害人父母的心情。我们从这起案子抽手以后，他大概还常和他们见面。他说我们能做的也只是向他们提供一些信息。”

“原来如此。”

所以久冢才抵死不说这起案子的凶手可能是少年，织部这么推测。“被害人被注射了兴奋剂，这表明凶手本人注射的可能性也很高。”

真野好像不太想讨论这个话题，没有回应，挖了挖耳朵。

“请判他们死刑。”他忽然这么说，接着坐得笔直，“这是三年前那起案子的被害人父母说的话。”

“我可以理解。”

“如果逮到凶手，我们可能还会听到相同的话。”真野长叹一声。

7

距离烟火大会那晚已经六天了。诚在自己房间里看电视。他想解解闷，却连个说话的人都没有。他这才知道，没有快儿和敦也，他是多么寂寞。反过来说，这正是即使他对他们俩不满，也无法与之断绝往来的原因。

另一个不能出去的理由，是他害怕面对外界的人。

其实昨天中午他曾从家里走到最近的车站，想看场电影。但当他站在售票机前正准备买票时，扔在一旁的传单让他差点儿失声惊呼。

那自然就是征集有关长峰绘摩命案目击信息的传单，像是用文字处理机或电脑打印的。诚不知是在哪里发的，一定是某个乘客拿到后扔在了这个车站。

传单最下面写着“如掌握任何线索，请通知最近的警察局，或拨打下列任一号码”。下方写着三个电话号码，其中之一好像是城东分局的，另外两个则写着人名。

诚赶紧将传单放进口袋，往家走去。看电影的兴致早已消失。他在不知不觉间越走越快，最后小跑着回到了家。

他觉得全世界好像都在找烟火大会那晚掳走女孩的凶手。他或许已被怀疑，警察可能马上就会找上他。

所以诚很怕知道调查进展情况，却又会下意识地将电视频道切换到新闻报道节目。不看到新闻称调查尚无太大进展，他就无法安下心来。

但是，那天晚上十点多播报的新闻非但让他无法安心，甚至还让他彻夜难眠。

“据了解，有人在长峰绘摩当晚下车的车站目击到可疑车辆，调查总部已开始循线追踪。据说可疑车辆就停在车站旁的路边，车内好像坐着两三个年轻男人。调查总部尚未公布车型，据说是昭和五十年代初期的款型，很可能是轿车……”

听完男主播淡然的叙述，诚愣了好一会儿。

被人看见了！

那也是理所当然的。那天晚上他们拼命物色年轻女孩，根本不管别人怎么看他们，就连诚也一样。但他做梦也没想到快儿他们会把那个女孩弄死。

昭和五十年代初期的款型，是轿车……

连这都知道了，那警察迟早会发现是他家的车。虽然不知道警察已掌握哪些信息，但能想象警方要查出住在什么地方的人开什么样的车，不会太难。

“惨了……”他喃喃自语。

诚父亲的那辆荣光是昭和五十二年的款型，大约是三年前买的。说是买，或许应该说接收更为贴切。诚的表叔说那辆车要报废了，于是他们几乎没给什么钱就拿来开了。诚的父亲并不玩车，只要车还能动，什么型号都无所谓。负责保养这辆车的自然是诚。他太想开这辆荣光了，所以一满十八岁就考了驾照。

诚开着旧荣光四处乱晃，附近的人大多都知道。只要一想到可能会有人去告诉警察，他就烦得要命，躺在床上猛搔着头。

就在这时，手机响了。他猛地起身把手机拿过来，来电显示是快儿的号码。

“哎……”他略带紧张地应道。

“是我，诚吗？”

“嗯。”

“在做什么？”快儿用低沉的声音问。

“看电视。”

“你看新闻了吗？”

“看了。”

“哦。”沉默了一会儿，快儿说道，“你该不会害怕得胡思乱想吧？”

“啊……”

“像是自首之类的事。怎么样，想过吗？”

“我还没想到那种事，只是……”

“什么？”

诚不知该说什么，他确实很害怕。

“你听好，满街都是旧轿车，就算车被看到了，也不是什么大不了的事，又没有证据证明是我们做的。”

“但是，警察可能已经掌握很多信息了，只是还没公布。说不定我们抓那个女生的时候，刚好被谁看到了。”

“你是白痴啊？如果是这样，警察早就来找我们了。怕什么怕啊你！”

快儿显得心浮气躁。虽然嘴里一直说不要怕，但他也担心被捕。这让诚更加不安。

“听好，就算警察来问你车的事，你也绝对不准泄密！”

“我只要回答那天晚上一直待在敦也的住处，就好了吧？”

“混账东西！你现在就是要消除警察对你的疑心！还想把我们一起拖下水？”

“但之前不是约好让我说把车开回家后，又回到了敦也的住处吗？”

快儿发出很响的咂舌声。“你不知道随机应变啊？你说那天你一个人开着车，然后因为老爸催你回家，你就把车开回了家。不要扯上我们，懂了吗？”

“警察会相信吗？”

“为什么不相信？警察会去找你，也只是因为那辆荣光。他们没事干吗怀疑你！”

“如果是这样就好了。”

“你好好表现就不会有事，不要怕东怕西。而且车会被人看到也是你的错，谁叫你把车停在那么显眼的地方！”

诚并没有反驳说“还不是你们说要停在那里的”，只是握紧了手机。

“你老爸呢？有没有看到新闻？”

“我不知道。他现在在楼下，或许看到了。”

“如果他问起车的事，你绝对不准说。”

“我不会说。”

“那最好。你要是背叛了我们，我可不饶你。”

“知道了。”

“好，我再打给你。”快儿很快地说完，挂断电话。

诚将手机扔到一边，再次倒在床上。快儿的话在他脑海里转来转去。

不管怎么想，诚都觉得快儿说得太乐观了，警方的调查应该不会像他所言那么马虎。诚实在不觉得警察会注意不到，那天晚上他开着荣光出去的时间段，正好和长峰绘摩被掳走的时间吻合。

其实从一开始，快儿的提议就很自私。之前明明叫诚当他们的不在场证人，现在看到诚可能会先遭怀疑，又叫他绝对不能把他们供出来。

警察会来找我吗？

可能会来，诚想。现在警察一定正在打印全东京，不，是全国的旧款轿车的车主名单。他们可能已经知道车型了，只要再锁定地域和现场周边，搜索起来就更容易了。

警察会问什么问题？诚思索着。想必首先会问那天晚上的事。快儿说，那天晚上是诚独自驾车。可在此之前，诚几乎从未一个人开车出去闲逛过，大部分时间都是和快儿及敦也同行。

就算质询当天警察暂且回去了，他们或许还会接着调查诚的交友状况。这样，那两个人的名字也会立即被查出来。快儿和敦也素来品行不良，在附近是出了名的。

诚从床上起身，坐立难安。到底该怎么办呢？只能一直等着警察上门吗？对于抵挡住警察难缠的质询这一点，他毫无信心。

最好的做法还是自首吧？如果自首，只是协助掳走女孩的他，罪行应该不至于太重……

诚摇了摇头。如果这么做，后果将更恐怖。虽然快儿和敦也会被逮捕，但他们还未成年，并不会被关在监狱里面多久。他们出来后一定会报复，说不定真会杀了他。

就算诚是因警察逼供才抖出真相，下场应该也一样。快儿他们不会放过他。即使他没有招供，一旦警察怀疑到快儿他们头上，他们可能仍会认为都是诚害的。总之，只要事态不如预期，他们就会责怪诚。

诚正发愁时，玄关的门铃响了。他吓了一跳。很少有人在深夜来访，难道警察这么快就来了？

他悄悄走出房间，站在楼梯上，弯下腰竖起耳朵。

“对不起，这么晚还来打扰……”听见这个声音，他松了一口气。那是他很熟悉的町内会①会长的声音。

诚觉得全身上下都冒出冷汗。折回房间时，书桌上那张传单吸引了他的目光。

他拿起传单，一个念头闪现在脑海中。

去提供线索不就好了？他思忖着，如果拨打这张传单上的电话，说出快儿他们很可疑，警察就会去调查。这样，在警察找上他之前，那两个人可能就已被捕了。

他们自然会说出诚的名字，到时也只能被抓了。到了警察局，诚就会告诉警察线索是自己提供的，并且必须请求警察不要告诉快儿和敦也。如果说是害怕他们报复，警察应该也会理解。

提供线索就等于自首，获得减刑的可能性也很高。

诚盯着传单，越想越觉得只有这条路可走。问题是要如何对警察说，还有该打到哪里去才好——传单上印有三个电话号码。

一定要用隐藏来电号码的方式打过去，他想。还有，问到姓名时也不能回答。如果一定要回答，就用假名好了。电话号码和地址什么的，全都随便乱说就可以了。

不！

如果乱说得太过火，对方就不会相信他了吧？听说发放这种传单时，总会接到很多恶作剧电话。如果被当成恶作剧可就坏了。

---

①日本居住在各町（日本行政区划单位，介于市与村之间）的居民建立的地区自治组织。

还有一件事诚很在意。这些电话会不会都装有追踪装置呢？如果装了，用隐藏来电号码的方式打过去也没意义了。

诚决定使用公用电话。而且为防万一，他想尽量找一个远一点儿的电话亭。绝对不能让别人听到通话内容。

他一边看着传单，一边思忖会不会出问题。他总觉得传单背后似乎藏着意想不到的陷阱。可如果要提供线索，也只能打这上面的电话号码。

诚抬起头，忽然想到一件事。

他拉开书桌的抽屉，拿出长峰绘摩的手机。

传单上没有写长峰绘摩家的电话号码，但她的手机里有。那个显示为“爸爸”的来电，一定就是从她家打来的。

看着这部粉红色手机，诚开始思考该如何向被害人的父亲提供线索。

8

电车门打开后，长峰被身后的乘客推挤到月台上。他急忙想挤回车上，却发现这一站就是目的地，于是停下了脚步。要不是刚才有人推他下来，他就要坐过站了。

他跟在上班族和学生后面走下楼梯。

下楼梯时，一个走在前面的初中女生吓了他一跳。他认出了那女生身上的制服，那是绘摩去年夏季穿过的水手服。

那女生走下楼梯，轻盈地往出口走去。长峰看见了她的侧脸。和绘摩一点儿也不像。

长峰低下头，迈着沉重的脚步走下楼梯，鞋子里像放了铅块似的。夹在腋下的包没装什么东西，却让他觉得很沉重。

绘摩去世以后，这是他第一天去上班。主管对他说可以再多休息一阵子，但他待在家里只会更消沉。

然而去公司上班其实没有什么帮助。他无法全神贯注地工作，和别人说话时也会不知不觉发起呆来。无意间想起绘摩，他还难过得数度离开座位。周围的人似乎也特别体谅他。可正因如此，他反而怀疑大家是否在用好奇的眼光看着他。我现在这样只会给周围的人添麻烦吧？他陷入自我厌恶之中。

走出车站，长峰看见了一个直立的广告牌，就是那个征求有关绘摩的信息的。长峰不知道由此可以收集到多少信息，但警方什么都没通知他，应该没收集到什么重要的信息。

除了这个广告牌，好像还有人在几个重要车站发放征求线索的传单。发放者不是警察，而是以绘摩同班同学为主的义工。传单上印了三个电话号码，一个是警察局的，另外两个是绘摩同学的。基于不想让长峰烦恼的考虑，她们并没有在上面印他的电话号码。他想这样也好，否则他一定会死守电话，等待线索。

发放传单的义工们至今没有任何报告。换言之，这一行动收效不大。

长峰拖着脚步，走在从车站到家里那段步行约需十分钟的路上。正值夏季，天空仍亮着，但只要太阳略一偏西，路上就会变得很暗。行人也很少，用途不明的建筑比民宅还多。

自己为什么会让绘摩走这种路上学放学呢？

他买下这栋房子是在泡沫经济过后没多久。一看见房价下降，他就觉得可以购买，于是急忙签了约。当时他完全没有想到若再多等一阵子，价钱会更低。

离车站有步行十分钟的路程……

当初买这栋房子的时候，长峰还和妻子讨论过，这到底算近还是远。但当时只是从他上下班的角度考虑，并未意识到将来女儿也要走这条路。并不是完全没有讨论，只是没把重心放在这件事上。他那时乐观地认为，女儿一个人坐电车是很久以后的事，到时候说不定这条街就变热闹了。然而，他万万没想到日本经济的黑暗期居然这么长。

绘摩是在这条路的哪个地方被掳走的？只要一想到这里，愤怒与悲伤就会无法抑制地涌上长峰心头。他边走边环顾四周，并用锐利的目光盯着碰巧停在路边的轿车。

回到家门前，他没有立刻进门，而是站在那里仰望着自己的家。

就只是因为想要这种东西！

他那个时候一定是疯了，以为没有房子就不是成功的男人，一心想早点儿买房子。结果呢？妻子、女儿都离世了，对一个男人来说，这栋房子只是个过大的箱子而已。

长峰至今还记得那个脸上堆满亲切笑容、极力劝说他“现在买最划算”的房屋中介的面容。直到前不久，他都已忘记那个男人的存在。可是现在，尽管明白是迁怒，他却无法不恨那个销售员。他觉得那个人向他强行推销了一栋非常不吉利的房子。

他打开门。屋内一片漆黑。今早出门的时候，他没有事先开灯。今后得先打开客厅的灯再出门了，他想。再也不会有人替他开灯，等他回家了。

一走进客厅，他就看见电话答录机的灯在闪烁。按下开关后，他坐在沙发上脱下外套，解开领带。

电话扬声器中传来一个女人的声音。“喂，我是上野。我想和你讨论奠仪回礼的事，会再打电话来。”

是在绘摩的葬礼上帮忙整理奠仪的亲戚。葬礼的场景在脑海中苏醒，长峰的心又痛了。

他打开电视。节目无法让他转移注意力，但总比没有声音好。

电话开始播放下一条留言。过度含糊的声音让人听不太清楚。“……电话。我再说一次，杀害绘摩小姐的是名叫菅野快儿和伴崎敦也的男孩。伴崎的住址是足立区……”

一时间，长峰的意识还停留在电视上，反应稍有些慢。他看向电话时，留言已快播完。

“这不是恶作剧，都是真的，请通知警察。”

随着留言播放完毕后发出的哔哔声，长峰站了起来。他跑到电话旁边，将录音带倒带，再次播放第二条留言。

“喂，长峰先生吗？绘摩小姐是被菅野快儿和伴崎敦也两人杀害的。这不是恶作剧电话。我再说一次，杀害绘摩小姐的是名叫菅野快儿和伴崎敦也的男孩……”

说话者好像是用手帕之类的东西捂住了嘴，声音模糊不清。是男人的声音，但很难推测出年龄。

此人慢慢说出伴崎敦也的住址后，又接着说道：“伴崎敦也把钥匙藏在门上的信箱内侧。用那把钥匙进屋之后，应该就可以找到证据，像是录像带之类的东西。我再重复一次，这不是恶作剧，都是真的，请通知警察。”

留言就是这样。

长峰一阵茫然。他盯着电话，无法动弹。

这到底是怎么回事？是谁打来的？

他试着查了来电记录。好像是用公用电话打来的，时间是下午五点多。

他的第一个想法是，难道是恶作剧电话？但来电者说了两次“这不是恶作剧”。当然，不能因此就盲信，但要刻意放弃这条线索吗？

最关键的是，恶作剧电话不可能打到这里。不管是传单还是广告牌上，都没有写长峰家的电话号码。

对了，他为什么会打到这里来呢？他怎么会知道这里的电话号码？

长峰的脑海里闪过一个念头。绘摩带着手机，但手机还没被找到。那部手机存有家里的电话号码。

不太可能是凶手打来的。会不会是凶手身边的人查过绘摩的手机，才打到了这里？

长峰觉得袜子好像碰到了什么东西，便看向脚边。是一摊圆形水迹。仔细一瞧，原来是从右腋下滴落的汗水。

他拿起便笺纸和圆珠笔，然后再次播放留言。

飞快地记下菅野快儿和伴崎敦也的姓名及住址后，他拿着便笺纸回到沙发边，另一只手握着电话。

应该打电话给警方，长峰想。虽不知道这是不是恶作剧，还是必须先通报一下。他们大概会立刻去这个住址，确认是否真有叫这个名字的人存在。如果有，应该会接着调查其是否和此案有关。对他们来说，这轻而易举。

如果不是恶作剧，案情就会急转，就可以破案了。凶手应该会被逮捕吧？密报者的真正身份也一定会揭晓。这正是案发以来长峰日夜企盼的结果。他脑中只有这件事。

应该通知警方。

长峰掏了掏脱下来的外套的内袋。里面放着皮夹，内有一张名片，那是久冢警部的名片。“有任何事，请打电话给我。”久冢这么告诉他，还将调查总部的电话号码用圆珠笔写在了上面。

他照着那个号码按着电话的数字键，接着，只要再按下通话键就可以。

但他就是无法按下。他将电话放到桌上，叹了口气。

电视正在转播足球赛。长峰茫然地看着。解说员正针对一名球员的表现发牢骚，如“希望他能放开一点儿，他还很年轻，教练会忽略他的一些小失误”云云。

长峰拿起遥控器，将电视关掉。

几天前他从新闻中得知了一些事情。有人目击到可疑车辆，好像是旧款轿车，听说上面坐了两三个年轻人。

这些人不一定就是掳走绘摩的凶手。可如果是，会怎样呢？要是那些浑蛋未成年怎么办？喝了酒？服用了兴奋剂？如果他们的精神状态不正常呢？

过去发生的几起不合理的案件在长峰脑海中苏醒。凶手并非每次都会被判死刑，不判死刑的案例反而更多。如果凶手未成年①，甚至连姓名都不会公布，更不可能判什么死刑。

少年法并非为被害人而制定，也不是用来防止犯罪的，而是以少年犯罪为前提，为了拯救他们而存在的。从这些法律条文中无法看到被害人的悲伤与不甘，只有无视现状的虚幻道德观而已。

另外，长峰对于案发以来警察的处理方式也有不满。

根本没人告诉他目前案子处理到什么程度。就以有人目击到可疑车辆一事为例，长峰如果没看新闻，根本不会知道。关于这一点，警方也没告诉他究竟掌握了多少新物证。

这个密报电话应该通知警察，警察也会有所行动，但恐怕不会将行动内容告知长峰。就算抓到了凶手，警察多半也不会告诉他详细经过。长峰甚至怀疑自己能否见上凶手一面。接着，凶手会在长峰一无所知的情况下被送到法庭受审，然后法庭再塞给被害人家属一个难以理解的理由，轻判凶手。

长峰站起来，拿起放在电视柜上的地图册，回到沙发上，试着寻找刚才记下的地址。

找到了！

密报者说的地址不是虚构的，连门牌号都真的存在。当然，

---

① 作者创作这部作品时，日本法定成年年龄为 20 岁。下文少年法所指的少年，即未成年人。

这不表示那里就有密报者所说的公寓，并且住着一个叫伴崎敦也的人。

长峰拿起无绳电话，液晶屏幕上仍显示着警方的电话号码。他将号码删除，再从外套口袋中拿出手机，从通讯录里找到公司主管的电话，用无绳电话拨打。

对方立刻就接了。得知是长峰后，主管似乎有点儿诧异。

“不好意思，忽然打电话来。我身体不太舒服，明天想请假。真抱歉，今天才刚销假上班，马上又要请假。”长峰说。

“哦？没关系。你看起来很疲倦，身体恢复之前还是好好休息吧。我来帮你办请假手续，你就放心好好休息。”听起来，主管好像对于长峰请假一事感到很高兴。或许这是事实。

挂断电话，长峰再次对照便笺纸和地图，选择路线。

他想亲眼确认。这是他考虑很久之后的结论。

他将目光投向电视柜。那里放着绘摩的照片，旁边的盒子里就是她的骨灰。

再稍微抬起目光，长峰看到了曾非常着迷的猎枪。他凝视了一会儿，才移开视线。

9

接到奇怪电话的第二天，长峰过了中午仍在家里。他想去伴崎敦也的公寓，但不知到底什么时间去比较好。

那个人如果是凶手，目前应该没有正经职业。长峰茫然地想象着。即使有工作，顶多也只是打打零工，或者从事特殊行业。

不管怎样，中午之前他应该都在家里，长峰猜测。

打来奇怪电话的人连藏房门钥匙的地方都告诉他了。由此可知，伴崎敦也是一个人住。只要算准他不在家的时间，潜入应该不是难事。

下午一点多，长峰开始做出门前的准备。他将文具、手机、地图和老花镜放入包里，便出门了。他本打算开车，但想到可能找不到停车的地方，就决定搭电车前往。

在车站的商店买了一台拍立得相机之后，他想起有人说过，有拍照功能的手机普及后，这种相机的销量便一落千丈。

长峰的手机没有拍照功能，但他有一台高性能的数码相机。然而他没有把数码相机带过来，因为他认为数码照片不能作为证据。

电车很空。他坐在车厢最靠边的座位，重新在脑中整理自己即将采取的行动。

天亮之后，他依然决定不立刻告知警察那个奇怪电话——他不想放弃比警察先找到凶手的可能性。这并不表示他试图跳过正常程序。他只是担心一旦托付给警察，自己将永远失去和凶手面对面的机会。

当然，打来奇怪电话的人说的话不见得是真的，恶作剧的可能性也很大。即使不是恶作剧，信息也可能有误。

所以首先要加以确认。确认之后，必须留下证据。他准备文具和照相机就是为了这个。

如果能找到伴崎敦也等人就是凶手的确切证据，当然要告知警察；即使没找到任何东西，他也打算在做完调查之后通知警方。

他转了一班电车，在最近的车站下车。出口附近挂着一张周边道路图，他把带来的地图拿出来比对，找到大致位置后走出了车站。

夏日的骄阳烘烤着柏油路，长峰几乎立刻就全身冒汗。他一边用手帕擦着脸和脖颈，一边确认电线杆上的住址标识。

不久，长峰来到了奇怪电话告知的住址，那是一栋两层的旧公寓。

确认附近没人后，长峰慢慢靠近。按照地址，应该是在一楼。他瞄着门上的号码和名牌，慢慢前行。

找到了！

那间屋子的门上挂着写有“伴崎”的名牌，但没有写名字。

他先从门前走过，离开公寓一段距离，拐过一个弯停了下来。心开始急跳。

地址不是编造的，而且里面应该住着那个姓伴崎的人。

接下来该怎么办?

这一点他其实已想过，只不过事到临头又害怕起来。毕竟这是非法入侵民宅，他明白虽然自己是被害人的父亲，这种行为也是不被允许的。

如果要回头，只有现在。然后打电话给警察，后续事宜他们会妥善处理。他也不会碰到什么危险。

但他并不只是希望凶手被捕。他真正的愿望，是让凶手切身体会到他的憎恨与悲伤。他要告诉他们绘摩遭到的不幸是多么令人难以接受，让他们彻底明白他们所犯的罪有多重。

如果交给警察，这个愿望能实现吗?

恐怕不能，他想。正因如此，目前这种不重视被害人家属的司法制度才会问题百出。

只能靠自己了，长峰坚定了这一想法。他要掌握证据，摆在凶手面前，然后质问他们为什么要让无辜的绘摩惨遭毒手。通知警察是那之后的事情。

他用力深吸一口气，再次向公寓走去。手心已渗出汗水。

他迈着比刚才快的步伐接近公寓，绕到后面，思索着那间屋子的位置并寻找窗户。伴崎住处的窗户关着，上面挂着有些脏的窗帘，屋内好像没有开灯，空调室外机也没运作。

可能不在家。长峰吞了一口口水。

他又回到公寓前面，决定按门铃。

万一伴崎在家，他打算伪装成报纸推销员。反正一定会被拒绝，他可以先离开，躲在别的地方监视，等待伴崎外出。

如果伴崎不出门又当如何?到时候再说吧，只能另想他法了。

但应该没有那个必要了，因为屋内没有人应声。长峰又按了一次门铃，结果还是一样。

他环顾四周，将手伸进信箱。打来奇怪电话的人只说钥匙藏在信箱内侧，但他不知道是怎样藏的。他的指尖碰到了某个东西，好像是一个小纸袋。他将手伸进去，摸到了钥匙。

现在不会犹豫不决了。他拿出钥匙，毫不迟疑地插入锁孔。感觉锁打开了，他转动把手将门拉开。

长峰迅速闪身进入门内，考虑是否要上锁。

不知伴崎什么时候会回来。要是他发现钥匙不见了，可能会着慌。如果伴崎是杀死绘摩的凶手倒还好，若不是就糟了。

想到最后，长峰不仅将门锁上，还把钥匙放回信箱中的袋子。如果听见有人拿钥匙，就翻窗逃走好了。他决定先把窗户的锁打开。如果被人从外面看到会出不少麻烦，所以绝不能拉开窗帘。

他站在拉上的窗帘前，重新环顾室内。

就算是恭维也很难说这儿打扫得很整洁。杂志与漫画散落一地，垃圾桶已塞满并倒了下来，泡面和便利店的快餐盒扔在房间的角落，小桌子上净是空罐子和零食袋。

进屋之后，应该就可以找到证据，像是录像带之类的东西——长峰想起奇怪电话所言。

房间里放着一台十四英寸的电视和一台录像机，旁边有一个铁架，上面排列着数十卷录像带，标签上用拙劣的笔迹写着电视节目等名称。

长峰看着这些录像带，目光停了下来。他看到好几卷标题奇怪的录像带，例如“5/6　小菅之女”“7/2　卡拉 OK　高中女生”。

他选了其中一卷，想放进录像机，却放不进去。他发现里面已经有了一卷录像带，便按下退出键。

录像带退了出来，长峰伸手取出，想放入手上的那卷。就在这时，他看见了刚取出的那卷录像带上贴的标签，便停下动作。

标签上写着“8 月 烟火 夏季和服”。

因心情太过忐忑，长峰心惊胆战。他感到血液逆流，耳后的脉搏跳得飞快。明明房间内像桑拿房一样热，他却觉得全身发冷。

他颤抖着手将录像带塞入机器，然后打开电视机，切换到视频模式，但还是无法按下播放键。

不管会出现什么画面，他对自己说，不管会出现什么画面，都得看下去。或许这是唯一能查明绘摩死亡真相的机会。他必须将绘摩的遭遇深深烙印在眼底，一直到死，他一生都得背负这个十字架。

他反复调整了几次呼吸，按下播放键。

一开始出现的画面完全是白色的，影像非常模糊，不久焦距就对准了。画面的颜色越来越深，模糊的影像也呈现出清晰的轮廓。

是人的臀部。看得出来，是一个毛发浓密的肥胖男人的臀部。镜头紧贴着男人的下半身，绕到了他的腹部。不久就是下身的特写。摄影机随后慢慢移开。拍摄的人手有点儿晃，但感觉很熟练。

接下来的画面，是含着阴茎前端的嘴唇。唾液从嘴角流下。摄像机慢慢照出全身的影像，那是一个年轻女孩，一脸呆滞。

长峰看了很久，才发现那个女孩就是绘摩。不，恐怕只一瞬间他就看出来了，但在那一瞬间里，他的内心在挣扎，不想承认那是绘摩。

他捂住嘴巴，因为他想大叫。但仅仅捂住嘴还是难以忍住叫声，于是他用力咬住中指。

绘摩一丝不挂，呈跪姿。男人压着她的头，强迫她为自己服务。绘摩眼神涣散，表情呆滞，甚至连反抗的迹象都没有。

有人在笑。是操作摄像机的男人，还是正在强迫绘摩的男人？

长峰不知道。然后这两个男人说了些什么，听不清楚内容，只是从语气中可以感受到他们很过瘾、很满足。

画面又切换了。绘摩双腿大开，阴部对着摄像机。一个男人从她后面抓住她的上半身，她没有任何反抗，像玩偶一样任凭摆布。

摄像机慢慢接近她的阴部。男人们在笑。

长峰受不了了。他关掉录像机，抱着头当场蹲下。他虽然在来之前已做好心理准备，却没想到会这么痛苦。

他流下眼泪。一想到妻子留给他的、他一直看得比性命还重要的女儿，他在这世上唯一的宝贝，竟然被这种只能称为畜生的人渣蹂躏，他就几欲疯狂。

长峰用头撞了好几次地板。他觉得只有这样才能让自己保持清醒。

然而眼泪还是流个不停。他将脸在地板上摩擦，希望借疼痛来缓解悲伤。

就在这时，他看到了一样东西，便将手伸到床下。

那里藏着一件淡粉色夏季和服。他记得这件和服，是绘摩在百货公司里缠着他买下的。

长峰将脸埋在夏季和服里，泪水再次涌出。和服上面已经沾上灰尘的气味，但仍掺杂着淡淡的洗发水香味。

长峰目眦欲裂，同时感到手脚冰冷。他的内心深处潜藏着的什么东西，一个连他自己都未曾注意到其存在的东西忽然浮上脑海。那将他满腹的悲伤用力推挤到角落。

他从夏季和服上抬起脸，盯着电视，重新打开录像机的开关。

露着性器官的绘摩又出现在画面上。但长峰没有移开视线，他咬牙切齿地想将这地狱般的画面烙印在脑海里。

地狱还没有结束。绘摩被男人们侵犯的画面清楚地出现在屏幕上。男人们就像野兽一样，根本不把才十五岁的绘摩当人看。他们让她摆出各种体位，以满足自己丑陋的欲望。

从绘摩的表情看，她已经没有意识了。长峰不知道那是因为被注射了毒品，还是因过度惊吓而精神恍惚。但不管怎样，如果这时绘摩已经失去了意识，长峰觉得还好一点儿。如果要一边承受这些，一边慢慢死去，就太悲惨了。

画面切换过几次后，瘫软倒地、一动不动的绘摩出现在屏幕上。一个男人拍打着她的脸，操作摄像机的男人则在笑："搞什么啊？睡着了。"

拍着绘摩脸颊的男人转向这边，表情变得很严肃，看口形是在说"糟了"。然后影像就消失了。

长峰双手紧握，指甲几乎陷入手掌。他咬紧牙关，几乎要发出吱吱咯咯的声音。

然后绘摩就死了。他明白了。不，她是被杀害的。

体内正在萌生的东西促使他动起来。他全身发热，头脑却冷静得连他自己都惊讶。

就在这时，门口的信箱传来了声音。

10

长峰全身绷紧。当初他决定只要有人回来，就从窗户逃走，但现在他没有那么做。不采取任何行动就离开，已不在他的考虑范围内。

他迅速环顾屋内，发现水槽上放着一把菜刀。他毫不犹豫地大步走过去拿起刀，躲在鞋架后面。门锁随即打开了。

有人走了进来，看起来毫无警觉，横冲直撞。是一个肩膀很窄、头发染成金色的少年，穿着宽大的T恤和腰很低的灰色长裤。

就是这浑蛋！长峰想。

不知他是伴崎敦也还是菅野快儿，但的确是其中之一。背影和发色都是长峰刚才在画面中看到过的。

长峰跨出步伐。

少年好像察觉了什么，转过头来。此时，长峰已来到他身后。

长峰使尽浑身力量刺出手中的菜刀。扑哧一声，肉体撕开的触感传到他手上。

菜刀刺进了少年的右腹。少年一脸惊讶地看着长峰，然后低头一看，意识到自己身上发生了什么。“为什么……”他发出呻吟。

长峰沉默着拔出菜刀，再次刺向同一部位。少年面部扭曲，想推开长峰，却没有力气。菜刀再度拔出时，少年捂着肚子，瘫软地坐在地上。他动腿想逃，却似乎使不上力，只能在地上爬行，表情惊恐万状。

看着少年恐惧的神色，长峰心里毫无怜悯，憎恨之情油然而生。没错，少年的脸刚才还出现在录像画面上，他就是将绘摩蹂躏至死的禽兽之一。

长峰推了少年的胸口一把，少年随即躺倒在地上。他看着长峰，用很微弱的声音问："你是谁……"

长峰单腿跨过少年的身体，径直坐了下去。可能是因为疼痛难当，少年发出惨叫，四肢胡乱挥舞。

露在T恤袖子外的手臂的肤色，和刚才录像里那两个裸体男人的肤色一样。就是这只手臂抓住绘摩，践踏了她身为人的尊严，剥夺了她的人生。原本青春即将绽放光芒，却惨遭无情的摧残。

当长峰回过神时，他已挥动菜刀朝少年胸口砍下。少年发出惨绝人寰的叫声。

"住嘴！否则我就要从这里刺下去。"长峰用刀尖抵住少年的喉咙。这时他才发现，自己的手和菜刀上都沾满了鲜血。

少年像投降一样伸直双手，静止不动。他的眼睛睁得很大，像是要说什么，但长峰听不见，只听见喘息的声音。少年的脸色已接近灰色。

"你是伴崎，还是菅野快儿？"

少年拼命动着嘴巴，却只能发出喘息声。

"是不是伴崎？"长峰又问了一次。

少年略微点头，目光开始涣散。

"菅野快儿在哪里？"

伴崎没有回答，他想闭上眼睛。

“回答我！菅野快儿在哪里？”长峰摇着少年的身体。少年却像人偶一样软绵绵的。

伴崎的嘴唇略微张开，长峰将耳朵贴近。

“逃到……长野的……民宿。”

“长野？长野县？哪里的民宿？”

长峰不断摇着伴崎，但伴崎的嘴唇已不再动弹，手脚也伸直了。他眼睛微睁，无神地看着上方。

长峰慢慢放开手。伴崎已经不会动了。长峰试着抓住他伸直的手腕。已没有脉搏。

这么快就死了。

长峰看着靠坐在床边的死去的伴崎。他的T恤已经被血染遍，几乎看不出原来的颜色，地板上也一片血红。长峰这才发现自己身上也一样，但这无关紧要。

不能就这样算了！就这样让他死了，根本称不上是报仇。要让他死得更惨、更没人性，还要更加倍、加倍、再加倍！

长峰死死盯着伴崎，视线在他的全身上下游移，最后停在某一点——伴崎的胯下。长峰解开伴崎长裤的纽扣，将长裤和内裤一起褪下。被阴毛覆盖的男性生殖器露了出来，缩得很小。伴崎刚才大概小便失禁了，有股尿臊味。

绘摩就是被迫含着这个丑陋的东西！

厌恶与憎恨再次在长峰体内乱蹿。他拿起沾满血的菜刀，朝着伴崎生殖器的根部用力砍下。可能是因为刀上沾的血已经凝固，几乎没切开。他用伴崎的长裤擦拭刀上的血，又砍了一次。这次有了扎实地切下去的手感。他疯狂地重复着这个动作。不知砍到第几次时，生殖器终于和伴崎的身体分离。

没有流什么血。

长峰看着伴崎的脸。他和刚才一样面无表情，这令长峰生气。

如果是活着时就失去生殖器，伴崎应该会感到比死还痛苦。他的生存价值，就是用这玩意儿蹂躏女性发泄兽欲。为什么不在他死之前让他失去这玩意儿呢？长峰感到不甘。现在这个禽兽已经无法知道自己失去了生存价值，也感觉不到痛楚。

长峰双手握着菜刀，拼命在尸体上乱砍，不去管是胸部还是腹部。他边砍边流下泪来。

即使杀死了凶手，即使把他碎尸万段，女儿被夺走的恨意还是一点儿都没有消除，悲伤也没有得到抚慰。

如果让他活下去，叫他反省，能勉强达到目的吗？这种人渣真的会反省吗？就算他反省了，长峰也不能原谅他，因为绘摩回不来了，时间无法倒流。只要一想到这种为非作歹的人被关进牢里，仍然可以活着，长峰就觉得无法忍受。

长峰懊恼地继续挥动菜刀。他明白即使报了仇也无法挽回任何事情。什么都无法解决，未来也不知该何去何从。但是，如果只因为这样就不复仇，等着他的将只有日复一日的苦闷，就和一直生活在地狱里别无二致。心爱的人被莫名其妙地夺走后，人生就再也看不见光明了。

伴崎敦也的尸体是被一个姓元村的十八岁少年发现的。元村和敦也是高中同学，敦也休学后，他们还是常常一起出去玩。那天元村想让敦也看他新买的摩托车，便来到了敦也的公寓。

发现尸体后，元村用手机通知了当地的派出所，警察赶到时，他正坐在房间外面。这并非因为他明白不能破坏现场。“我根本没办法在那个房间里待下去。”他一脸惊恐地对警察说。

事实上，看见尸体的那一瞬间，元村就吐了。警方后来在勘验现场时，确认了他的呕吐物。

警察一走进屋内就吓着了。眼前的景象凄惨得难以形容，最后连警察也在屋外等待所属的西新井分局的调查员到来。

看见尸体的状态后，西新井分局的调查员们也捂住眼睛，就连资深的鉴定科人员也皱着眉头说：“从来没见过这样的尸体。”

尸体上有无数刀伤，阴茎还被切除了，所以能判定为他杀。在场人员立刻通知警视厅。

敦也的父母接到通知后也赶了过来。他母亲看见尸体后惊声尖叫，然后因贫血昏倒；他父亲则僵在原地一动不动。警察想问他一些问题，但他只反复说一句话：“儿子的事都是老婆在管。”唯一回答的，就是为什么要让未成年的孩子一个人住在外面。他勉为其难地说，敦也高中辍学，所以给他租了一间房子供念书用，好参加大学入学资格鉴定考试。但为什么屋内完全看不出读书的迹象？他仅回答：“去问我老婆。”

虽然这是一起离奇凶杀案，但随着现场勘验的进行，警察的脸上开始浮现出乐观的神色——他们找到了足以锁定凶手的物证。

例如，凶器就掉落在尸体旁边——一把所谓的万能菜刀。菜刀不是新的，不知是否本是这屋子里的东西，但握柄上清楚地留有指纹。相同的指纹在房间内各处都有。此外，屋内还有某人穿着鞋来回走动留下的鞋印。

再者，凶手的衣物被丢弃在床上，上面沾满血迹，警方推测应该是凶手逃走前脱下的。很明显，那些衣物不是被害人的。白色 Polo 衫和深蓝色长裤都不是被害人的尺寸。更重要的是，就对服装的喜好而言，也和被害人平常穿的类型相差太远。

第二天，警方再次询问伴崎敦也的父母——其实只是询问他的母亲。还处于失神状态的她一个劲儿地哭，根本无法好好回答。但警方试着整理她支离破碎的答案后，伴崎敦也最近的生活轮廓大致浮现了。

伴崎一两个星期回家一次，主要目的是拿零用钱。母亲每次给他约五万日元。他父亲从事运输业，将包含儿子的教育在内的家中大小事宜都交给妻子处理。

儿子平常过着怎样的生活、和怎样的朋友交往，做母亲的却浑然不知。这并非因为她没兴趣或不担心。“每次问他这些事，他都暴跳如雷。”他母亲说。据说敦也严禁母亲去他的公寓。

由此可知，伴崎的母亲对于儿子为何被杀毫无头绪，顶多只说：“他好像交了很多坏朋友，会不会是因为什么事争吵而被害呢？”

警方开始排查伴崎的交友情况，不久便列出了几个人的姓名。其中和敦也最要好的，好像是一个叫菅野快儿的少年。他是敦也的初中同学。伴崎最后一次被人看到是在快餐店，当时和他在一起的就是菅野。

两个警察立刻前往菅野家。那里距离伴崎家步行只需几分钟。

菅野快儿不在家。出来开门的是他母亲，说他去旅行了，不知去了哪里，手机也无人接听。菅野的母亲经营一家小酒馆，十年前就和丈夫离婚了。因忙于生意，她好像不太管儿子的事。

征得菅野母亲的同意后，刑警们进入了菅野的房间，决定借走留在屋内的打火机、发胶、CD 等物品，随即送到鉴定科采集指纹。结果发现和在伴崎敦也住处采集到的其中几个指纹是相同的，但和菜刀上的并不吻合。即使如此，也不能马上排除菅野涉案的可能。警方认为菅野有嫌疑——他出门旅行的日子，正是伴崎被杀的那一天。

目前还和伴崎有联系的初中同学，除了菅野还有一个——中井诚。警方也去走访了这个少年。

中井诚在家。他和伴崎、菅野同样高中辍学，也和那两人一样不务正业，每天如浮萍般到处闲晃。

在警察眼中，中井诚显得相当惶恐不安。但他们不确定那是因为他知道什么与案子有关的事，还是因为面对警察感到紧张。

中井诚称对此案一无所知，最近也没有和伴崎见面。警方对此暗中调查过，确实没有伴崎和中井见过面的消息。警察暗中采集到的中井的指纹，也和菜刀上的不符。

一名调查了伴崎敦也房间的警察，发现了不得了的东西——录像带。

那个人一开始并没有什么明确的意图，只是漫不经心地将录像带放进机器，心想最多只是录了些电视节目。

然而，看到屏幕上出现的画面，他惊呆了。

11

伴崎敦也的房间内存放着数十卷录像带，其中大部分应该是录有电视节目的无聊东西，但调查员们还是决定全部装进纸箱带回。除了 VHS 格式的带子，调查员还发现了几卷 DV 卡带，这些东西同样也被收进了纸箱。此外，他们还发现了数码相机。

西新井分局的一个房间内正在播放这些录像带。承办此案的调查员们起初无法完全克制住好奇心，因为听说录像带里拍摄的是男女性交的画面。他们是怀着观赏没有遮挡、香艳刺激的成人录像带的心情来执行这个任务的。

但他们立刻明白自己大错特错了。

确实是性交画面，可影像并不能刺激他们的好奇心。那全是令人不快、毫无人性的残酷强暴画面。在场观看的调查员们没有一个不觉得反胃，绝大多数人无法观看三十分钟以上。毋庸置疑，伴崎敦也强暴过很多少女。每个人都认为这一事实绝对和伴崎的阴茎被切掉有关。

发现伴崎尸体的少年元村又被叫到调查总部。看过警方播放的录像带，他拼命摇头。“我不知道。我只知道敦也和快儿会向女生搭讪，对她们乱来，但我从来没有参与。真的，我真的不知道。”

“快儿？是刚才和伴崎一起出现在画面里的那个男生？”刑警问。

“对，那就是快儿，那家伙很过火。我跟他们没关系。”

从元村口中得知，伴崎敦也好像曾向他炫耀自己和菅野快儿一起强暴少女的事。

调查总部自然不可能不重视菅野快儿的下落，但没几名调查员认为菅野是凶手。不管发生什么争执，菅野应该不至于用这么残暴的手法杀掉一起参与强暴的同伴——这一观点占据了绝对优势。

他们最先想到的，是被害人或和被害人有关的人对伴崎复仇。从脱下来的衣物推测，凶手是男人，所以很可能是被强暴的少女的父亲、兄弟或男友。

当然也有人持不同的看法。有人怀疑是知道伴崎恶行的人刻意伪装成被害人所为。像切断阴茎、脱掉血衣什么的，都只是障眼法。

无论如何，他们都必须先确定被害人的身份。但因这类犯罪而报警的被害人少之又少。负责观看的人们虽觉得难以忍受，但还是得确认录像带里有没有任何能够表明少女身份的蛛丝马迹，所以只能继续观看这些令人作呕的影像。

不久，其中一人看到了一卷带子，不是 VHS，而是摄影机用的卡带。录制强暴画面的 VHS 录像带应该全是由这种卡带复制而来，好像只有这一卷还没复制，警察没有找到存有相同画面的 VHS 录像带。

吸引了这个警察目光的不是别的，正是被害人的脸。他觉得好像在哪里见过这名少女。

在那栋房子前方几十米处依次停了五辆车，坐在最后一辆车上的是织部和真野。他们下了车，一边观察四周情形，一边缓慢地走着。虽是住宅区，路上却没有行人。白天尚且这样，到了晚上应该更危险吧，织部心想。

从其他车上下来的刑警迅速行动。约半数人绕到屋子后面，这是为防嫌疑人逃走必须采取的行动。

走在最前面的刑警中，一人停下脚步，等待织部他们。此人姓川崎，和他们分属不同小组。

“我会按门铃。万一有人应门，就请真野先生回答，这样对方不会太有戒心。我怕他会问有什么事。”

“我知道。只要说想请教一下令爱的事就好了嘛。”真野不耐烦地回答。

“拜托你了。如果他不在家，就按计划搜索屋内。等我大致看过，觉得没有人躲在里面，就发出号令。在此之前请你们在玄关待命。如果嫌疑人躲了起来，想从玄关逃走，麻烦你们支援。”

“我觉得大概没人在家。”

“我也这么认为，只是以防万一。”说完，川崎转过身去。

真野叹了一口气。织部看了他一眼，两人目光相遇。

“走吧。”真野跨出步伐，织部跟在后面。

两人前方是一栋红色屋顶的房子，那是长峰绘摩的家。川崎一行的目的是请绘摩的父亲长峰重树主动到案。不逮捕他，是因为调查团队确信只要让他主动到案，就能让他坦白。

织部也知道西新井分局辖区内发生了离奇凶杀案，但丝毫不觉得和他们负责的案子有关联，因为案子的性质完全不一样。所以，昨天深夜接到久冢的命令，要他去监视长峰重树家时，他不知道到底是为了什么。询问究竟，得到的答案也只是“详情以后再告诉你，总之，要盯着长峰，如果他不在家，一直等到他回来为止”。

织部就这样莫名其妙地监视着长峰家。晚上长峰家没有开灯，他由此得知屋子里没人。这一状态直到今早他和同事交接时都没有改变。

结束监视后，他又被叫到西新井分局。真野也来了。织部因睡眠不足而头昏眼花，然而，在微暗的房间内看到的那卷录像带却令他睡意全无。

伴崎敦也他们强暴的那个少女，正是长峰绘摩。那张脸已烙在织部的脑海里了。画面中的绘摩面无表情。真野说，这大概是因为毒品和强暴使她精神崩溃了。

久冢称，负责伴崎敦也凶杀案的小组在调查过程中发现了这卷带子。本想请长峰重树观看以确认是不是他女儿，却不知为何联系不到他。请附近的派出所警察前去长峰家，发现他好像不在。于是发出命令，要已很熟悉当地情况的织部去监视。

长峰向公司请了假，主管是在伴崎被杀前一晚接到电话的。西新井分局的调查总部认为长峰杀死伴崎的可能性很高，便去他的办公室接收他所有的东西以采集指纹，结果显示，与杀死伴崎的那把菜刀上的指纹完全吻合。

刹那间，长峰重树便从被害人家属变成凶杀案的关键人物。

“果然是长峰先生杀死了伴崎？”织部边走边小声问真野。

“长峰先生？嗯，现在仍然需要加上敬称。”

从这句话可以看出，真野觉得长峰就是凶手。

“这么说或许有失警察的身份，但是——”

“那就别说了。”真野打断织部的话，看着前方。

织部瞄了一眼这位资深同事的侧脸，便住口了。织部原本想说“我可以体会长峰重树的心情”。

长峰绘摩被侵犯的画面只录在摄像机用的卡带里。为什么伴崎没有像平常一样复制到 VHS 录像带里呢？长峰绘摩死了，所以没有时间想这些——这一假设可以成立。但调查员在房间的垃圾桶里找到了 VHS 录像带的包装玻璃纸和剩下的标签贴纸，此外录像带的盒子也留在床边。可见伴崎应该已将强暴长峰绘摩的画面复制到 VHS 录像带里。但为何找不到那卷带子呢？

多半是长峰重树拿走了。

他潜入伴崎的房间，看到了已复制好的录像带。看完后，他就等着伴崎回来，也可能是伴崎刚好回来，于是他成功复仇。他知道自己会被怀疑，就把沾了血迹的衣服扔在现场，也没擦掉菜刀上的指纹。他大概已做好被捕的心理准备。即便如此，他还是不能把那卷带子留在现场。就算是证据，他也绝不想让包含警察在内的人看到女儿遭凌辱的画面。

一想到长峰的心情，织部的胸口就疼痛难当。织部看过伴崎尸体的照片，觉得他那样被杀也是活该。织部可以想象，长峰即使做了这种事，恐怕也无法从伤痛中解脱。

到了长峰家前方，川崎正和同一小组的人谈话。离他们稍远的地方站着一个瘦削的中年女人。她是长峰重树的亲戚，是以搜查民宅见证人的名义被带来的。她脸上挂着恐惧和困惑交织的表情。织部想，这也难怪，在这世上最可怜的亲戚现在却变成了凶杀案的嫌疑人。

“我要按门铃了。”川崎按下门铃。屋内传来了铃声，但对讲机中却没有传出任何回应。川崎又按了一次，结果仍然一样。“现在要进去搜查了。”说完，他从怀里取出搜查证，出示给那位亲戚，

“你可以陪同吗？”

“哦，好。”她神色紧张地点了点头。

“没有备用钥匙，我们必须撬开玄关的门锁。这样可以吗？搜查完之后，我们会另想办法把门锁上。”

“呃……那个，我知道了。”

川崎一声令下，特别小组的成员就开始撬玄关大门的锁。不到一分钟，门就打开了。

川崎率先走入，多个警察紧随其后。织部和真野则在屋外待命。

“车还停在家里啊……”真野俯视着旁边的简易车库。那里停着一辆深蓝色的国产车。

“长峰先生去哪里了呢？”

“谁知道。要真是去了哪里就好了。”真野看了看手表，“里面那些人没有大吵大嚷，想必他不在家。”

“你原以为他可能躲在家里？”

“我可没有。只是在想会不会在家里发现他。”

“发现……”织部明白真野的意思了。这名资深刑警是在说，长峰重树可能会自杀。

织部抬头看着这栋房子时，一名刑警从玄关探出头来。“请进。”他对着织部他们不自然地说完，立刻离开了。

“看他的表情，应该是什么也没发现。”真野小声说。

两人走进屋时，川崎刚好沿对面的楼梯走下。

“逃走了。长峰的卧室在二楼，有准备出门的迹象。”

真野走上楼梯。二楼有两个房间，门都开着，刑警们刚才进出过。

其中一间是约十二叠[1]大的西式房间，里面放了两张单人床，可能是夫妻的卧室。只有一张床上铺着薄床单，上面放着衣服和毛巾等物品，还有不合时令的毛衣。

织部也看了一下隔壁的房间。里面摆着一张小小的床和一张书桌，墙壁上贴着男明星的海报，书桌上放着英文词典。

想必长峰重树打算让这个房间永远维持现状，织部忽然这么觉得。

走到一楼，他们看到刑警们正在客厅里不断翻找。那个女亲戚大概是担心会妨碍他们，站在角落。

“你们在找什么？”织部问川崎。

“子弹啊。”趴在电视柜下寻找的川崎回答。

“子弹？”

“什么子弹？”真野问。

川崎站起来，看向那个女人。

“她说这里本来放着一把猎枪，现在不见了。”他边说边指着电视柜上方。

---

① 日本计量房屋面积的单位，1 叠约为 1.62 平方米。

12

站在长野车站的月台上，令人透不过气来的热浪笼罩全身，汗水也不断地从背上冒出。长峰后悔不迭。他误以为信州[①]的天气已经转凉，手上的旅行包里还放着好几件在这个季节穿稍嫌厚重的衣物。

长峰环顾着四周，走在月台上。有很多看起来像上班族的人，没有人注意到他。

他手提旅行包，肩背高尔夫球袋。这可以说是中年男人最平常的装扮了。

一走出出口，他就开始寻找投币式储物柜。必须是能放下高尔夫球袋的大型储物柜。

找到后，长峰将球袋放进去，看着说明将门关上。保管期限是三天。他看了看手表，确认日期和时间。必须在三天内回来把球袋拿走，万一里面的东西被工作人员看到，就万事皆休了。

释去重负的他走出车站，进入附近的一家书店。书店很大，店员不太可能记得客人的相貌。他买了长野县的旅游导览，网罗

---

① 即长野县。

了民宿的书。书店隔壁就是文具店，他在那里买了信纸和信封。店里也出售邮票，他便买了三张面值八十日元的。

他走进咖啡厅点了一杯咖啡，把买的书拿了出来。店里约坐了一半人，没有一个人注意他。

坐在他斜对面的男人正在看报纸。朝着他的版面上有一个斗大的标题——“足立区离奇凶杀案新进展”。他赶紧低下头。

恐怕……

恐怕警方已断定杀死伴崎敦也的凶手就是他，长峰心想。他几乎没有花任何功夫掩饰罪行。警方应该在伴崎的房间里找到了一大堆他的指纹，就连凶器他也就那样丢在现场了。

杀了伴崎后，长峰发了很久呆。举刀刺进已不会动的尸体，他丝毫不觉痛快。他发现尸体只是尸体，不再是他憎恨的对象。

长峰并未意识到自己犯了大错，只觉心中一片空虚，没有力气做任何事，只能听其自然。如果留在现场，可能会被人看到。目击者会去报警，自己将被赶来的警察逮捕。他甚至觉得这样也无所谓。

就在这时，他又看到了那件粉红色夏季和服。绘摩穿着那件夏季和服欢天喜地的身影，在他的脑海中浮现。

但接下来的瞬间，那个身影变得一丝不挂，正被两个男人强暴——他刚才在录像带上看到的影像苏醒了。

揪心的痛楚再次袭来。为甩开那令人厌恶的影像，他摇了摇头，伸手搓脸。

不能到此为止，长峰心想，不能在这里被警察抓走。不然，杀死伴崎就没有意义了。

一定要找到菅野快儿！无论如何，一定要逮到另一个禽兽，让他尝尝绘摩所受的苦，即使只有百分之一也好。这才是他活下去的理由。

他小心地不发出声音，在屋内东翻西找。得想办法找到一些能发现菅野快儿行踪的线索。

“逃到……长野的……民宿。”

伴崎敦也死前说的最后一句话是唯一的线索，但仅凭这句话，长峰根本无计可施。必须知道菅野在长野哪里、哪家民宿才行。

但翻遍整个房间，长峰也找不到任何与菅野快儿目前藏身之处有关的线索。

当他下定决心要离开时，才注意到身上的衣服沾满了血。这样只怕一走出去就会有人报警，也无法搭电车或出租车。

他打开廉价的衣橱，在杂乱无章的衣服中抽出一条卡其色长裤和一件白色T恤。他觉得中年男人穿成这样最不奇怪。他一穿上就觉得腰很紧，但看起来还算自然。

他将自己被血染红的衣服扔到床上。反正只从衣服应该很难判断凶手的身份，而且警方最终一定会知道犯案者是他，所以他没打算作徒劳的挣扎。

警方发现伴崎敦也的尸体之后，应该会彻查他。这样，他们迟早会知道伴崎就是杀死长峰绘摩的凶手。在调查过程中，警察应该也会与告诉长峰凶手是谁的人接触。又或许密报者在得知伴崎被杀一案之后会主动和警方联系。不管怎样，到时警察一定会怀疑长峰。

正因如此，长峰才没有清除指纹。而且，他觉得大概无法完全清理干净。他从未想过会杀伴崎，所以光着手在房间里面四处翻找。如果要清除，就得拿着布将室内各个角落擦拭一遍，连门外和阳台的栏杆都得擦。当时他只想尽快离开，根本没有时间去做这些。

最重要的是，有一样东西非带走不可。他从录像机中拿出录像带，放进带来的包里。

那是拍摄了绘摩惨状的录像带。

这样，警方确定伴崎敦也就是杀害绘摩的凶手的时间，可能会稍微延后。如此一来，即使长峰留下再多指纹，警察应该也暂时不会想到他。

另外，还有一个更重要的原因。身为父亲，绝不能让别人看到女儿这副凄惨可怜的样子，就算是警察也不行。在那个世界的绘摩，一定也希望大家放过她。

他决定将绘摩的夏季和服带回去。除了切断绘摩被杀一案与此案的关联，他也不希望将女儿的遗物丢在这种肮脏的地方。

长峰在屋内到处搜寻是否还有绘摩的东西，在床底下找到了夏季和服的腰带和她最后一次出门时提着的小包，然后悉数塞进自己的包里。夏季和服放不下，他只好装进扔在一旁的便利店塑料袋里。

他决定从大门出去。若从窗子爬出去，万一被人看到就麻烦了。

他打开门，确认没有人看到后，闪身出门。他随即意识到了一个很严重的疏忽——他没有拿房门钥匙。

长峰犹豫片刻，不知是否要回去取，但一听见远处传来的交谈声，他就径直离开了。时间不允许他耽搁，而且再回房间也不一定能立刻找到钥匙。如果不锁门，尸体被发现的时间可能会提前，但就算锁上门，应该也不会相差很多。这个时候，还是快点儿离开更重要。

他选择乘出租车回家。他没有勇气去搭必须和一大堆人面对面的电车。刚杀过人后，面容有多么阴沉，连他自己也不知道。

在出租车上，他尽量不看司机，也不跟司机闲聊。

回到家，他立刻开始整理行李。他拿出了旅行用的手提包，但他很清楚这不是一般的旅行。他不是为了旅行，而是为了失踪作准备。

长峰决定抵达目的地后再买必需品，尽量不把没用的东西放进包里。相应地，他将从伴崎房间带回的绘摩遗物全放进包里，又从相簿中抽出几张喜欢的照片放了进去，其中也有妻子的照片。看了相簿，泪水盈满他的眼眶。

收拾完行李，还有一件事必须做。他走进客厅，看着那个东西。

长峰开始学射击时，教练曾告诉他："枪这玩意儿有着不可思议的魔力，只要一拿到手上，任何人都想扣下扳机。但是真正和什么东西对峙的时候，人们反而无法扣下扳机，因为知道枪的可怕。射击，就是在和这种恐惧对抗。"

若菅野快儿站在面前，他的手指是否能用力扣下扳机？他从未想过开枪杀人，不，也并非完全没想过，但最多只是幻想，在现实世界里一次也没想过。

长峰取出专用枪袋，将枪的部件放了进去。然而放到一半时，他改变了主意，拿了出来。猎枪用的枪袋内行人一看便知，不能拎着这种东西上路。

他最终选择了高尔夫球袋。那是他以前参加某个比赛拿下亚军时得到的奖品。

他决定等到深夜时分再出门。此前，他便在家里绕来绕去，看着各个角落。夫妻俩的卧室、绘摩的房间、厨房、厕所、浴室、客厅，每一个房间里都有着如梦似幻的快乐回忆。他想起刚搬来时的情形，心也跟着痛起来。如果没有搬来，绘摩就不会遭遇这种事，但他至今仍记得购得新居的幸福感。

他坐在沙发上，静静地喝着加了冰块的威士忌。回忆全都沉没在了悲伤里。想战胜死的诱惑，就只能让憎恨燃烧起来。

人们的笑声让长峰回过神来。眼前放着一杯咖啡，他啜了一口，发现已有些凉了。

发出笑声的是一家三口，一个四五岁的男孩正在喝冰激凌苏打。

如果绘摩是男孩，是否就不会遭遇这种事了？长峰脑中忽然闪过这个念头。但他随即改变了想法，觉得问题并非出在这里。奇怪的是这个世界。难道有女孩的父母就必须每天提心吊胆过日子吗？

杀掉伴崎后，他十分明白复仇是很徒劳的行为，不会让人得到任何东西。即使如此，他还是不能放过另一个男人。他觉得不这么做是对绘摩的背叛。只有自己能制裁凌辱绘摩的禽兽。

他知道他没有制裁罪犯的权力。这应该是法院的职责。可法院真的会制裁他们吗？

不会。通过报纸和电视，长峰多少知道审判是如何进行的，什么样的案子会被下怎样的判决。就他个人的认知，法院不会制裁罪犯。

说法院会拯救罪犯其实更恰当。法院会给犯了罪的人重新做人的机会，然后将其藏到憎恨他们的人看不见的地方。

这样就算是刑罚了吗？连刑期都短得令人惊讶。夺走了别人一生的凶手，其人生并没有被夺走。

还有，菅野快儿可能也和伴崎敦也一样未成年，他只要强调自己并非故意杀死绘摩，或许连入狱服刑都免了。

岂有此理！那个人渣不只夺走了绘摩的人生，还给所有爱绘摩的人的人生留下了难以愈合的伤口。

长峰深吸一口气，把放在桌上的书放回包里，拿出钢笔和刚才在文具店买的信纸。

他必须向亲戚们道歉。他知道自己可能即将严重搅扰他们的生活。他们必须接受世人的责难和好奇的眼光，可能还得接受媒体的采访。虽然道歉不能给他们带来什么帮助，但如果不声不响地离开，长峰还是觉得过意不去。

道歉对象还有一个——公司。他没想到自己会这么突然地离开效力多年的公司。这一定会给公司带来麻烦，他无法置之不理。如果事发，他会被革职吧？他觉得应该先提交辞呈。

他还得写封信到另外一个地方。

长峰心想，那封信应该是最难写的。

13

角落的电视正在播放午间新闻的谈话节目。织部吃完天妇罗盖饭，伸手拿起茶杯正打算喝口茶，看见电视画面上打出大大的滚动字幕，便停了下来。

被杀少年与川口市少女弃尸案有关？

“电视在播那起案子呢。”织部小声告诉坐在对面的真野。

真野边吃荞麦面边点头，但没有看电视。

面容姣好的女主播以沉重的口气说道：“本节目报道过，发生在足立区的惨案中，被害人疑似经常对女性实施性侵犯，也就是所谓的强暴惯犯。据了解，此案可能与长峰绘摩荒川弃尸案有关。我们现在连线正在西新井分局采访的坂本先生。”

画面切换到西新井分局正门前。一个身穿短袖衬衫的男人手持麦克风站在那里。

“我现在在西新井分局门口。正如我们此前报道的，警方从问题少年的房间里发现大量拍摄强暴行为的录像带。而最新消息证实，其中一卷录像带中的少女，就是在荒川被发现的长峰绘摩。这一发现让调查总部认为，两起案子之间应该有某些关联。”

画面又转回直播间。男主播面色凝重地说道：“这到底是怎么回事呢？为了后续报道，本节目的工作人员曾经联系长峰绘摩的父亲，想询问有关绘摩的事，但他不在家，也没去公司。这方面如果有任何新发现，我们也会立刻告知各位。案情的发展真是出人意料……”

主播探询着身旁几位评论家的意见。可能是因为案件发展太过离奇，评论家们都像是担心一旦失言会有损颜面，纷纷声称“这个社会病了”云云。

昨天的晚间新闻第一次报道了这些内容，但当时并未提到长峰重树行踪不明一事。

“媒体应该还不知道长峰先生就是杀死伴崎的凶手吧？”织部问真野。

真野已吃完荞麦面，正用牙签剔着牙。“怎么可能？光看警方的行动就知道了。只是警方还没有公布指纹吻合的消息，他们才不便擅自说出推论。”

“为什么不公布指纹的事？”

“可能是不想把长峰逼入绝境吧。人如果被逼急了，不知道会做出什么事情来。更何况他还带着一样很可怕的东西。”

“毕竟是把猎枪嘛。”

真野闻言皱起了眉头，在嘴唇前做出拉上拉链的动作，似乎在说“不要在这种地方谈论这些”。织部低下了头。

两人走出快餐店。这家店位于船桥赛马场旁边，他们沿着宽阔的道路走了约五分钟，来到一条小商店林立的马路。转弯又走了一阵子，一块写着“伴崎米店”的招牌出现在右前方。从招牌脏污的情形来看，这家店应该很久没有营业了。

“应该是那里。”

“看起来好像没有人住。”

“这才好。邻居不会说三道四，媒体也不会蜂拥而至。”

铁卷门生了锈，一看便知已停用一段时间。他们从旁边的巷子绕到后面。那里是住宅，有一扇小窗面向巷子，门旁装了一个按钮。

“这会响吗？”

“不按怎么知道！”真野话音未落就按下按钮。没有任何反应，于是他又按了一次。

织部正要说“果然坏了”，就听见门锁打开的声音。门开了约二十厘米，一个五十岁上下的女人探出头来。她双眼凹陷。

“早上我们打过电话。”真野脸上堆起亲切的笑容。

女人生硬地说了声“请”，将门打开。

织部跟在真野后面走了进去。屋内有些昏暗，混浊潮湿的空气里掺杂着线香和灰尘的气味。

这是一间约六叠大的和室，除一个小茶柜和一张矮桌外没有其他家具。拉门紧闭，看不到隔壁的房间，线香的气味好像是从那里飘来的。

真野先自我介绍，织部也依样而为。女人好像对刑警的姓名毫无兴趣，一直看着陈旧的榻榻米。

这个名为伴崎幸代的女人是被杀的伴崎敦也的母亲。听说她昨晚就搬到这里了。这里好像是她丈夫郁雄的老家。

“这儿现在没有人住吗？”真野问。

“有什么关系吗？”

真野赶紧摇摇手。“没，没什么关系。”

幸代长叹一口气。“我大伯子就住在附近，他用这里做仓库。我丈夫拜托他，让我们在这里住一阵子。”她的声调没有任何起伏。

“哦？哎呀，待在原先的地方的确比较吵啊。”

“才不是什么吵不吵的。”幸代蹙着眉头，“周围的人都用异样的眼光看我们，还有一些奇怪的媒体想让我们接受采访。”她摇了摇头。“我快要发疯了。”

这也正常，织部心想，她现在可能是全国最受瞩目的人。毕竟，她的儿子是离奇凶杀案的被害人，是强奸犯，还是弃尸案的嫌疑人。

“抱歉，这种时候还来打扰您，但想请教您两三个问题。”真野不好意思地说。

幸代吊起眼角。“没什么好说的。我不是已经告诉你们很多了吗？希望你们不要太过分。”

“您和令郎最近这一个月来有没有交谈过？”尽管她很生气，真野仍抛出了问题。

“没有。那孩子在做什么，我全都不知道。”

“令郎是从什么时候开始一个人住的？”

“去年十一月。他说要参加大学入学资格鉴定考试，我想让他在安静的环境中专心念书……我们家是做运输业的，家和公司在一起，所以很吵，人进进出出的，很难静下心来——”

“有人说，”真野打断了她，“敦也好像会对父母使用暴力。他们猜或许这才是你们让他住在别处的原因。”

幸代的脸上浮现出惊慌失措的神色。“是谁说的？”

“就是听别人说的嘛。我们四处问了很多人。”

幸代低下头，眼神闪烁，可能是在猜告诉警察这些家长里短的人是谁。

“到底是怎样呢？”真野催促道。

幸代抬起头来，但并没有看向真野。“那个年龄段的男孩多少都有点儿粗鲁嘛，应该说是情绪不稳定吧。所以我才替他租了公寓，让他能静下心来读书。就是这样。”

听着幸代的回答，织部觉得母亲真伟大。已经到了要另租房子的地步，说明伴崎敦也对母亲不是一般地凶暴。事实上，有很多人看到过她受伤。即使如此，她仍要包庇儿子。

“那您是否知道他为什么情绪不稳定？”真野问道。

“所以我就说是我们不对，小时候没好好管他，要是多关心他的烦恼就好了。”

真野摇了摇头。“我不是指这个，而是更直接的原因。”

“直接的……”

“敦也曾因吸香蕉水接受过辅导，在初中的时候。后来他也曾经服用过迷幻蘑菇。”

幸代脸色大变，睁大眼睛摇着头。“只有一次，而且是很久以前的事了。”

“我并不想这么说，但只接受过一次辅导，并不代表他后来就没有再吸，躲起来吸的案例比比皆是。”

“不，那孩子——”

“或许近来已经不吸香蕉水了。”真野打断了幸代，“因为和他一起玩的人也没提到这件事。但是太太，他很可能吸食其他毒品。他有没有服用药物的迹象？”

幸代的脸扭曲了。她首度正面看着真野。“那孩子怎么可能做这种事啊！他啊，其实是个很乖的孩子，都是因为坏朋友唆使，才慢慢步入歧途的。他心地善良，坏的是那个菅野。敦也明明想认真过日子，他却老是从中作梗。”

“您说的菅野就是菅野快儿？”

幸代十分肯定地点了点头。“那个小孩从初中开始就很坏。他呀，可是臭名昭著。不管是香蕉水还是香烟，全都是他教敦也的。如果敦也不跟他一起玩，他还会威胁敦也。敦也是迫不得已才和他来往的。”

“就是说，吸毒的是菅野？”

“这种程度的坏事，那孩子一定做过。”

“您听敦也说过这种事？”

“这个……我没有听到，但敦也常说那家伙很厉害，或是什么坏事都做之类的。”

“哦？他什么坏事都做吗？”

“是的。如果不和那孩子往来，敦也就不会碰到这种事了……”

幸代咬牙切齿，紧紧闭上眼睛，然后拿起身旁的毛巾按眼角。

“这次的事情只怕也一样。虽然电视报道什么他强暴了很多女生，把他说得罪大恶极，但那绝对都是菅野主使的，敦也只是被迫一起做。可是，只有我们家的小孩被当成坏人……你们不觉得很奇怪吗？为什么没人提到菅野？敦也已经被人杀了！他明明是被害人，为什么还得遭受世人的责难啊？”

幸代用毛巾捂住脸，号啕大哭，声音沙哑。

真野很为难地看了看织部，重新看向幸代，然后靠近她耳边问道：“敦也会开车吧？”

“那又怎么样？菅野应该也会啊！”

“平常他们开什么车？不，我知道敦也没有车，所以大概是跟朋友借的……”

“我不知道那孩子在做些什么。”

真是乱七八糟，织部想。她不知道自己的儿子在做些什么，却相信儿子没有错。

忽然，幸代抬起头，拿开毛巾。她的眼睛又红又肿。“那件事也和敦也无关。”

“那件事是指……”真野问道。

“就是少女的尸体被丢在荒川里的那起案子。只因为敦也出现在录像带里，就可以说他是凶手吗？太没道理了吧？请你们好好查清楚。那孩子应该是无罪的。”

看着这个呼天抢地的母亲，织部想，看过长峰绘摩遭受凌辱的画面之后，她还说得出同样的话吗？

14

诚躺在床上看漫画时，忽听有人说了一声“我进来了”。拉门随即被打开。进来的是他的父亲泰造。泰造穿着短袖开襟衬衫和长裤，像是刚从公司回来。

诚合上漫画，转身朝向父亲。“干吗啊？”

泰造在儿子的椅子上坐下，把臂肘搭在椅背上，环顾四周，露出不悦的表情。“这房间真脏，你偶尔也该打扫一下。”

“你特地进来讲这个？”

“你要游手好闲到什么时候？”

“烦死了，不要管我。”诚转过身，又打开了漫画，心想如果老爸再啰唆，自己就要冲他吼。

“你跟那件事无关吧？”泰造低声问道。

“那件事是指什么？”诚继续摆出看漫画的姿势，心中却吓了一大跳。

“伴崎那家伙的案子啊，废话。怎么样？和你有关吗？”

诚咽下一口口水，心想绝对不能让父亲看出自己的不安。“和我无关！”

“真的？”

“真的！啰唆死了。”

父亲好像站了起来。诚以为他要走了，其实不然。诚的肩膀被抓住了，力道很大。

“看着我，给我说清楚。这件事很严重！”父亲的声音很急躁。

诚不情愿地爬起来，盘腿坐在床上，抬头瞅了一眼。泰造瞪着儿子，但眼中没有愤怒，只有焦急。

“警察来的时候，你说最近没有跟伴崎见面，是真的吗？”

“真的。”诚低头回答。

“那么，那天是怎么回事？在川口举办烟火大会那天，你开着家里的车出去了吧？当时你说在朋友家，那个朋友不是伴崎吗？”

诚无法回答。确实，那时他在电话里是这么对父亲说的，现在再谎称是别的朋友也没什么意义，父亲一查就会知道。

见诚沉默不语，泰造似乎明白了。他用力咂了咂嘴。“净给我干些蠢事！我就想着会不会是这样……伴崎被杀的时候，我就有不好的预感了。”他再次坐下来。铁制的椅子轧轧作响。

诚看了看父亲。“和我没关系。”

看着地面的泰造抬起神情焦虑的脸。“什么没关系？伴崎他们做坏事的时候你也在吧？”

诚摇了摇手。“我不在。那时我不是回来还车吗？你不是叫我把车开回来？”

“在那之前你都跟他们在一起？”

“对，可是那时我们什么也没做，只是一起开着车四处乱逛。那两个家伙杀了那个女孩的事情，我根本不知道。那都是我走了之后才发生的，真的。”

泰造一直盯着儿子，眼神像是要看穿他是不是在撒谎。“那掳走女孩的时候呢？你不在吗？电视上说有人在现场目击到一辆可疑的车，那不是我们家的吗？他们说是旧款轿车。”

诚移开视线，他知道不可能再支吾搪塞了。

“果然是我们家的车？”泰造又问了一次。

诚无奈，只好轻轻点头。泰造又咂了咂嘴。

“看电视的时候还以为和我无关，没想到居然是我们家的车。”

“可是跟我没有关系。”

“怎么会没有关系？是你开的车吧？掳走女孩的时候你不也在场？”泰造的声音因愤怒而颤抖。

“没错，可掳走女孩的人又不是我，是敦也和快儿自作主张把她带上车。我也没想到他们会做出那种事。”

“你当时为什么不阻止他们？你没叫他们不要上车吗？”

“我哪敢说那种话！如果说了，不知道以后会被他们怎么样，会死得很惨！”

儿子的话让泰造心烦地扭曲着脸。“你们的世界和黑道没两样，真不知道你们到底在想什么。那后来呢？”

“我开车把女孩带到敦也的公寓……然后老爸你就打电话来了。所以我和他们两个分开，回家了。”

“真的？”

“是真的，相信我。”

“你没有对那女孩怎样吗？不是撒谎吧？”

“不是啦，我只是开车。”

泰造点了点头，摸着下巴陷入沉思。他的下巴长出了很多胡茬。“不管怎样，警察可能还会再来，他们应该会问你烟火大会那天发生的事。你打算怎么回答？”

“怎么回答……不是只能老实说吗？”

“你能不能说你没在车上？”

诚瞪大了眼睛。“啊？什么意思？”

“也就是说，你把车借给伴崎，约好在某个地方等他。不对，这样就得说明是在哪里。好，那就在伴崎的公寓等他好了。伴崎将女孩掳回来之后，你取回车就直接回家了。”

诚终于明白父亲的用意了。泰造想包庇儿子，所以编出这个谎言。

“行不通。”诚说。

“为什么？”

“因为还有快儿在场。要是快儿被警察抓到，全都招供，警察就会知道开车的人是我了。”

“哦？”泰造咬着嘴唇，皱起眉头。

“还是只能说实话吧？”

“是……”泰造握拳敲着大腿，看着诚，“说谎可能会更糟……那就老实说吧。但你要把受威胁的事说清楚。”

“受威胁？”

“他们应该有威胁你开车吧？还有，掳走女孩时，他们也对你说要是不帮忙，就给你好看，对吧？”

“他们没有这么说，是我觉得如果不做，以后一定会被他们欺负，才不敢违抗。”

泰造气急败坏地摇头。“你要告诉警察，他们是亲口这么说的。因为害怕，你才不得不去为他们开车。如果不强调这一点，以后会很麻烦。”

“但快儿一定会说他没有威胁我。”

“那就看警察会相信谁。没问题，如果有什么争议，我就给你请律师。”

诚点了点头。一直令他厌恶的父亲，现在却让他觉得很可靠。

“还有，你要说当初没想到伴崎他们真会强暴那个女孩。”

诚不太明白父亲的意思，一脸困惑。

“如果你明明知道那些人要非礼女孩，却默默回家，你仍然算是共犯。事后要是报警就好了……你没有吧？”

“嗯……”

“明知会有人犯罪却置之不理，也是有罪。所以你要说，你以为他们只会摸她几下，然后就放她走。你要告诉警察，伴崎他们是这么说的。”

“他们会相信吗？”

“就算不相信，你也要这样坚称。至于没有报警的原因，你就说没想到会演变成这么严重的案子，又怕伴崎他们报复你，就可以了。”

这倒是事实，诚便回答：“是。”

“你还要说，虽然从电视或什么地方得知了那个女孩失踪、警方发现尸体的事，但你完全没想到是伴崎他们做的。这一点最重要，你绝对不能忘记。”

“嗯，我知道了。”

“只要强调你没想到会和那起案子有关、他们俩威胁你，你应该就不会被判重刑。我会请律师为你作无罪辩护。”

泰造双臂抱胸，闭上眼睛，思索着是否还有什么疏漏。

“后来你应该没再和伴崎他们见面吧？”泰造盯着诚问。

诚不发一语，摇了摇头。

“怎么？不是？”

“我又被叫出去了。他们叫我开车过去……”

“什么时候？”

“应该是烟火大会后两天。”

“你把车借给他们了？”泰造的脸色变得很难看。

诚不说话，轻轻点了点头。

泰造骂了声：“蠢蛋！你怎么那么唯命是从？就是这样，才什么事都做不好。”

被径直戳到痛处的诚感到很受伤害，也很生气。他扭过头去。

“然后呢？”

“什么？”

“你还问我？你把车借给他们，还车的时候不是又得见面？”

“嗯。”

“什么时候？”

“第二天早上。前一天晚上他就打电话来，叫我去他公寓取车。我就去了。”诚有点儿赌气地回答。

“借车还车时，他们说了什么？那两个家伙说他们杀了女孩吗？说要用车运尸体吗？”

“他们没说得那么直白，但我觉得好像说过类似的话。”

“类似的话指什么？说清楚一点儿。”

“我不记得了！就是‘这也不是我们的错’‘那是意外’之类的话。”诚揪着头发，做出不耐烦的表情。

泰造从椅子上起身，坐到诚旁边。床凹陷下去。“你没有帮忙搬运尸体吧？只是借车给他们？”

“对，这不是废话吗？”

“好。那么这一部分你也要好好告诉警察。只要说你的确把车借给了他们，但完全不知道他们开去做什么，第二天他们还车时也什么都没对你说。你就这样告诉警方，知道吗？”

“知道了，可是……”

“什么？”泰造看着诚。

诚脑海里浮现出敦也和快儿要他制造不在场证明一事。事实上，他当真去了卡拉OK，为他们制造了不在场证明。他犹豫不决，不知是否该说出来。

“怎么？难道你还有什么事没说？”泰造语带威胁。

“不，没有。”诚回答。他觉得如果说出制造不在场证明一事，一定又会被父亲大骂一顿。“这样真的没问题吗？”他战战兢兢地问。

“什么？”

“呃，我觉得我跟快儿说的话可能会有出入。那家伙大概会咬定我也是共犯。”

“所以就像我刚才说的，要看警方相信谁的说辞了。重要的是有没有证据。你只是在不知情的情况下被利用而已，没有证据显示你积极地帮忙。只要我们抓住这一点，就算闹上法庭也没关系。总之，杀人的是那两个家伙，警察应该不会相信他们的话，你不用担心。”

虽不知事态发展是否真能那么顺利，诚还是点了点头。现在先按父亲说的去做吧。在官司之类的棘手问题面前，他束手无策。

“这下你知道了吧，”泰造把手放在诚肩上，“从今以后，交些正经一点儿的朋友。”

“嗯……”

“伴崎的那个死党叫什么？”

“快儿，菅野快儿。”

“菅野……”泰造撇了撇嘴角，喃喃自语，“如果这家伙也像伴崎一样被杀，事情就好办了。”

诚很惊讶地看着父亲。不知泰造如何解读诚的反应，他用力地点了点头。

15

织部他们走向东武伊势崎线的梅岛车站。那是离菅野快儿家最近的车站。

一走出检票口，他们就看见川崎正站着看报纸。织部与真野举步靠近，川崎好像察觉到了，抬起头来。

“你一个人？”真野问。

“仓田在公寓前面监视。”川崎说出年轻同事的名字。他们隶属今井小组，这个小组和久冢小组一样，都负责凶杀案。

“菅野的母亲在家吗？”

“在。她好像平常都是七点左右出门，店就在锦系町。”

“菅野快儿应该……没有跟她接触。”真野心灰意冷地说。

“对。”川崎苦笑，“你们呢？从伴崎的母亲那里问到什么了吗？”

真野噘起下唇，摇了摇手。“我本就没抱太大的期望，只是去看看她是什么样的人。自古以来不是常说吗，看到行径恶劣的坏小子，就想看看父母的模样。”

“伴崎幸代察觉到敦也是被长峰杀死的吗？”

“没有，她好像还没精力想那么多，光是包庇儿子的荒唐行为就让她费尽心力了。不过，她总有一天会知道，到时她的表情会是什么样的呢——要去看看吗？”

“好啊，我跟你一起去。”

川崎迈开步伐，织部他们跟了上去。

在形式上，现在城东分局和西新井分局都设置了调查总部。城东分局的总部在调查长峰绘摩的案子，西新井分局则负责调查伴崎敦也被杀一案。但既然几乎可以断定杀死伴崎敦也的就是长峰重树，双方联合办案也是理所当然。现在，西新井分局已成为实质上的调查总部。

但毕竟是两起案件，凶手也不同，所以依照所属小组不同，负责调查的人也不一样。织部和真野主要负责查明长峰绘摩弃尸案的真相，如果凶手是伴崎他们，收集罪证就是织部和真野的调查主轴。川崎他们的任务则是追查杀伴崎的凶手。

“对了，伴崎的母亲在案发前认识长峰重树吗？在长峰绘摩的案子发生前？”川崎边走边问。

“她说完全没听过，看起来不像是说谎，但那个做母亲的就连亲生儿子的事情都一问三不知。”

“现在的父母都是这样。”

“那伴崎的狐群狗党呢？”

“我们也去问过了，他们都说在案发前不认识长峰父女。据他们说，伴崎应该不是事先就锁定长峰绘摩。虽然都是些混混，但我觉得可以相信他们。”

“那么，在长峰绘摩的案子发生前，伴崎和长峰父女毫无瓜葛？是刚好在街上看见长峰绘摩，就把她掳走了？”

“对。”

“太奇怪了。上面的人怎么看？”

“那些大人物们也很头疼，而且我们还没弄清长峰是怎么闯入伴崎的住处的。”

“会不会是门刚好没有上锁？”

“现在也只能这样想了。”真野低声回应。

他们谈话的内容，织部也都知道。调查总部现在最头疼的问题就是长峰重树是如何知道伴崎敦也其人的。他只是普通上班族，怎么可能具有那种能力和人脉，找出连警察都难以查明的真相？唯一的可能，就是在绘摩被杀以前，长峰就已认识伴崎，然而到目前为止还无法证明。

另一个问题，就是长峰是如何潜入伴崎的住处的。从当时的情况分析，只能认为他是在伴崎不在家时潜入的，看过那卷录像带后就等着伴崎回来。

“只要能找到菅野，所有问题都可以解决。”川崎叹道。

菅野快儿的家位于日光街道上，就在前方不远处。那是一栋六层公寓，他住在五楼。三人在楼前停下脚步。

川崎用手机打了个电话。“我是川崎。有没有什么情况？哦……现在我要和真野先生他们去见菅野的母亲，你就继续留意周遭的情况。”

挂断电话，他依次看了真野和织部一眼。“仓田他们在那栋公寓监视，好像没发现可疑的情况。我们走吧。”

菅野家对面有一栋外观类似的公寓，川崎的同事好像就在那里监视。他们等的自然是长峰重树。长峰杀掉伴崎后，接下来的目标就是菅野，这很容易就能想到。

三人走进了菅野家所在的建筑。大门配了自动锁，川崎按下对讲机。一个声音传出来，应该是菅野快儿的母亲。川崎赶紧报上姓名，门立刻开了。

“他母亲叫什么？”走进电梯后，真野问道。

“路子，道路的路，孩子的子。在店里她也用这个名字。”

“你打算把菅野快儿和伴崎一起强暴年轻女孩的事告诉她吗？”

“上面指示我告诉她。不过，我想她应该已经有数了。”

“这个就不知道了。”真野撇了撇嘴角。

“她应该知道儿子成天跟伴崎混在一起吧。”

“母亲看自己的孩子时往往变得盲目。伴崎的母亲也是这样。就算已经铁证如山，她大概还是不愿相信；即使心知肚明，也会假装不知道。”

“那就让她接受现实吧。”川崎冷笑，“否则我就告诉她，她儿子将会被杀。”

电梯到了五楼。房门前也有对讲机。川崎按下按钮，还没听到回应，门就开了。一个蓄咖啡色长发的女人出现在面前。

“辛苦了。给你们添了不少麻烦，真是非常抱歉。”菅野路子用很客气的声调说道。

真野往前走。“我们想请教您一下令郎的事。”

“我知道了。请进，只是屋子很小。”

和伴崎敦也的母亲相比，织部觉得她非常镇静。但快儿还没被杀，这或许是理所当然的。她看起来在三十五岁到四十岁之间，但实际年龄一定更大。离上班的时间还早，她却已化好妆了。

她说家里很小，客厅却很宽敞，可能有二十叠以上。屋内摆着摩登风格的家具，看起来也价格不菲。

她说要冲咖啡，真野阻止了。

“令郎还是没有和您联系吗？”

菅野路子表情凝重地皱起眉头。“没有。他总是这样，人一跑出去，就会好几天都没有消息。”

她在暗示，菅野快儿出门旅行失去联系，并非什么大不了的事。

“您不知道他去了哪里吗？”

“对啊。如果我问太多，他会生气的。这个年纪的孩子大概都是这样。”

听起来似乎她认为儿子的行为一点儿也不奇怪。

“您没有试着找他吗？”川崎问道。

“我是想找，但不知道去哪里找。打他的手机，也转到语音信箱……”说完，她看着三名刑警，“但就算那孩子回来了，也帮不上什么忙。我以前也跟其他警察说过。”

“帮不上忙？您是指……”真野问。

“就是伴崎的案子嘛。那真悲惨，但他刚好在那之前出门旅行了。我想我家的孩子应该什么都不知道。”

她好像以为警察此行是为了寻找杀害伴崎的凶手的线索，或者只是在装模作样。

“太太，”川崎用稍微严肃一些的口气说道，“您应该知道被杀的伴崎生前做了什么吧？”

“什么……”

“这两天电视不是不厌其烦地报道了吗？警方发现了一些录像带，上面录了很多有问题的画面。您没看电视吗？”

菅野路子垂下眼睛，但似乎并不是因为害怕。涂得鲜红的嘴角往下撇。“那个我也看到了，是伴崎猥亵女孩子的事吧。”她吐出一口气，慢慢摇头，“伴崎我多少也认识，他不是那样的小孩，我儿子也说他是个好人啊。一定是哪里出错了……”

“他有一个共犯。”川崎说，“录像带里还有一个人。我们已经请好几个人确认过，就是您家的快儿。”

菅野路子涂了黑色眼影的眼睛睁得老大。她随即皱起眉头，深深吸了一口气，前额好像都要鼓起来了。“那孩子不可能做出这种事！”她拼命摇着头说道，眼睛瞪着川崎。

川崎从西服口袋中取出两张照片放到桌上。那并不是冲洗出来的照片，而是打印出来的，画面好像截取自录像带。

照片里有一张年轻人的脸。五官端正，短发竖立，似乎只有脸部被放大了，轮廓稍微有些模糊，但不至于影响辨识。

“你们这是什么意思？”菅野路子叫道。

“请仔细看，这不是快儿吗？”

“不是。”

“太太，这很重要，关系到令郎的性命，所以请仔细看。应该是快儿吧？如果您觉得这张照片难以辨识，就只能请您看原版录像带了。”

“那是什么？”

“刚才我说过了，就是在伴崎敦也房间里找到的录像带。”川崎说。直接说出伴崎敦也的全名，或许是在暗示录像中有涉及犯罪的行为。

菅野路子不发一语，低下了头。她根本没打算看照片。织部从她的表情明白她已认出那是儿子了。

“一定是哪里……弄错了。”她的声音比刚才微弱了，“我实在无法相信那孩子会做那种事。一定是弄错了，一定是半开玩笑，玩过头了。”

“太太，这是强奸。”川崎冷淡地说道，“半开玩笑地强奸吗？”

菅野路子的身体微微颤抖，织部无法判断那是因为害怕还是愤怒。

“这个……怎么知道是不是强奸？只是从录像带的画面看起来是那样，对吧？而且我听人说过，打官司的时候，录像带根本不能作为证据。”

这是事实。录像带只能做参考，不能视为证据，因为改变或加工其内容都不是问题。

“这个女孩已经死了。”沉默了一会儿，真野说道，“在荒川发现的女孩尸体，就是伴崎他们的牺牲品。那卷带子的画面里也有令郎。”

“这是什么意思？你说我的孩子杀了人？这……可是诽谤。请找律师来跟我谈。”

看着歇斯底里的菅野路子，织部觉得她和伴崎的母亲毫无二致。两人并非完全相信儿子，或者说，她们心里其实清楚恐怕就是儿子犯的罪，但还是试图包庇。

“如您所言，我们还不知道快儿是否真有强奸行为。”川崎用平淡的口气说，“但问题是伴崎被杀了，而凶手现在恐怕已经盯上了快儿。”

刹那间，面色红润的菅野路子变得面无血色。

16

从菅野路子家所在的那栋楼出来不久，真野的手机就响了。此时他们刚好到达梅岛车站。

“喂……是，已经去过了。没办法，她好像不知道儿子的行踪……看起来也不像是把儿子藏起来了……是，现在我和织部在一起。今井组的人在菅野家对面的房子里……咦？现在？倒是没关系……请等一下。中井吗？中井诚。我知道了，那我现在过去看看。地址是……是……是，三丁目。”

织部一等真野挂断电话，便说：“要去问口供？”

“嗯。伴崎初中时的同学，听说住在附近。他父亲打电话到西新井分局，说有些话想告诉警察。”

“如果和伴崎是同学，那和菅野也是同学了？”

“应该是吧。对了，你有地图吗？”

“有。”

织部站着摊开地图，查找真野从电话里问到的地址。确实，好像步行就可以到达。从地址看，应该不是公寓，而是独栋建筑。

“打电话到西新井分局，应该是要提供伴崎凶杀案的线索吧？”

“不，也未必，或许只是通知附近的警察局。如果涉及伴崎一案，应该会指派川崎他们去。”

“也是。”

中井诚的家要从商店林立的大道再稍微往里走，是鳞次栉比的房屋中的一栋。从小小的门走进去，马上就来到了玄关门前。

真野在对讲机里报出姓名，门立刻打开了，一个五十岁左右的男人走了出来。他体格很好，脸晒得黝黑。

“不好意思，劳烦你们特地跑一趟。我是诚的父亲。”男人递出名片，上面印着“中井泰造”。他好像供职于建筑公司，职务是科长。

“听说您有些话想告诉我们？”真野问。

“是的，请先进来吧。”

织部他们被带到一间小而舒适的客厅。旁边就是餐厅，泰造的妻子表情紧张地为两人端茶。

“去叫诚过来。”泰造命令妻子。

见她走出去，真野便问道：“中井先生，请问您要谈的事是关于哪方面的？”

泰造啜了一口茶，露出苦笑。“还是让我儿子来说吧，是有关那起案子……伴崎的那起案子。”

“伴崎被杀一案？”

“不是的，是关于在川口发现的女尸。听说凶手好像是伴崎。”

“哦。但那起命案目前尚未确定是伴崎所为。”

“哈哈，是吗？但应该不会有错吧？电视上都是这样报道的。”

“呃……我不知道电视是怎么报道的，但我们还在进一步调查。”

“是吗？要是这样，说不定我儿子的话能对你们有所帮助。”

听完这番话，坐在一旁的织部觉得这个人说话慢条斯理，似乎知道很多事情。

就在这时，门打开了，一个瘦削的年轻人和母亲一起走了进来。年轻人染成咖啡色的头发竖立着。他用警惕的眼神看着警察们。

“诚，过来，把刚才说的话告诉警察先生。”

泰造说完后，诚不发一语地走过去，坐在父亲旁边，低下头。

“你叫诚是吗？有什么话想对我们说吗？”真野用非常亲切的口气对他说。

诚看了看身旁的父亲，像是在问该怎么说才好。

“从头开始，就从烟火大会那天晚上开始说。”泰造说。

“烟火大会那晚，就是那个女孩在川口失踪那天吗？”真野问。

诚轻轻点了点头。

“那天发生了什么事吗？”

“这小子说那天他和伴崎他们见过面，还一起开车出去。”

“开车？您的车吗？”

“是我的车，但有时这小子也会开出去。”

“车型是……”

“荣光，五二年的破车。”

没错，织部心想，这和目击者的说法一致。

“你是说，你开那辆车载着伴崎他们？”

“听说是烟火大会那天，他们找他出去的，三个人就驾车出去玩——”

“先生，对不起，我想直接听令郎说。”

“呃，也对，这样更好——喂，你好好说一下！”泰造对诚说。

诚战战兢兢地抬起头来。“……快儿说烟火大会之后想去找小妞，所以我们和敦也三个人开着车……到处乱逛……”

听起来像是话还没说完，但诚似乎觉得这样就算说完了。

“然后呢？”真野催他继续说。

“然后快儿和敦也叫我停车，我等了一会儿，他们带了一个不认识的女孩坐上车，叫我开到公寓……”

“等一下，那个女孩是他们两个去搭讪找来的吗？”

诚盯着地面左思右想。“我也不太清楚……看起来好像全身瘫软，失去意识一样。”

真野瞥了织部一眼。与织部对视了一下之后，真野又扭头看着诚。“那个女孩就是那个人吗？被发现遇害的长峰绘摩？”

“我不太记得她的相貌，只是在想会不会是她……”

“哎呀，这孩子的意思是说，他看到新闻报道说被杀的伴崎有可能就是杀害川口女孩的凶手，才在想会不会就是那个女孩。在那之前，他好像完全没想到。不知他是太迟钝了，还是少根筋，真是不好意思。”

“现在那辆车在哪里呢？”真野问泰造。

“在停车场。沿着前面这条路走二十米左右，有一个包月的停车场。”

“可以看看您的车吗？”

“请、请。现在我马上开过来。”

真野伸手制止正要起身的泰造。“不，不用了。我们分局里有专家，我会请他们来看。”说完，真野对织部使了个眼色。

织部说了声“失陪一下”，站起身来。他要向总部报告。

织部联系上久冢，请鉴定科的人过来。当他再次回到屋内，对诚的问话已颇有进展。

“也就是说，烟火大会那晚，伴崎他们不知从哪里带来一个女孩坐上你的车，然后直接开到伴崎的公寓。你父亲叫你把车开回去，所以你回家了。两天后，伴崎打电话给你，说要借车，你不知道他的目的。当晚他打来电话，第二天一早你就去他的公寓取车，当时菅野也在，他们俩看起来并无异状。事情就是这样吗？”

“嗯，大概……是这样。”诚用细微的声音回答。

“我真不知道该怎么说，哎呀，真是丢人！”泰造的脸耷拉了下来，“再怎么被威胁，也不至于要对那两个不知从哪里掳回陌生女孩的同伴唯命是从吧？天底下哪有这种事！我已经这样大骂过他了。不过，听说那两人以前好像就常干这种勾当，只是不知该说幸运还是凑巧，好像都没有酿成大祸，这孩子才以为这次也不会有事。所以，看到电视上播报川口有个女孩失踪以及尸体被发现等新闻，他也完全没有想到会是同一个人。”

“是这样吗？”真野问诚。

诚微微点头。

“那你为什么忽然觉得你或许和那起案子有关？”

“因为那个……新闻说敦也是杀害川口女孩的凶手，我才想到可能是那天那个女孩……如果是真的，那就糟了。”

“所以你觉得最好告诉警察，掳走女孩时你们在一起，你还曾借车给他们？”

“是的。”

“哦。”真野点了点头，看了看泰造，“我们可以请令郎到警察局把刚才的话再说一遍吗？会尽量让他早点儿回来。”

“现在？”

“拜托了。”真野低下头。

“如果有需要也没办法。”泰造斜眼看着儿子，“嗯，我可以一起去吗？”

“当然，您能去最好不过了。”

“那我去准备一下——喂。”泰造拍了拍诚的肩膀，让他也站起来，两人走出客厅。

真野转向织部。“通知组长了？”

“通知了，鉴定科的人应该也快到了。听说我们组的人也来。”

“知道了。等他们到了，我们再和中井父子一起去西新井分局。”

“好。”

织部点头时，诚的母亲开口了：“请问……”此前她几乎一语未发，只是在一旁静静听着丈夫和儿子说话。

“有什么事吗？”真野问。

她舔着嘴唇慢慢说道：“我的孩子会被判刑吗？”

“这个……”真野低声说，“我们也不能说什么，要看检察官怎么判断。刚才令郎说掳走女孩时他也在场，而且还开车，我不知道检察官会如何看待这些行为。”

“果真是这样。”她叹了口气，“那孩子太懦弱了，一受到威胁就什么都不敢说，总是唯命是从……”

“他和另两人间的利害关系，我们今后会再调查，如果确定他真的受到威胁，检察官应该也会考虑实际情况而表示理解的。”

她点了点头说“这样啊”，看起来放心多了。

“我们先去外面等。”真野站起来，对织部使了个眼色。织部也站起身。

“你觉得中井诚的话如何？”走到外面，真野问织部。

“我想大致可以相信。”织部直率地回答，“那卷录像带里也没有中井，他应该不在强暴长峰绘摩的现场。”

“那弃尸呢？你觉得他参与了吗？”

“我觉得可能性也很低。如果他参与了，应该不会打来电话。只要抓到菅野，一切都会真相大白。”

“是啊，我大体上也这么觉得。”

“有什么你很在意的细节吗？”

“也不是很重要的事。”真野只是抿嘴笑着，低声说道，“他父母好像想尽办法要让儿子被判轻一点儿，但这也是理所当然的。”

“你是说他们有所隐瞒？”

“应该不到那个地步，只是感觉在避重就轻。”

真野正说着，只见巡逻警车和厢型车开了过来，但并没有拉响警笛。

几乎同时，玄关的门打开了，中井父子走了出来，泰造穿上了西服。

在泰造的指引下，织部一行朝停着荣光的停车场走去。

荣光停在角落里。是五二年的车型，织部觉得外形很复古。车保养得很不错，看不到烤漆有刮伤的痕迹。

鉴定员很快展开调查，中井父子不安地看着他们的一举一动。

同行的调查员中有一名姓近藤的刑警。他走到织部跟前，低声说：“找到车很令人高兴，但另一边好像碰到了麻烦。”

“长峰？”真野压低音量问道。

“是的。”近藤点了点头，稍稍留意了一下中井父子那边，然后继续说道，“今天傍晚，警视厅公关室收到了一封信。你知道是谁寄来的吗？”

“难道是……”织部睁大眼睛。

“没错。”近藤的视线从织部移到真野身上，“长峰寄来的，而且是快件。”

“内容是什么？”

近藤顿了顿，说道：“请让我为小女复仇，等我雪恨之后，一定会来自首……他就是这么写的。”

17

尊敬的所有负责侦办伴崎敦也凶杀案的警察：

我是前几天在荒川发现的死者——长峰绘摩——的父亲，长峰重树。有件事我一定得告诉各位，所以提笔写下这封信。

我想各位应该知道了，伴崎敦也是我杀的。动机或许也不用我再赘述，就是为小女复仇。

对于丧妻多年的我而言，绘摩是唯一的亲人，是无可取代的宝贝。正因为有她，再苦的日子我都撑得下去，还能对今后的人生怀有梦想。

伴崎敦也却夺走了我这无可取代的宝贝，而且方式凶残疯狂，我完全感受不到他有一丝人性。他把小女当作牲畜对待，不，甚至可以说只是当作一块肉。

我亲眼看到了当时的情形。那披着人皮的禽兽，把蹂躏绘摩的情形全都用摄像机拍了下来。

你们能体会我看到录像带时的心情吗？

就在我悲伤难抑的时候，伴崎敦也回来了。对他来说，在那个时间回来应该是最不幸的。但对我来说，这是最棒也是绝无仅有的机会。

我一点儿也不后悔杀了他。如果你们问我这样就雪恨了吗？我只能回答，并没有。可是如果什么都不做，我觉得自己应该会更不甘心。

伴崎未成年，而且不是蓄意杀死绘摩的，只要律师辩称他喝了酒或吸了毒，无法做出正常的判断，法官就可能判极短的刑期，这根本称不上是刑罚。这种优先考虑让未成年人改过自新、完全无视被害人家属心情的倾向，我可以预见。

在这起案子发生之前，我或许也会赞成那些理想主义者的意见。但现在不同了。我终于明白了，曾经作过的“恶”永远无法消失，即使加害者改过自新了（现在我可以肯定地说那不可能，这里只是假设），他们制造的“恶”仍然会残留在被害人心里，永远侵蚀着他们的心灵。

当然我也明白，哪怕有天大的理由，杀了人就要受罚。我早已做好心理准备。

但现在我还不能被捕，因为我要复仇的对象还有一个人。我想警方应该也知道那个人是谁。

不管发生什么事，我都要复仇，而在那之前，我并不打算被捕。复仇完，我会立刻去自首，不会请求酌情减刑，即使被判死刑也无所谓。反正这样活下去也没有意义了。

但希望警方不要对我的朋友、亲戚进行不必要的严格调查。我没有共犯，全是独自思考、独自行动的，我并没有和任何人定期联系。

以前我们父女曾经接受各方的帮助，因为不想让他们受到打扰，才写了这封信。

希望这封信能顺利送达调查第一线的各位警员手中。

长峰重树

信纸共有八张。信是手写的，字迹很工整，看来并不像是情绪激动时所写。

织部他们和久冢小组的其他成员聚集在西新井分局会议室的一角。所有人手上都拿着A4纸——长峰重树来信的复印件。

通过笔迹鉴定，确认是长峰本人所写，从邮戳判定是在爱知县境内投递的。但到目前为止，长峰和爱知县之间找不到任何关联。

“很强硬的措辞啊……”坐在织部旁边的刑警喃喃自语，“写这种东西过来，我们也很头疼。我可以体会他的心情，但只能遵从上面的指示行事。”

“但是，这样就可以确定杀害伴崎的就是长峰重树了。科长他们会怎么做呢？”

“你是指……”

“应该会通缉，对吧？”

“应该会。现在上面那些大人物应该在讨论这方面的程序。”

不久，会议室的门开了，久冢他们和组长以上的高层警察走进来。久冢来到织部身边。

“真，听说车已经找到了？”他问道。

真野点了点头。“伴崎有一个叫中井诚的同学，我想应该就是中井家的车。是荣光，已经请鉴定科去调查了。据中井说，那辆车应该也用来运载过尸体。”

“中井的笔录做了吗？”

“刚做好，他已经回去了。”

真野扼要地向久冢报告中井诚的供述。刚才织部已在电话里告知久冢这些，所以他脸上并无惊讶。

“要怎么做？明天再让中井来一次？”真野向久冢确认。

久冢摇摇头。“没必要。他怕伴崎和菅野，所以唯命是从，听起来不像是在撒谎。他应该也不知菅野现在藏身何处。”

“没错，但他也有可能是诱拐和强暴的共犯。”

“等抓到菅野再说吧，顶多也只是相关资料送审而已。更重要的是，”久冢拿起放在旁边桌上的复印件，“必须将这个东西对媒体公布。”

“全文吗？”真野的声音带着惊讶。

“不，大概内容就好。如果把长峰批评少年法的部分也公布，媒体一定会将焦点放在那里，大闹一场。只公布他承认杀了伴崎和打算继续替女儿报仇这两点。同时，应该要全国通缉了吧。”

果然如此。织部看着上司的嘴巴想，那菅野快儿呢？那浑蛋难道就不用通缉吗？

当然，他没说出这些话。他清楚警方不能通缉菅野。就目前情况来看，还不能断言菅野杀了长峰绘摩，长峰绘摩的死是否和他有关也不明确。而最重要的因素是菅野还未成年。

“要看这封信通过媒体公布后，菅野会有什么行动？”

真野说完，久冢点了点头。“希望他会觉得至少比被杀要好，果决地到哪个警察局去自首。这才是我打算对媒体公布的目的。但现在的年轻人在想些什么，我真的不太清楚。”

“邮戳呢？要公布那封信是从爱知县寄出来的吗？”

“真，你果然很在意这一点。”

“我是很在意啊，因为这封信的目的只有这个。”

“我也这么觉得。但是否要公布全由科长决定。”

“请问……”另一名刑警插嘴道，“从哪里投递的有这么重要吗？”

久冢看了他一眼。“你认为长峰为什么会寄这封信来？”

“为什么？这不都写在信里了吗？他说不希望周围的人受到不必要的打扰啊。”

“这可能是原因之一。可他会只为了这个特意写信过来吗？再说，他都做出这种事了，如果有需要，我们还是会对任何人进行调查。他不至于不明白。”

“那他写这封信目的何在呢？”织部问道。

久冢的目光落到那封信的复印件上。“信里的东西我们都已经掌握了，根本没有新信息。长峰自己也知道。总之，正如真所说，从内容根本看不出长峰的意图，必须从内容之外的部分找出他的目的。可除了寄件人是长峰重树这个信息，剩下的就只有邮戳了。长峰应该明白警察不可能不重视这个邮戳，但他还是从东京之外寄出了信。所以，我们只要从‘邮戳有某种意义’的角度去想就好了。”

“长峰实际上并不在爱知县？所以您认为没有必要公布？”织部说。

“这是原因之一。长峰应该不在爱知县，而且可能想扰乱我们的调查，但这可能只是一个小目的，我认为还有更大的。”

“什么？”织部问道。

久冢的视线一一扫过部属们。“长峰可能早已做好心理准备，总有一天会被通缉，到时他正在追杀菅野的事也会被公布。问题是看到报道的菅野会采取什么行动。正如我刚才所说，从我们的角度，自然希望菅野能主动现身；但长峰当然不愿意，因为那样会失去复仇的机会。”

“就是为了避免这种情况发生，他才写了信？”织部再次快速浏览那封信。

“这只是我的猜测。”久冢说，“收到这样的信，警方不可能不公布。这个时候，通常都会针对邮戳报道。长峰可能是认为这样菅野主动去警察局的可能性就会降低。”

其他警察问：“为什么？”

“因为菅野并不在爱知县。”真野回答，“他在一个大家都想不到的地方，所以他看到新闻就会这么想：什么呀，原来长峰根本不知道我在哪里，既然这样，我就不用担心会被杀，也不用躲到警察局去了。”

久冢在真野身旁点着头。

“反过来说，长峰大概已经猜到菅野的藏身之处了，才选择从爱知县寄信。因为万一菅野真的在爱知县，他这样做只会促使菅野去自首。”

织部对上司的推理发出惊叹，他刚才完全没想到。

“长峰会想得这么远吗？”织部身旁的刑警说。

“所以我说，这只是猜测，但有必要列入考虑范围。我们该做的事，是在菅野被长峰杀掉之前保护他。因此，最好是让菅野主动出来投案。”

“如果组长的推理正确，长峰是如何知道菅野的藏身之处的呢？”织部说。

久冢抿着上唇，慢慢点头。“这确实是个谜。但长峰很可能是在杀伴崎那家伙之前问出来的。”

“更重要的问题是，长峰是如何找到伴崎的？”真野在一旁补充道，“这封信里没有提到他是如何找到杀害女儿的凶手的。与其说他忘了，不如说似乎另有用意。”

“什么用意，真？”

“这个嘛，”真野也百思不解，“只能问长峰了。”

久冢放下那封信的复印件，再次环视所有刑警。“调查行动要和今井小组的人合作，但他们基本上是要追查长峰，我们则要追查菅野，去逐个调查和菅野有关的人。”

宣告解散后，刑警们三三两两散去。每个人都有预感，从明天开始，能回家的日子似乎不多了。

“真，织部，”久冢招了招手，“不好意思，有件事希望你们现在去跑一趟。”

“去找菅野的母亲？”真野说。

久冢微微点头。“再去问一次，她是否真的不知道儿子的藏身处。”

“刚才的信也要拿给她看？”

“当然。警告她，如果要救儿子，就要说实话。”

真野回答：“我知道了。”

“怎么了，织部？你有什么话想说吗？”可能因为织部没有回答，久冢便开口问他。

“不，没有……”织部犹豫着说道，“我觉得，我们的调查行动最后反而帮了菅野的忙。”

真野脸上浮现苦笑，但久冢面不改色，双臂抱胸。“真，那封信的目的可能还有一个。”

“什么？”

“打击我们的士气。现在这里已经有一个感情用事的家伙了。”

“不，我是……”

“不要忘了自己的身份，快去快回！”

18

丹泽家的墓果然没有用心打扫。和佳子戴上带来的棉手套，拔着周围的杂草。她想，自己为什么非要做这些事不可呢？但是，只要脑海里浮现出大志的脸，她的手就会自然而然地动起来。

拔完草，和佳子又用从寺庙借来的扫帚把附近打扫了一下，才终于能面对墓碑。墓碑前已摆放了鲜花，她将带来的花放在旁边，然后点上香，双手合十。

虽然决定不再多想，她还是无法不想起大志生前的样子，眼眶发热。但这几年来，她已经可以抑制住泪水了。

有人来了，她顺势放下合十的双手，望向脚步声传来的方向。丹泽佑二就站在那里。佑二好像已经看到她了，和她视线相遇后就低下头。能看出他叹了口气，因为他的肩膀在微微颤动。

和佳子朝他走了几步。“是凑巧吗？还是……”和佳子含糊其辞。

佑二脸上浮现出苦笑，再次抬起头。“是凑巧，但也可以说不是。我想你今天可能会来这里，但不是刻意等着你来。希望你能明白。”

“做法事的时候你没来吗？”

“没有，我出差去了，没办法来。今天才想来上个香。”

“是吗？”

和佳子往旁边移动，让出位置给佑二。他不发一语地靠近墓碑，和她刚才一样双手合十。这段时间，和佳子一直盯着地面。她并不是在等佑二，只是不想打搅在那个世界的儿子。大志现在一定正在聆听爸爸的肺腑之言吧。

等佑二站起来，她便拿起扫帚和水桶。

“亲戚们都没有来打扫吗？”佑二问道。

“有是有，但还有些杂草……我没有别的意思，请不要放在心上。”

“要是我没来，根本不会有人知道你来除草，我不会觉得你有别的意思。我看那些人应该连打扫都敷衍了事。总之，谢谢你。”

“你没有必要谢我，我只是顺手做做。”

“不，我想大志会很高兴的。他大概会觉得很不可思议，我们俩今天竟会一起出现。”

或许佑二是想让和佳子放松心情才这么说的，但她笑不出来。她告诉自己，他们现在已经不是这种关系了。

不知为何，他们竟一起走出墓园。这样有些奇怪，但分开走也不太自然。

“今年怎么样？”在去往停车场的途中，佑二问道。

“什么？”

“民宿啊。今年夏天天气凉爽，有客人来吗？”

“嗯。”和佳子应了一声，点了点头，“和往年没什么两样，每年都来的大学网球社今年又来了。”

“哦？这样就好。”

“你工作顺利吗？”

“目前还没有裁员的迹象。虽是小公司，业绩倒还算稳定。”

“加油哟。”

“谢谢，你也是。”

“嗯。”和佳子轻轻点了点头。她没有看佑二。

到了停车场后，她的休闲车旁边停的就是佑二的轿车。旁边还有空位，她感觉佑二是故意停在这里的。说实话，他这种恋恋不舍让她很心烦。

“要不要去哪里喝杯茶？”佑二打开车门后，用轻松的口气说。

和佳子心想果不其然。她摇了摇头。“对不起，我出来时说会马上回去。”

“是吗？”佑二的眼神显得很怯懦，“那下次再见了。”

不会再见了，和佳子想，但还是报以微笑。“保重。”说完，她坐进车，没看佑二就发动引擎。

当佑二坐上车时，和佳子已驾车离开。

墓园位于高崎市市郊。和佳子从高崎交流道开上关越公路的北上路段，因为从前方不远处的岔路口进入上信越公路，很快就可抵达佐久交流道。现在夏季的旅游旺季已过，路上车很少。

和佳子脑海里浮现出佑二瘦削的脸庞。约她去喝茶到底想说什么呢？现在他们就算能聊些往事，也没什么意义，因为他们之间没有什么快乐的回忆。不，以前曾经有过，但发生了一件事，一切都化为乌有，什么都无法挽回。

和佳子打开收音机。路况报道之后，男主播开始播报新闻。

“刚才收到一则骇人听闻、或者说令人难过的消息。前几天我曾在本节目中播报了好几次，就是那起发生在东京足立区的凶杀案——那起将强暴画面录在自家录像带里的年轻人的命案，现在有了后续报道。据说昨天警视厅收到了一封信，寄件人是嫌疑人长峰重树，即凶杀案发生前不久在埼玉县川口市发现的弃尸长峰绘摩的父亲……这个，说他是嫌疑人，是因为他涉嫌足立区凶杀案。听说他在信中也承认自己就是凶手，杀人动机好像是为被害的女儿报仇。长峰宣称还要对另一个人复仇，那个人目前也在逃，警方正在追查他的行踪。以上是本时段的新闻。事情好像变得很复杂，你有什么看法？”主播询问女助理的感想。

“嗯，感觉有点儿恐怖……尽管是为了复仇，杀人也不对啊。”

“现在还不知道这封信的内容是否真实，但很难想象对方会特意写一篇谎言寄过来。”

“也是。”

“嫌疑人长峰……吗？被害人的父亲现在变成嫌疑人了。真是的，今后的日本会变成什么样子啊。”

作了老生常谈的评论后，主播开始介绍歌曲，随即播出一个男演歌歌手以前的畅销曲。和佳子切换了频道。

世上还真有不幸的人，这是和佳子最直接的感想。她无法想象杀人的感觉，但可以理解失去孩子的悲哀。

不过，在经过交流道开下高速公路时，她已将刚才在收音机里听到的新闻忘得一干二净。

民宿“Crescent”就在蓼科牧场前方，是一栋西式建筑。绿色屋顶是它的标志。和佳子将车停进前方的停车场。

她看了看手表，刚过下午三点。Crescent的入住登记时间是从三点开始。今天有两个预约，听说都是傍晚才到。

从玄关走进去，右边是餐厅和客厅。父亲隆明正在打扫。

“你回来啦，怎么样？”隆明停下手问道。

“也没什么，放了花、上了香就回来了。”

“哦。”隆明又开始打扫。从背影很明显能看出，他好像有话要对女儿说。

和佳子很清楚父亲要说什么，应该是“差不多该忘掉大志了吧”之类的话。但隆明也清楚这不可能。所以每逢扫墓和大志的生日，父女之间的对话就有点儿尴尬。

和佳子走进旁边的厨房，围上围裙。她主要的工作是准备食物。客人多时会雇几个兼职的学生，但从本周开始，兼职的学生只剩下一人。

十年前，她根本想象不到自己现在会变成这样。和丹泽佑二结婚后，她住在位于前桥的新居，满心期待地过着每一天。当时她脑中只有即将出世的宝宝。她有些担心分娩，但一想到养育孩子的事，就会很快乐。

三个月后，她生下一个男婴，重四公斤，是个很健康的宝宝。她和佑二讨论后，给宝宝取名为大志。

初为人母的她得熟悉一些做不惯的事，吃了不少苦。而就像世上大部分丈夫一样，佑二几乎没帮什么忙。当时公司的业绩正在下滑，身为公司中坚力量的他可能得不顾家庭专心工作。

和佳子倾注所有时间和精力养育爱子，大志也茁壮成长。当佑二因此感谢她时，她还高兴得流下泪来，心想这一切都是值得的。

然而，幸福忽然落幕了。

那一天，一家三口很难得地一起到附近的公园玩。那是个天气很好的星期一，佑二星期六上了班，所以补休一天。

大志已经三岁了，正是精力旺盛的时候。

大概是因为第一次和父亲到公园玩，大志似乎很高兴。和佳子在长椅上望着两人在沙坑玩要的身影，心中幸福洋溢。

时间刚过正午，空气干爽，阳光和煦。好多年没有这种舒服的感觉了，和佳子想，然后不知不觉打起盹来。

事后，佑二坚称他曾大声对和佳子说“你照顾一下大志”。他要去买烟。

但和佳子对此并没有印象。她只记得看着他们俩在沙坑玩耍。

有人在摇她的肩膀，她醒了过来。佑二严肃的面孔映入眼中。“大志去哪里了？”他问道。这时她才发现独生子不见了。

两人脸色大变，一起寻找儿子。大志倒在螺旋形滑梯下方。佑二赶紧抱起，但大志一动不动，面如死灰。

虽然立刻送往医院，但已回天乏术。大志颈骨骨折了。

事后分析，当时没有双亲看管的大志从螺旋形滑梯的坡道逆向走上去，走到一半时往下看，结果头朝下跌落。当时他距离地面将近两米，而且下面是坚硬的水泥地……

和佳子痛哭数日，几乎水米未进，不眠不休，哭泣不止。还好当时她身旁一直有人陪伴，如果让她独处，哪怕只有片刻，她也一定会从大厦的阳台跳下去。

悲痛的日子过去后，空虚感又袭上心头。她无法思考任何事，就连活着都觉得很麻烦。

熬过那一时期，她终于可以面对这场意外了，但自然无法积极乐观地活下去。只要一想起来，她就觉得后悔不已。她为什么要打瞌睡呢？同时，她也想责怪佑二。为什么要去买烟？有好几次，她都几乎要脱口而出。

佑二的想法可能也一样，但他并没有责怪她。

表面上，生活恢复了平静，然而平静并没有真正造访他们的内心——他们俩几乎不交谈。既然必须避开最主要的共同话题，沉默就成了最好的选择。

“啊，对了，今天又有一个预约。”

说话声让和佳子回过神来。隆明站在厨房入口。

“今天？忽然打来电话的吗？”

“中午过后打来电话，说要住到后天。我回答他没问题。”

“是情侣吗？”

“不，好像是一个人。一个男人。”

“一个人？真少见啊。”

“听他说话不像是怪人。他说晚上才到，不用准备晚餐。”

“住宿费你说了吗？”

“呃，他答应多付一半的费用。”

“哦。”

Crescent 共有七个房间，均配有双人床，若再加一张床，就可以住三个人。如果是一个人住，就要请客人在单人费用的基础上再加付一半。

那个男客人在晚上九点多抵达。他头发很长，满脸胡茬，四十岁左右，身穿休闲服，行李只有一个旅行包。

他在住宿卡上登记的姓名为“吉川武雄”。

19

一走进房间，长峰便放下包，直接倒在旁边的床上。他全身像塞满了沙子般沉重，而且汗流浃背。似乎有异味从格子衬衫上散发出来。

他看着旁边的床。上面铺着有白底花朵图案的床单。他发现这里好像不适合中年男人独自投宿。格子窗框上挂着的窗帘也是花朵图案的。

他坐起身，拖过旅行包，打开拉链拿出镜子。他将镜子放在旁边，照着脸庞，将双手伸进头发。手指找到发夹后，他很小心地将它整个儿拿起，长假发就这么被取了下来。这是他在名古屋的百货公司里找到的，并非那种掩饰秃头用的假发，而是一种时髦发饰。可能正因如此，颜色几乎不是咖啡色就是金色。

长峰将假发扔到一旁，从头上取下网罩，把手指插进自己的头发，将头发弄蓬松。头皮闷了一天，乍一接触空气，感觉凉飕飕的。

他又照了一下镜子，摸着嘴唇四周。胡茬并不是假的，他离家后一直没有刮过。这自然不是因为没有时间，而是他想稍微改变一下模样。

平常他都会整齐地给头发分线，也从不留胡子。他在照片中几乎都是那样。

房间的角落放着一台电视。长峰拿起遥控器，打开开关切换频道，转到新闻节目，看了一会儿。没有出现与他有关的报道。

他吐了一口气，再次照了照镜子，然后将镜子和假发一起放回包中。包里有一副浅色太阳镜，白天他就会戴上。

这样乔装效果到底如何，他不知道。假设他的朋友也以同样的装扮出现，他真的会认不出来吗？一般人都不太会记得出现在电视上的人物，他也只能赌一赌这个社会的冷漠程度了。

他再度将手伸进包里。这次拿出一张纸，上面密密麻麻地印着长野县的主要民宿，其中也有 Crescent。

昨天和今天，长峰走访了好几家民宿，走得脚都痛了。不用说，他是为了寻找菅野快儿。仅有的线索就是伴崎在断气前说的那句“逃到……长野的……民宿”。

这样做真能找到菅野吗？长峰感到担心，但别无他法。除了抓住这条细细的线，他再无选择。

可能是太累了，他就这样在床上打起盹来。电视仍然开着。把他吵醒的是主播的声音。

“……也因为这样，以杀人嫌疑遭通缉的长峰重树据说很可能持有枪械。掌握线索的人请通知最近的警察局。接下来的新闻，是前几天召开的世界环保会议……”

长峰赶紧坐起，望向电视，但播放的却已是无关的影像。他用遥控器切换频道，可没有其他台在播报新闻。

长峰将电视关掉，看看手表，已过了十一点。

他是从傍晚的新闻中得知自己被通缉一事的。他对此早有心理准备，并不太惊讶，但还是无法抑制贯穿全身的紧绷感。当时他正在家电行前面，忽然间陷入一种错觉，以为路人的眼光全都投向了他。

新闻也报道了那封信。与其说如他所料，不如说他正是算准了会报道，才寄出那封信的。但他没算到的是，完全没有提及邮戳。这样，他刻意跑到爱知县去寄这封信的意义就丧失了。

长峰在脑海里背诵着所写的内容。“我是前几天在荒川发现的死者——长峰绘摩——的父亲，长峰重树……”如此开始的这封信毫无虚言，全是他的心声。如果完成复仇，他就会去自首，所以希望警方不要对他的亲友作不必要的严格调查，这种心情至今没有改变。

但他也非常清楚，即使写了这样的信，警方也不会特别关照，还是会毫不留情地将他所有社会关系涉及的人都列为调查对象。

那封信最大的目的，其实是要让躲在某处的菅野快儿掉以轻心。

只要菅野不是笨蛋，他就应该知道被他弄死的女孩的父亲杀了伴崎，现在正追杀他。对长峰来说，最坏的情形就是菅野因害怕遭到报复而自首。

长峰认为，菅野被捕根本不能算是为绘摩雪恨。只有亲手处置菅野，才能算是报了几分之一的仇。不能让菅野躲进警察局，也不能让他被关入少年法保护的监狱，所以才写了那封信。长峰原本预测寄出的地点也会被媒体报道。如果信是从爱知县寄出的，躲在长野县内的菅野应该会松一口气，以为不用急着去自首。

然而新闻完全没有报道邮戳的事。应该是警方没有公布。是单纯地觉得没有公布的必要，是已经看穿他的目的，还是另有意图？长峰不得而知。

第二天早上，长峰七点起床。其实他早就醒了，只是觉得必须让身体休息才一直躺在床上。但他已经睡不着了。绘摩出事后，他就开始失眠，在逃亡期间变得更严重，因此总是觉得头重脚轻，全身无力。

他听说早餐时间是七点到八点半，但不想看到其他客人，便用抽烟和查看地图确认周边情形来打发时间。他一点儿也不想打开电视。

八点多，电话响了。长峰拿起话筒。

“早安，吉川先生，早餐已经准备好了，您要用餐吗？”一个女人问道。

“好的，我立刻过去。”说完，他挂断电话。

戴好假发和太阳镜后，长峰走出房间。他走下楼梯，发现餐厅里没有一个客人。一个约三十岁的女人正坐在角落操作电脑。是昨晚迎接他的女人。

“早。”她一看见长峰就笑容满面地打招呼，“这边请。”

她指着一张靠窗的桌子。上面已经铺上餐巾，摆好了餐具。

长峰一就座，她立刻端过早餐，有鸡蛋、汤、色拉、水果和面包。她问长峰要什么餐后饮料，长峰点了咖啡。

“不好意思，这么晚才下来。”长峰道歉。

“不，没关系。”她笑着说，然后走回放着电脑的桌旁。

看来自己不是个可疑的客人。长峰暂时安心了。

他望着窗外的景色，慢慢吃着早餐。若没有发生那些事，能专程来此度假，不知有多好。而且如果家人就在身旁，大概再没有比这更幸福的事了，他从心底这么觉得。

女人替他端来了咖啡。他轻轻低头致意。

“旅游旺季已经告一段落了？”他问道。

“是的，差不多到上个星期。”

“暑假已经结束了。”

“是啊。您是来这里工作吗？”

“算是吧。不过是一份很奇怪的工作。”长峰苦笑着。

可想而知，女人露出诧异的表情。

“我在找人。一个十八岁的少年离家出走了，他父母拜托我……”

“那您是侦探喽？”

“不，我不是这方面的专家，所以找得很辛苦。”长峰伸手端起咖啡，“你们这里雇兼职的学生了吗？”

“有，但现在只剩一人了。”

“那个人是什么时候来这里的？”

“从七月开始。”

“哦。”长峰点了点头，从衬衫口袋里拿出一张照片，“我在找的就是这个少年。您最近见过吗？”

这是从录制绘摩遭到蹂躏的录像带里印出来的。他只印出了那个可能是菅野的少年的脸，画质很粗糙。

开民宿的女人左思右想。“对不起，我没有印象。”

“这样啊。打搅您工作了，真不好意思。”

长峰将照片收进口袋，开始喝咖啡。女人则再度回到电脑前。

长峰非常清楚这样的盘问很危险，只要一不小心传到警察那里，他可能立刻会遭到怀疑。但这是唯一能找到菅野的办法。至于是他还是菅野会先被警察找到，他只能听天由命，继续行动。

吃完早餐，长峰站起身。开民宿的女人仍坐在电脑前，看上去好像遇到了什么难题。屏幕上似乎是一张通过扫描照片得到的图片。照片上像是一家三口，看起来是在神社的院子里拍的。

“我吃饱了，谢谢。”他对着女人的背影说。

“哦，粗茶淡饭的，招待不周请见谅。”她回过头来笑道。

长峰朝餐厅入口处走去，但又停下了脚步，再次走近她。“请问……”

女人立刻回过头来。“有什么事吗？”

“您在忙什么呢？似乎已经苦恼许久了。”

“哦，这个吗？”她有点儿不好意思地捂着嘴巴，“我想把以前的照片放大打印出来，可不知道该怎么做才好。我只会用扫描仪。”

“能让我看看吗？”

“您可以帮我吗？”

“我也不知道，或许可以。”

长峰坐到电脑前，稍一操作便明白了。原来她不懂得软件的使用方法。

“只要在这里输入尺寸，再按下回车键，照片就会变成指定的大小，再打印出来就可以了。”长峰指着屏幕，说明基本的操作方法。

“谢谢，太好了。我平常都只用文字处理和上网的功能。”

“能帮上忙我也很高兴。”长峰将目光移到屏幕上，“那是您的先生和孩子吗？”

“呃……嗯。”不知为什么，她垂下了眼帘。

“七五三节[1]时拍的？”

“不，是过年。这是很久以前的照片了。”

“这样啊，您对这张照片有特殊的感情吗？”

“该说是感情吗……我想应该是喜欢吧。”

---

① 日本传统儿童节日，每年 11 月 15 日，3 岁和 5 岁的男孩以及 3 岁和 7 岁的女孩会穿和服随父母到神社参拜，祈求平安长大，参拜后通常会到照相馆拍纪念照。

“哦，”长峰点了点头，“照片的质量本来就不好吗？好像到处都有刮痕。”

“不是我保管的，可能是保管方法不好，所以刮伤得很严重……”

“这样啊，真是可惜。”长峰心想，明明知道刮痕在放大后会更明显，她还是坚持要放大，可见有多么喜欢这张照片，“你们还可以再拍更好的啊。”

长峰以为她会报以灿烂的笑容，但不知为什么，她只是不自然地稍稍扬起嘴角。难道是说出照片刮伤了让她不高兴吗？

长峰从椅子上站起来。这时，他看见电脑旁边放着几张照片。最上面那一张背面朝上，上面写着“享年三岁”。

大概是注意到了长峰的视线，女人立刻拿起那些照片。“谢谢您。”她对长峰低头致意。

“呃，没什么……”长峰不知该说什么，只好默默离去。

20

小小的桌子就像教室里的课桌一样整齐排列着。织部看着在柜台领到的号码牌，在和号码相符的桌旁坐了下来。桌面上贴着禁烟标志。

他看了看四周，差不多有一半的桌子有人坐，每张桌旁都至少坐着一个身穿灰色制服的人，想必是这家公司的员工。他们接待的人什么样的都有，有穿工作服的，也有像织部这样穿西服的，唯一的共同之处是来访者看起来姿态都比较低，可能是这家公司的下包厂或供货商的员工。如果来访者处于相反的境地，即如果这家公司是在接待贵宾，一定会准备更宽敞舒适的接待室。

看着身穿工作服的白发中年男人对着可以做他儿子的年轻人鞠躬，织部不禁觉得民营企业的等级制度真是森严。

他坐下等了约十分钟，一个戴眼镜的瘦小男人走了过来。他也穿着灰色制服，长相给人一种有些神经质的感觉，看起来大约四十多岁。

织部站起来问道：“您是藤野先生吧？”

“是的，请问……”

“我姓织部，不好意思，在您百忙之中打扰了。”

藤野沉默着微微点头，拉出椅子。织部见状也坐了回去。

“我也多次见过在制造公司上班的人，但还是第一次来这里，感觉真是生气勃勃。”

织部是想缓和对方的情绪才这么说的，但藤野的表情丝毫没变，他舔了舔嘴唇，看向织部。

“老实说，我完全不明白警察为什么要来找我。我什么都不知道。”

织部挤出笑容。“是，那当然，我们并不认为您和此案有关，只是在想您会不会知道一些线索。”

“所谓线索，就是指长峰先生的藏身之处吧？”

“呃，这也包括在内……”

藤野立刻摇头。“这种事我怎么可能知道！就像我在电话里说的，我只是和长峰先生在同一家公司工作而已。”

“但在工作之外你们应该也很熟吧？像是有相同的嗜好之类的。”

藤野闻言撇了撇嘴角。“他不玩射击好几年了。”

“即使如此，你们也并没有断绝往来吧？听说长峰至今还参加射击社的聚餐，不是吗？”

“没错，但我和他不是特别熟。”

“不过，听说是您拉长峰去玩射击的。”

“话虽如此……我只是看他好像很有兴趣，才常和他聊。”

“长峰玩了多久的射击？”

“十年左右吧。”

“技术如何？”

藤野微微歪着脑袋想了一下。“他的技术很了得。但我想以他的水平，在大型比赛中拿不到冠军。”

“他不打猎吗？”

“真正的打猎？我想他应该不太常去。他常参加射击场的射击比赛，飞碟射击或竞技射击之类的。”

“那他后来为什么不玩了？”

“因为眼睛。”藤野指着自己的眼镜，“他得了干眼症，不能过度使用眼睛。当时他在公司里都戴着太阳镜。”

“那他现在还能用枪吗？”

“如果只是用的话……”藤野蹙起眉头，“但他中间有一段时间没碰过枪，很难说。不习惯的话，是很难扣下扳机的。”

“您知道长峰可能去哪里练习射击吗？非正式的射击场也没关系……”

戴着眼镜的藤野翻了个白眼。“没有什么非正式的练习场。”

“不去人烟稀少的深山练习吗？”

“不去。”

“那正式的练习场呢？可以告诉我吗？”

“可以，但长峰先生不可能去那种地方。那样不是马上就会被发现吗？”

“我也这样想，只是为谨慎起见。”

藤野煞有介事地叹了口气，从外套内侧拿出一个记事本。“我们常去的射击场的信息就写在这上面。至于其他地方，可以麻烦你自己打听吗？”

“当然。我可以抄下来吗？”

“嗯，请。”藤野冷淡地说，然后打开记事本。

织部抄写射击场的名称、电话和地址时，藤野开口了：“请问……那封信真的是长峰先生写的吗？”

“您的意思是……”

“会不会是谁在恶作剧，或是另有真凶，想让长峰先生顶罪？有这个可能性吗？”

藤野似乎不愿相信长峰重树就是杀人凶手。刚才还说和长峰不太熟，如此看来，他其实还是很担心长峰。

“我也无法断言。”织部谨慎地回答，“但既然媒体都公布了，我想上面的人应该认为是长峰写的。”

“这样啊。”藤野显得很失望，“长峰先生还是会被捕吗？”

织部皱起眉头，微微点头。“他杀了人啊。”

“这个我知道，可被杀的那个人不也有问题吗？会被捕也是没办法，但不是有缓刑或酌情减刑之类的吗？”

“那是法官的事，我们无法回答。”

“但你们在以杀人罪的罪名追捕他吧？”

“没错。”

“关于这一点，该怎么说呢……我无法认同。杀了人就会被判杀人罪，可对方该杀啊！女儿遭遇那样的事，做父母的都会想报仇。我有个和绘摩同龄的孩子，我完全能理解长峰先生的心情，什么都不做才奇怪呢！”

“我可以理解您所说的，但现在日本的法律不允许复仇。”

“这种事情……”藤野咬着嘴唇。他应该是想说“这种事情，不用你说我也知道”。

织部抄完后将记事本还给藤野。“公司的人有什么反应？”

“你说的反应……指什么？”

“长峰的事应该成为大家的话题了吧？”

“哦，那个嘛……该怎么说呢？同事们好像都不太愿意谈论这件事，这也不是个令人愉快的话题。”

“除了您，还有哪些人和长峰比较熟呢？”

“哎呀，我不是说过了嘛，我和长峰先生不是特别熟，”藤野眉头紧蹙，露出不悦的表情，“所以不太清楚长峰先生和谁比较熟。你要不要去问其他人啊？”

“我问过好几个人了，他们都说是您。”

藤野睁大了眼睛，表情看上去像是想问清楚到底是谁说出这种话。“如果连我的名字都说出来了，就表示长峰先生在公司内没有比较亲近的朋友。所以我想刑警先生来这里，应该也不会有什么收获。”藤野动作幅度很大地卷起外套衣袖，“如果你没有其他的话要说，我可以告辞了吗？我是在工作时溜出来的。”

“对不起，还有一件事。”织部竖起食指，“绘摩小姐的遗体被发现后，长峰好像就开始请假了，但在杀死伴崎敦也的前一天，他却来上班了。您还记得当时的情形吗？”

藤野瞬间露出像是在回想的眼神，微微点头。“记得。可我没有和他说话，因为不知该说什么。其他人应该也是一样。”

“也就是说，失去女儿的事情让他非常沮丧？”

“看起来是这样。”

“他有什么引人注意的举动吗？就是和平常不一样的地方，任何事情都可以。”

“不知道。”藤野耸了耸肩，“我并没有一直观察着长峰先生。只记得他好像难以工作下去，时常离开座位。我去自动售货机买饮料时，看见他在走廊的角落。”藤野的眼神变得像是在看着远方，他继续说道：“好像在哭，大概是忘不了女儿的事。这也是人之常情。”

“是这样啊。”织部点了点头。藤野的口气轻描淡写，听了却让人百感交集。

向藤野道谢后，织部离开了半导体公司的大楼。走在去车站的路上，他反复回想着藤野刚才说的话，却找不到任何可以查出长峰藏身之处的蛛丝马迹。

织部想起了藤野那张自始至终都显得不太高兴的脸。他虽然多次说和长峰不是很熟，但应该并非因为害怕被牵扯进去，而是想避免长峰因他被捕。织部这才知道，通过运动培养出来的友谊是非常牢固的。

我完全能理解长峰先生的心情，什么都不做才奇怪呢！

这应该是藤野的心声。织部也有相同的感觉。虽然站在他的角度不能认同这种想法，但他其实很想和藤野一起为长峰辩护。

他思索着最后一个问题的回答。从藤野的回答来推测，长峰当时没有特别引人注意的举动。在走廊上哭泣，从当时的情况判断也很合理。

然而就在第二天，长峰却去了伴崎的公寓复仇。这突如其来的变化到底是怎么回事？

当然，长峰在最后一次去上班时就注意到伴崎了，这种可能性也是存在的。但若是如此，又为什么还要去公司上一天班呢？为什么复仇行动要等到第二天？

长峰在最后一次上班的那天晚上，曾经打电话给上司，好像说第二天要请假。那么，他很可能是在当天下班回家以后，才知道伴崎敦也其人的。

他是怎么知道的呢？

这仍然是让警方伤脑筋的问题。到目前为止，调查资料都显示伴崎和菅野根本不认识长峰绘摩，将她掳走也是临时起意。长峰再怎么乱猜，也不可能锁定杀死女儿的凶手。

回到警视厅，真野和近藤他们正聚在电视机前。每个人的表情都很难看。

“怎么了？”织部问真野。

“被暗算了，那封信流到电视台去了。”

“啊？流出去……”

“刚才整封信都被公布了。”近藤说，“还说什么独家新闻，这形容方式也太夸张了。”

“怎么回事？不是不打算公布吗？”

“所以我就说，不知是从哪里流出去的嘛。报社和电视台确实都很想弄到那封信，可能是哪名天真的刑警随随便便把复印件交出去了。完了，上面一定要开始吼了。”

“有那么严重吗？信的大致内容不都已经公布过了？就算整封信被公开，也不至于有太大影响吧？”

近藤摇了摇头。“你真是嫩啊，老兄。”

“是吗？”织部看向真野。

真野点燃一根烟，吐出一大口烟雾。“你回想一下读那封信时的心情好了。老实说，你受影响了吧？”

“那倒是……”

“那就像是长峰在直接对你说话。直接说话有直接的影响力，那种影响力过大，对我们来说就会变成麻烦的阻碍。”

“阻碍……”

“公关室的电话响个不停。”近藤说，“说的内容几乎都一样——请停止追捕长峰先生。”

21

看到和佳子下的这步棋，男客人面露苦笑。他身穿T恤，双臂抱胸，低声沉吟。

“怎么了，孩子他爸？你不是说下起国际象棋来，没人是你的对手吗？难道是骗人的？”他妻子在旁边说着风凉话。

“烦死了，你安静一点儿。”男客人指着国际象棋的棋子，皱起眉头。他像是在想：既然已经对老婆夸下海口，就应该多坚持一下。其实胜负早已定了，不管他怎么努力，双方再走几步棋后，和佳子就能将他的军了。他应该也很清楚。

吃完晚餐，和佳子正在擦桌子，忽然有人来问她要不要下盘棋，好像是发现了放在客厅架子上的国际象棋棋盘。这个客人看起来相当自信。

“爸爸，加油！”七岁的儿子不断替额头出油泛着光的父亲打气。这是一个身材瘦长、四肢晒得黝黑的健康男孩。刚才还沉迷于电子游戏的他，一看到父亲和开民宿的阿姨在国际象棋棋盘上开战，就开始津津有味地盯着战况，尽管他完全不懂规则。

和佳子无法控制自己不去想关于这个男孩的事。他平常都玩些什么呢？有怎样的朋友？喜欢什么东西？将来想做什么？不用说，这都是她把对夭折的儿子的思念移到这个男孩身上的缘故。但她并没有对男孩或其父母多加询问。不用说，他们一定会愉快地回答。然而和佳子害怕听到那些答案后，内心会波涛汹涌。

男人终于落下棋子，这是和佳子预料中的一步。她拿起早已看好的棋子，放到早已看好的位置上。看到这步棋，男人显得很泄气。

“哎呀！我输了。”他两手撑在桌上，低下头来。

“咦？怎么会？孩子他爸输了吗？”一旁不懂国际象棋规则的妻子显得很惊讶，像是没想到这么快就结束了。

“爸爸好弱哦！”男孩敲着父亲的大腿。

“嗯，我很少输。您实在太厉害了。”

“还好啦。”和佳子微笑着收拾国际象棋。国际象棋是她开始在这家民宿工作后，父亲隆明教她的。或许该说，在结束一整天的工作后，她一定会被隆明缠着下一盘棋。

“国际象棋就像人生”是隆明的口头禅。

“一开始我们拥有所有的棋子。如果能一直这样，就会平安无事，但这是不被允许的。要移动、要走出自己的阵地才行。越移动，或许就越能打倒对方，可同时也会失去很多东西。这就和人生一样。国际象棋和将棋不同，从对手那里赢来的棋子并不能算成自己的棋子。”

一想起大志的事，和佳子就觉得这句话是真理。一直以为儿子的死是对方的错，夫妻互相指责，结果却只伤害了对方，什么也没留下。

男客人的妻子打开了电视。正在播报新闻。屏幕中是一封信的特写，主播的声音配合着画面传了出来。

“‘不管发生什么事，我都要复仇，而在那之前，我并不打算被捕。复仇完，我会立刻去自首，不会请求酌情减刑，即使被判死刑也无所谓。反正这样活下去也没有意义了。’嫌疑人长峰是这样描述自己的心情的。他真是为了复仇不惜赌上性命。对于这样的行为，普通人如何看待呢？让我们走上街头听听观众的声音。”

和佳子立刻明白是发生在东京的那起针对强奸犯的复仇案件。白天的新闻谈话类节目中已经公布了凶手写给警方的信的全文，吃晚餐时，住宿的客人都在讨论这件事。听说邮戳好像是爱知县的，她觉得这件事离自己很远。

画面中出现了一个像是上班族的中年男人，麦克风对着他。“我明白他的心情，因为我也有小孩。可如果要我付诸行动，我大概做不到。杀人毕竟还是……该怎么说呢？还是不行的。”

随后，画面上出现了一个中年女人的脸部特写。“一开始我觉得他是个非常可怕的人，毕竟他杀人的手法很残忍。但是看了那封信后，我觉得他很可怜。”

对于是否想让他去复仇的问题，中年女人想了半天。“想让他复仇的心情和觉得不可以复仇的心情各占一半吧，我也不知道。”

接下来是一个白发老人，他对着记者瞪大了眼睛。“不行！复仇是野蛮的行为，绝对不可以！日本是法治国家，这种事情必须在法院里审判才对。对于做了坏事的人，应该依据法律来判他们的罪。”

“如果凶手是少年，不用坐牢，您会怎么做呢？”记者问他。

“这个……还是不行。如果大家都用自己的方法去复仇，会变得乱七八糟。”

画面上出现了一幅饼状图，针对长峰的行为，共分为“可以认同”“能体会他的心情但无法认同”“无法认同”“不予置评”

四块。取得压倒优势的是“能体会他的心情但无法认同”，超过了半数。

“果然会得到这样的结果。”男客人看着电视喃喃自语，“对着麦克风应该说不出‘我同意杀人’。”

“如果是你，会怎么做呢？”他妻子问道。

“怎么做？”

“假如这孩子被人杀了，你又知道凶手是谁，你会怎么做？”女人看着开始玩电子游戏的儿子，再次问道。

“我会杀了他。”男客立刻回答。他面带笑意，眼神却很认真。“你呢？”

“我可能也会杀了他，如果我有办法的话。”

“办法一定有吧。”

“不仅要杀他，我还不能被警方逮捕。孩子被杀已经够不幸了，我还得因复仇坐牢，这未免太划不来了。为什么要为了那种浑蛋遭遇第二次不幸呢？所以我如果要复仇，就一定要先想好不会被警察抓到的办法，才去执行。”

“哦，女人还真会算计。就算在这种时候，也想办法不吃亏。”

“男人太单纯了。你看，报仇雪恨之后，自己却被抓进去，这样哪有意义啊。”

“被抓也无所谓，只要能报仇就好了。要是这孩子被杀了，我根本不会考虑被捕的事。”

“你就是因为这样才会失败，要想远一点儿。所以你下国际象棋才会输嘛——是不是啊？”女人征求着和佳子的认同。和佳子没有回答，只是苦笑。

“这和下国际象棋无关。好了，该回房了，明天还要爬山呢，得多睡一会儿才行——谢谢您的招待。”

“晚安。”和佳子带着笑容目送这一家人。

新闻已开始谈论经济问题。暂时看不到复苏的迹象——经济学者正使用统计图说明不值得一听再听的东西。和佳子按下遥控器的按键，将电视关掉。

和佳子将国际象棋放回架子上时，装在玄关上的门铃响了。是吉川武雄。他的帽子压得很低。已是晚上，他却仍戴着浅色太阳镜，衬衫的腋下已被汗水濡湿。

“您回来了啊。”和佳子从客厅中走出来，对他说。

吉川失魂落魄般愣了一下，才微微点头。“不好意思，错过晚餐了。”

“不要紧。您在外面用过餐了吧？”

“嗯，随便吃了一点儿……”吉川点了点头。

傍晚，和佳子接到他的电话，说不用为他准备晚餐。

“那个人找到了吗？”和佳子问道。她还记得他说要去找离家出走的少年。他今天应该也是在为这件事四处奔走。

“不，很遗憾。”他脸上浮现无力的笑容，摇了摇头，“我在这一带转了转，但民宿的数量多得惊人。”

“难道没有其他线索吗？像姓名之类的。”

“我知道他的姓名，但这关系到个人隐私，不方便说。”

“哦，这么说也是。明天您还要继续找吗？”

“看来只能这样了。”

“那明天之后住宿的地方，您找到了吗？”

“待会儿再去找。我打算稍微往北走一点儿。”

看来他好像是一边转移落脚点，一边调查。

“您决定了下一个地点后，请告诉我，我可以帮您找民宿。”

“真的吗？那就太好了。”

“不用客气，直接告诉我就好。我还可以拿到折扣价。”

“谢谢。”吉川低头致意后打算上楼，忽然停下脚步，转过头来，“昨天的照片打印出来了吗？”

“照片？哦……”

和佳子立刻明白他在说什么——大志的照片。是亲戚把这张很久以前拍的照片拿给她的。照片保存得很差，她便存入电脑，想重新打印出来，却不知道操作方法。就在她一筹莫展时，吉川帮了她。

“请等一下好吗？”说完，她就往走廊尽头跑去。那里是她的房间。

照片打印出来了，她折返并递给吉川。“大概就是这样。”

吉川摘下太阳镜，看着照片。这时，和佳子忽然觉得像有什么东西牵动了记忆深处。她觉得好像在哪里见过这个人，但那是种极不真实的感觉。昨晚她也看到了他摘下太阳镜后的脸，当时却没有什么感觉。应该是心理作用吧，她这么解读。

“还是看得见刮伤。”吉川说。

“这也没办法。能保留照片就已经……”和佳子打住了。她不想亲口说，那是她去世的儿子的照片。

“照片已经扫描进电脑了，那个文件还在吗？”吉川问道。

“是的，还在。”

“能不能让我看一下？”

“嗯，可以……”

和佳子思忖着他的目的，走进客厅，朝放在餐厅角落的电脑走去。她启动电脑，调出那张照片。

吉川在电脑前坐下，从手中的小文件包中拿出一张新的软盘。“我可以复制这张照片的文件吗？”

“啊？您要做什么？”

“我带了电脑。用我的电脑说不定能把刮伤去掉。”

“是吗？”

“我想应该可以。您不想消除上面的刮痕吗？”

“如果可以的话，就拜托您了。”

“那我试试看。”吉川将软盘插入电脑旁边的插槽，“我很久没用软盘了，最近通常都是用光盘来储存文件。”

“这台电脑是别人给我的，所以很旧，里面的软件也没升级……”

“如果平常不觉得不便，这样就够了。”

吉川熟练地操作着键盘和鼠标，之后取出软盘，好像复制完了。“今天晚上我试试。”他将软盘放入包中。

“可以吗？拜托您这么麻烦的事。”

“应该不会花太多时间。”说完，吉川表情变得有些阴沉，接着稍带犹豫地说，“问这样的事，或许会让您觉得有点儿唐突……”

“什么事？”和佳子问道。

“令郎是……生病，还是怎么了？”

和佳子不由得盯着吉川。他垂下了视线。

他果然还是发现了。

“不，是意外。”她尽量以平静的声音回答，“从公园的滑梯上摔下来……因为父母不小心。”

吉川睁大了眼睛，可能是这个答案出乎意料。“这样啊，真抱歉，问了不该问的问题。这张照片应该明天早上就可以弄好。”

“请不要太勉强自己。”

“没问题。那么，晚安。”说完，他摘下太阳镜，低头致意。

这时，和佳子再次觉得他跟某个人很像。

22

回到房间，长峰从包里拿出笔记本电脑，打开电源。等待电脑启动时，他点燃了一根烟。

衬衫腋下有汗臭味。他叼着烟将衬衫脱下。全身上下都冒出了汗水。

看看表，他发现快十点了。本想先洗个澡，但还是决定撑到最后一刻。他想洗个头，那就必须摘掉假发。如果那时刚好有人进入浴室就麻烦了。

他带电脑来出于多个原因，其中之一是觉得或许可以利用网络搜集信息。但和案子有关的事，只要看电视和手机就能知道得一清二楚。实际上，他还没因此使用过电脑。

电脑开机了。长峰点击桌面上的一个图标，整个画面也随即切换成视频模式。

开始播放的影像是长峰不愿再次看到的东西——绘摩遭两个男人蹂躏的画面。他离开家时已将那卷录像带复制到这台电脑里。

长峰目不转睛地盯着画面，香烟就夹在手指间。那些影像即使看再多遍，他也无法习惯，只会令绝望和憎恨越来越深。他不想再看，却又不得不看。

这就是长峰带电脑来的最重要理由——不论在何时何地，他都能看得到这如同噩梦般的影像。除了想牢牢记住菅野快儿的脸，他也得借影像鼓舞怯懦的自己。

菅野快儿的脸部特写也是从这里截出来的。长峰拿着那张照片四处奔波，寻找民宿。

今天毫无收获。他总共问了将近二十家民宿，却没有得到像是菅野快儿的人住宿或工作的消息。

明天该怎么办呢？老实说，他也一筹莫展。用现在这种方式，真能找到菅野快儿吗？他毫无信心。他还担心这样找下去，总有一天会有人通知警方。

今天那封信已经在电视上公布，长峰的脸出现的频率变得更高。如果电视台反复播出，记忆力再差的人也会慢慢将他的脸烙印在脑海里。发现这个问奇怪问题的人就是要为女儿复仇的杀人犯，将只是时间问题。

但还有其他方法吗？

长峰将那张软盘放入电脑，将其中的影像存入硬盘。接着他打开图片加工软件，导入照片。

照片上是在神社院子里笑得很幸福的一家三口。女人看起来比现在丰腴些，应该是她丈夫的男人身穿西服，是个美男子。正中间比着V形手势的男孩身穿格子上衣，配短裤和白色半筒袜。

女人说儿子是从公园的滑梯上摔下的，就这么死了。长峰无法继续问下去，却不敢相信真的有这种事。她说是因为父母不小心，可情况究竟如何呢？

不管怎样，当时她一定非常悲伤。现在的长峰能想象这一点了。不知这是几年前的事，但她心里的伤口恐怕还没有愈合。这样一想，长峰就可以理解，为什么她在优雅地微笑时，眼睛深处仍透露出哀伤。

长峰戴上老花镜，开始使用软件小心地修复照片。消除背景和衣服部分的刮伤还没什么，要消除脸上的就得费心了。如果长相变了，就没有任何意义了。

为什么想帮这个连姓名都不知道的女人做这些？长峰自己也不明白。他不知照片中的小孩已经过世，还粗心地问东问西，所以想通过修复照片来表达歉意——他确实有这个用意。还有，他怜惜同样失去孩子的女人也是事实。然而不仅如此。如果只因为这些，他才不会想做这么麻烦的事。

可能是自己想得到免罪符吧，长峰想。不管有什么理由，都不能让杀人合理化，这他都知道。做了不可饶恕的事，罪恶感是不会消失的。

为了战胜罪恶感，他只能反复念着“这是为了绘摩”的咒语。为了孩子着想的家长这样做不是理所当然的吗？——他只能这样想，别无他法。这个想法支撑着他，所以他才无法默默看着这个失去孩子的女人不管。

如果得知自己是怀着这样的心情来修复照片，就算效果很好，她或许也不会高兴吧，长峰想。

马上就要十一点了，却还听到有人进入浴室的声音。来到走廊上、本打算去锁浴室门窗的和佳子很失望地回到房间。洗澡时间最晚到十一点，但她不想催促正泡澡泡得舒服的客人。而且那个客人可能是吉川。回到民宿后，他应该还没洗澡。他为找人奔波了一整天，和佳子想让他悠闲地泡澡。

不过她只等了几分钟。刚洗没多久，她听见了客人出来的声音。

和佳子走出房间，看到吉川正在走廊上的自动售货机前买罐装啤酒，头上还裹着毛巾。看见和佳子后，不知为什么，他很惊讶似的连连后退。

“怎么了？”和佳子问道。

“不，没什么。”他一手将脸盆拿到身后，一手按住裹着头发的毛巾，“对不起，这么晚才来洗澡。”

“没关系。水还热吗？”

“水温刚好，很舒服，我差点儿睡着了。”

“那太好了。”虽然心里纳闷洗得这么快是否会想打瞌睡，她还是这么回答。

“我已经开始修复照片了，应该没问题。”吉川说。

“是吗？真令人高兴，但也请别太勉强。”

“不麻烦，请别放在心上。那么，明天见。”

“晚安。”

道完晚安，吉川便拿着啤酒离开了。和佳子目送他离去后，便往浴室走去。

到底像谁呢？和佳子一直很在意这一点。绝不是自己身边的人，而是以其他形式见到的人，比如在电视上看过之类的，但应该也不是艺人。

可能只是错觉，和佳子想。明明是第一次造访的地方，却觉得曾经来过，这种情况也不少，所谓似曾相识，或许就是这样的感觉。

不管怎样，和佳子只觉得那个人是好人。她不知道要消除照片上的刮伤有多困难，但一定要费一番功夫，一般人应该不会主动帮忙。

他可能喜欢小孩，或者是比一般人更敬重有小孩的人。说不定他去找行踪不明的孩子，也不全是为了钱。

关好浴室的门窗、打扫完毕后，和佳子打算回房间。经过刚才那台自动售货机时，她下意识地看了一眼零钱出口，停下了脚步。

伸手一摸，她发现还有零钱留在那里。可能是吉川忘了拿走。

她犹豫了一会儿，决定送到吉川的房间。听他刚才说话的口气，应该还没打算就寝。

和佳子走上楼梯，轻轻敲了吉川房间的门。里面立刻传来低声回应。

“您是不是忘记拿走自动售货机的找零了？”

她一说完，就听对方有点儿惊讶地“啊”了一声，门应声打开了。出现在眼前的吉川戴着眼镜，头上仍裹着毛巾。

“您的钱。”和佳子递出零钱。吉川说声“谢谢”，接了过去。

“我正在修照片，估计很快就好了。”他说。

“谢谢。”和佳子一边道谢一边盯着吉川。

吉川似乎有些诧异地说：“怎么了？”

“哦，没什么。”和佳子赶紧摇手，“对不起，因为您戴着眼镜。”

“这个？”他苦笑了一下，摘下眼镜，“老花眼。如果没有这个，就看不清细微的部分。”

“请别让眼睛太疲劳了。”

“没关系。”

他们互道晚安之后，吉川便关上门。和佳子从房前离去。

踏上楼梯时，忽然有一道光闪过脑海，照亮了她想看却看不清楚的记忆深处。脑海中浮现出来的是一幅电视中的画面。

是葬礼的景象。失去家人的男人正向大家致意。他读着事先准备好的稿子，画面上是他戴着眼镜的脸的特写，双眼充满泪水。

这是她最近看到的影像。到底是哪个葬礼呢？

和佳子倒抽了一口气。她发现那是在新闻谈话类节目中曾经看过几次的影像。就是那起父亲为被奸杀的女儿复仇，正在追杀凶手的案件。节目中介绍那位父亲时，每次都会使用在他女儿葬礼上拍摄的影像，大概是觉得这样才能更深刻地表现出他的万念俱灰吧。

长峰……名字是什么来着？

和佳子慢慢走下楼梯。她觉得如果走太快，双腿好像会不听使唤。她心跳加速，全身冒冷汗。

走到客厅，她摊开昨天和今天的报纸。长峰被通缉后，报纸上应该会刊登他的照片。

找到了，不久她便找到了。一张男人的正面照，下面写着“嫌疑人长峰重树”。

和佳子盯着那张照片。果然没错。她看到吉川之后，一直觉得他跟某个人很像，原来就是此人。虽然发型不同，照片里的长峰重树也没有胡茬，但若留了胡子应该就一模一样了。

吉川就是长峰重树吗？

他的长发也可能是假发。和佳子知道有男人用的假发。洗完澡，他在头上裹了毛巾，难道就是为了遮掩自己的短发吗？

吉川的行动也很可疑。他说要找一个年轻人，那个人只怕就是他要复仇的对象。

和佳子拿着报纸的手开始颤抖。她收起报纸，赶紧回到自己的房间。门窗还未检查完，但她现在已经顾不上这个了。

她打开电视，在电视前坐下。她想先确认吉川是否真是长峰重树，光凭报纸上的照片很难判断。可很不凑巧，没有一个频道在播报新闻。

如果吉川真是长峰重树，该怎么办？

当然该通知警方吧？不，或许现在就该通知警方。光是长得很像长峰重树，这个消息就很有价值了。即使弄错了，警方应该也不会怎样，想必吉川也不会生气。

目前除了她，好像还没有人发现这一点。这也是理所当然，因为吉川几乎没和其他人打过照面。这似乎也显示他就是通缉犯。

必须先告诉父亲。他应该会判断该如何处理。

然而，和佳子并没有站起来。她在犹豫要不要去告知父亲。父亲只怕会立刻报警，警察很快就会赶来确认真伪。如果吉川就是长峰重树，他会当场被捕；如果不是，就当是闹了个笑话，和佳子他们不会有任何损失。

这样真的可以吗？

某个看不见的东西，将想站起来的和佳子压在座位上。

23

窗外变亮了。和佳子从床上坐起。离闹钟响还有将近一小时，但继续躺在床上也不会改变什么。她昏昏沉沉躺了一整夜，还是无法熟睡。

和佳子打开电视开关。可别说新闻了，就连在播放节目的频道都找不到，她只好关掉电视。

可能是睡眠不足，她觉得头很重，胃也胀胀的。

她还没决定是否要将吉川的事告诉父亲。不，其实她已经想好了。她要亲自确认吉川是不是长峰重树，如果觉得没错，就自己打电话给警察。她也不知道为什么想要这么做。总之，她认为这件事情不能靠别人。她确实不想将责任推给父亲，但这并非唯一的原因。不如说是直觉，她觉得如果不亲自判断，一定会后悔。

等了一会儿，和佳子再次打开电视。上面正在播报昨天体育比赛的成绩。她锁定了这个频道，等着常规新闻节目开始。早间新闻会反复播报同样的内容，一定会播出和长峰重树有关的新闻。

和佳子回想起和长峰重树的谈话。他身上的确有种类似逃亡者的感觉，好像做了什么亏心事，总是微微低着头。但是，他说的某些话又带着一股暖意，一点儿也不像杀人犯。和佳子觉得他不像是那种只凭自私的想法就行动的人。事实上，他主动说要帮和佳子修复大志的照片。如果是只考虑自己复仇的人，现在这种情况下，只怕不会说出那种话。

想到这里，和佳子吓了一跳，她发现心中有种想包庇长峰的情感。她轻轻摇了摇头，继续看电视。就在这时，主播开始播报发生在足立区的凶杀案的后续报道。

“——嫌疑人长峰的信，似乎也给民众带来了影响。针对这一点，警视厅除了承认被公开的信的内容是真实的之外，没有多加评论，也没有改变调查方针。此外，针对邮戳来自爱知县这一点，警方表示，只能说长峰是从爱知县将信寄出，并不能证明他就潜伏在爱知县内。”

男主播右上方出现了一个男人的肖像照，下面写着“嫌疑人长峰”。和佳子探出身子。那张照片好像和登在报上的是同一张，但比较大，画质也比较好，所以面容更清楚。

她又开始心跳加快，越看越觉得长峰和吉川很像，甚至已经无法想成别人了。

好像有人经过走廊。听到声音，和佳子吓了一跳。发现那个人是父亲之后，她的心还是怦怦急跳。

她简单打扮一下，走出了房间。经过楼梯前方时，她往二楼看了一眼。她知道吉川应该不会这么早起床，但还是担心会碰到他。

走进厨房，她看见父亲正在系围裙。见到女儿，隆明露出惊讶的神色。

“哦，今天怎么这么早起床啊？”

“不知不觉就醒了。”和佳子看了看挂在墙壁上的钟，好像比平时早了半个多小时。

“你来得正好，有客人说要早点儿出门。早餐的准备工作就交给你吧。”

“我知道了。”和佳子拿起围裙，“那个……是哪位客人啊？”

“带着小男孩的那对夫妇。不是和你下过国际象棋吗？”

“哦，那一家人啊。”和佳子点了点头，开始洗马铃薯。她刚才在想，如果是吉川说要提早出门，该怎么办呢？

和佳子一边削着洗好的马铃薯，一边看着父亲的背影。他正要煮汤，背影和平常一样。他做梦也想不到，全国瞩目的大事就要发生在这家民宿里了。正因为讨厌凡尘的喧嚣，他才选择了这样的生活，每天过着一成不变的平凡日子，享受着与来来去去的旅客短暂的接触。电视上播报的恐怖凶杀案，对他来说一定就像发生在另一个世界的故事。

“怎么了？”忽然转过身的隆明看着和佳子，露出惊讶的表情。他大概看见了她手拿菜刀发呆的模样。

“没什么。”她露出笑脸。

“你的脸色不太好。如果身体不舒服，就去休息吧。”

“不要紧，我只是在想些事情。”和佳子挤出笑容，开始切菜。隆明没有再问下去。

打工的学生也起来了，厨房里顿时充满活力。餐桌铺上了漂亮的桌布，所有准备都已经完成。不管客人们什么时候过来，都可以立刻上菜。

到了七点，最早出现的客人就是昨天和和佳子下国际象棋的男人一家。男人和和佳子打了照面，点了点头，说了声“昨天谢谢您”。和佳子也报以微笑，说着“哪里”。她觉得脸颊很僵硬。

其他客人陆续来到餐厅，但吉川没有出现。和佳子回想起昨天早上他也是比大家晚一些才来，对他的怀疑越来越深了。

喜欢下国际象棋的男人迅速吃完早餐，不管家人还没吃完，径自离开座位走到电视前。打开开关后，他将频道转到新闻节目。

“干什么嘛，他爸。我们还没吃完呢！”妻子抗议道。

“我不在那里等你们也没关系吧。”

“可是这样我们会吃得很赶啊。”

“没关系，你们慢慢吃。”男人将电视的音量调大。

嫌疑人长峰——这个声音跳进了和佳子的耳朵。她正端着放了餐具的托盘，差点儿因惊慌而打翻。还好，似乎没有人看见。

她偷偷将目光投向电视。

男主播带着略显紧张的表情说道：“这是本节目独家查证的消息。嫌疑人长峰几年前曾经参加过射击比赛，而且拥有猎枪。他失踪时是否带着那把猎枪，调查总部尚未出面证实。如果他打算用枪复仇，就可能在街头开枪，民众也可能受到伤害，大家必须严加戒备。”

坐在电视前的男人保持着双手交抱的姿势，身子猛地向后仰。“啊，他打算用来复枪报仇！事情越来越严重了，就像好莱坞电影一样。”

“普通人可以那样用枪吗？”他妻子问道。

“可以，但必须持有特殊执照。如果普通人不能用枪，不就没法儿打猎了吗？”

“哦。”他妻子露出理解的表情，点了点头。

和佳子试着回想吉川的行李。如果是来复枪，普通的包放不下吧？在和佳子的印象中，他的行李好像只有一个旅行包。难道来复枪可以折叠，变得很袖珍？

到了八点，吃过早餐的客人都不见了踪影。他们几乎都办好退房手续了。

“和佳子小姐，还剩下一位吉川先生。”兼职的学生多田野说道。

“哦，对，我打电话问问好了。”和佳子走到电话旁。和客人联系是她的工作。她想起昨天早上自己也曾打电话给他。

她犹豫了一下，还是拿起话筒，确认房间号码之后按下按键。电话一响，吉川立刻接了，好像在等着和佳子打来似的。

“喂？”吉川低沉的声音传来。

“请问……早餐已经好了，您要用餐吗？”她声音沙哑。

“好，现在我就过来。”

“好，那我等您。”

挂掉电话，和佳子不自觉地叹了口气。握着话筒的手已经渗出汗水。

“真少见啊。”身后的多田野说。

“啊？什么事？”和佳子转头问道。

“您打电话给客人时，一定都会先说早安，不是吗？刚才却没有说。”

“哦……”的确如此。因太过紧张，连平常说的话都忘记了。和佳子挤出笑容。“一不留神就忘了。因为我打电话前在想事情……”

“您是不是太累了？收拾的工作就由我来做吧。”

“不，没关系，谢谢你的关心。剩下的我来做，你去帮大叔吧。”

大叔就是指隆明，他应该正在打扫已经退掉的房间。不知为什么，和佳子不想让多田野看到吉川。本来这种时候应该让多田野看看吉川，看他觉不觉得吉川长得很像那个通缉犯。但不知为何，和佳子却抱有相反的想法。如果那么做，她就只能报警了。

她不想让事情变成那样。

吉川和正在走出餐厅的多田野擦肩而过，走了进来。他不可能知道和佳子心里在想什么，仍然垂下眼睛，对她笑着说："早。"

和佳子也回了声"早"，接着开始准备他的早餐。

她将食物放在托盘上，端到吉川的座位。东西明明不是很重，却让她感到步履蹒跚。她将食物放到桌上时，才发现那是因为她在发抖。

"那个……"吉川对她说。

"什么事？"和佳子不禁睁大了眼睛。

"这个给您。"说完，他将软盘放在桌上。

"啊……是那张照片吗？"

"嗯。我觉得修得还不错，但还要等您看过才知道好不好。有时候，修图会改变人的长相。"

"那我待会儿再看。"

"如果可以，能不能现在就看？要是还需要修改，我想现在就着手做。"

"这样啊，那我现在就去看。"

和佳子拿起软盘，离开他的桌子，坐到电脑前面打开电源，插入软盘。不久，屏幕上就出现软盘的图标，她点击打开。

看见显示出来的影像，和佳子不禁屏住了呼吸。原本刮得一塌糊涂的照片脱胎换骨，就像刚冲洗出来的一样漂亮，色彩似乎也更鲜艳了。

"怎么样？"声音从她身后传来。吉川就站在斜后方。

"太厉害了！"和佳子坦率说出感受，"我没想到会变得这么漂亮，谢谢您。这样放进相框就一点儿也不奇怪了。"

"令郎的长相有没有变？"

“没有，那个孩子的脸就是这样。”和佳子看着修复成功的大志的面容，眼眶里盈满了泪水。她赶紧用围裙的一角擦掉眼泪。“真的很感谢您。很辛苦吧？”

“不，也没什么，您高兴就好。”吉川笑眯眯地回到座位上。

和佳子看看他吃饭时的背影，又看看电脑上儿子的照片。虽不是很了解，但她觉得这种修复工作不可能那么简单。她可以想象，吉川多半是在电脑前忙到了半夜。证据就是，他的眼睛看起来有些充血。

他不是坏人，她心想。不仅如此，他甚至比普通人更加善良。她不得不思索这样的人为什么会……

“对了——”吉川忽然转过头。

“是。”和佳子挺直了背。

“今天的预约满了吗？如果可以，我想再住一晚。”

24

从 Crescent 民宿出来后，长峰没有像往常一样坐公交车，而是步行前往蓼科牧场。他并没有目标。一直待在房间里可能会令人生疑，他只好先出门。

今天早上醒来时，他感到一股难以言喻的倦怠，就连起床都很痛苦。晚些去吃早餐固然是为了不和其他客人打照面，但其实在电话响之前，他一直躺在床上。

昨天他为了修复那张照片，一直忙到半夜两点。如果这样做能安慰那个失去孩子的女人就好了，他怀着这种心情开始修复，没想到不知不觉陷了进去。可能他在内心深处也想跳出目前的处境吧。这是他的自我分析。疲于几无线索的搜寻和被通缉的他，非常想忘掉目前的处境，专注于这项工作，即便只是暂时的也好。

之所以感到浑身疲倦，并不是因为这项工作有多辛苦，而是因为它业已结束，他不得不这样想。想复仇却找不到目标——这种地狱般的日子又要开始了。

得让头脑和身体都休息一下才行。仔细想想，长峰离开家之后，就不断地过度消耗精神和体力。再这样下去，他就要垮了。

在找到菅野快儿并复仇之前，他绝对不能倒下。

现在住的 Crescent 是个可以让他喘口气的好地方，员工很少，又不经营咖啡厅，所以没有闲杂人等进进出出。对身为通缉犯的他而言，最大的好处就是几乎不会和人碰面。

所以长峰想多住一晚。今后不知何时才能再休息，不，可能连稍作休息都不行。

当他询问可否再多住一晚时，那个女人的表情很诧异，似乎想知道原因。于是他又说："我喜欢这里。"这倒是真的。

她还是带着困惑的表情，退到里面。长峰等了两三分钟后，她走了出来，瞪大眼睛对长峰点了点头，说："没问题。"

可能很少有像我这样的客人吧，长峰心想。中年男人独自投宿本就很少见，现在又忽然说要多住一晚，她或许很困惑。

越靠近蓼科牧场，举家出游的人越多。发现今天是暑假的最后一个星期日，他就理解了。难怪民宿会出现一家大小来住宿的客人。

有商店在卖饮料和冰激凌，门前排列着遮阳伞，人们正在伞下休息。有大口喝着啤酒的男人，还有不少情侣，每个人看起来都很幸福。

长峰从自动售货机买了可乐，在稍远处的长椅上坐下来。周围这些人一定做梦也没想到，自己身边就坐着一个被通缉的杀人犯。

虽说是避暑胜地，阳光还是很强，今天大概也会很热。长峰调整了一下太阳镜的位置。戴了帽子的头闷得要命。这理所当然，加上假发，他头上等于套了两层东西。等到了没人的地方，就把假发取下来吧，他想。

接下来该怎么办呢？

该想想让人郁愤的事了。长峰单手拿着可乐，开始思索。

菅野快儿为什么会想到要去长野的民宿呢？伴崎敦也在断气前说菅野逃走了。也就是说，菅野知道自己非逃走不可。当时长峰尚未展开复仇，伴崎的意思应该是指躲避警察。

选择长野的民宿，是因为这里比较适合逃亡，还是他想不到其他地方？不管怎样，对菅野而言，长野应该是个很特别的地方。

但他应该不是在长野有亲戚，长峰想。如果菅野和长野县之间有这种直接的关联，警方应该早就察觉到了，现在菅野肯定已经被捕。他曾经在这里住过或工作过的可能性也很低。

警方是如何调查菅野藏身之处的呢？首先一定是去问他的亲友。到现在还没找到，表明菅野躲在这些人也想不到的地方。

不！

他父母不见得会说实话。就算他们知道儿子的行踪，在儿子正被警察追捕的情况下，他们也会保持沉默，不是吗？他们并非想让儿子逃走，而是希望儿子能在被警察逮捕之前出来自首。不管什么样的孩子，在父母眼里一定都是可爱的。即使长大后变得罪大恶极，父母也会像那个开民宿的女人一样，一心记得他们小时候可爱的模样，甚至为此扭曲自己的良知。

长峰想起杀害伴崎时的情景。那个禽兽也有父母。从新闻报道得知，他父母为了让他念书、参加大学入学资格鉴定考试，给他租了房。真是荒唐！让那样的人独自生活，他怎么可能会乖乖念书？父母多半只是为了摆脱麻烦，才让他离家的。媒体也报道过，他好像会在家里施暴。

伴崎最终给别人造成了麻烦，只能说是他的父母放弃了应负的责任。根据媒体的报道，他们在儿子的尸体被发现时，还以遭遇不幸的双亲的姿态接受采访。可是当伴崎平日的恶行曝光，而且警方怀疑他是遭人寻仇之后，他们就忽然失去踪影。他们曾经告诉警方住处，所以有几个记者找到了他们。听说他们态度突变，拒绝接受采访。他们没有对遭到儿子侵犯的女孩道歉，只是一味强调丧子之痛。

长峰看到这些报道后，杀害伴崎敦也的内疚便烟消云散了。只不过，他还是觉得自己做了一件没有意义的事，徒劳感更加强烈。如果能看到伴崎的父母自责，长峰虽然会心痛，但也会觉得得到了些补偿。

可能菅野的父母也一样吧。他们一定已经从警方那里得知了儿子到底在外面做了多少坏事，现在应该也知道菅野因此和伴崎一样成了凶手锁定的目标。即使如此，做父母的还是不希望儿子被捕。不管做出多合乎逻辑的说明，他们也不愿承认儿子是坏到要遭追杀的人，也不会相信儿子已被凶手盯上。

因为有这样的父母，才会有自己这样遇上如此悲哀的事的父母，长峰想。十几年前，他们应该都同样为人父母，抱着刚出生的孩子，对孩子的未来充满憧憬。

无法原谅！不管是本人还是其父母——长峰从长椅上站起，捏扁了手里的可乐罐。

怎样才能找到菅野呢？经过这几天的搜寻，长峰终于明白自己的行动无异于海底捞针。

“喂，和佳子！”

和佳子闻声抬起头来。她在客厅，对着摊开的周刊发呆。

戴着草帽的隆明一脸惊讶地站在那里。“你在发什么呆呀？没听见我的声音吗？我敲了好几次窗户。”

“啊，对不起。”和佳子合上周刊。那里面刊载着关于足立区凶杀案的特别报道，是客人留下来的。

隆明应该是在屋外拔草。一定是有什么事，所以敲窗户叫屋内的和佳子。

“怎么了？”

“没事了，已经弄好了。”隆明将挂在脖子上的毛巾取下来，一边擦汗，一边走进厨房。他打算找找看有没有喝的东西。

和佳子手拿周刊站了起来。在敞开的厨房门的另一端，她隐约看见了父亲的身影。传来开关冰箱的声音。

她还在犹豫是否该告诉父亲。早餐时，她再次看到了吉川的脸，仍觉得他酷似长峰重树。她又看了登在周刊上的照片，更加深了“他俩是同一个人”的看法。

隆明用草帽当扇子扇着风走出厨房。“吉川先生还要再住一晚？我已经记在预约表内了。”

“是的，今天早上他忽然跟我说的……”

“嗯，可能是行程改变了。”

“这个我也不知道，他好像很喜欢我们这里。”

“这样啊，那太好了。”隆明点了点头，走了出去。他好像丝毫不觉得吉川这个客人可疑。

和佳子无论如何也说不出吉川的事。那就自己报警？她也无法下决心。现在，她发现自己只想默默地看着吉川退房，离开这里。就算他总有一天会被逮捕，她也希望是发生在其他地方。这并非因为她不想被卷入这种麻烦，而是因为她不想亲手破坏长峰赌上性命的愿望。

多田野从二楼走下来。“房间已经打扫好了，二〇二号房不用管是吗？”

二〇二号房是吉川的房间。和佳子刚才是那样指示的。

“对，谢谢。”

“如果还有事，请叫我一声。”说完，多田野将万能钥匙放在和佳子面前，便出去了。

她看着那串万能钥匙。这里的房间仍使用老式圆筒锁。隆明曾说，会撬锁的人应该不会来这里住。

只要使用万能钥匙，任何房间都进得去，二〇二号房也一样。

他应该晚上才会回来。

现在正是好机会，和佳子心想。虽然外貌酷似，但并不能确定吉川就是长峰重树，或许只是莫名地相像而已。若是那样，她不是在自寻烦恼吗？要烦恼也得先将情况弄明白，而能让真相大白的方法就在眼前。

和佳子拿起万能钥匙，走到走廊上，心跳越来越快。

尽管毫无必要，她还是蹑手蹑脚地爬上楼梯。为了通风，几乎所有房间都开着门，唯独二〇二号房的门关着。

和佳子站在门前，将钥匙插进锁孔。她的手指在颤抖，金属发出碰撞声。咔嚓一声，锁开了，她深吸了一口气，慢慢将门打开。

房内并不乱。两张床的其中之一完全没有使用过的痕迹。旅行包就放在房间的角落，笔记本电脑摆在桌子上。

和佳子战战兢兢地将包打开，里面只有简单的换洗衣物和盥洗用具等，没有看见笔记本或身份证之类的东西。

她望向电脑。吉川应该是用这台电脑帮她修复照片的。一想到这里，她就觉得不应该做这种事。她掀开笔记本电脑，犹豫了一下，最后还是开了电源。她觉得系统启动之前的时间漫长无比。

要如何确定他的真实身份呢？和佳子想到的办法是看电子邮件。不用看内容，只要查查他在发送邮件时如何署名即可。

然而，和佳子从未用过别人的电脑，所以不知如何操作才能启动邮箱。无计可施，她只好一一点击桌面上的图标。点击其中一个图标后，整个画面的氛围忽然变了。不久，屏幕上出现了影像。

糟糕，点到奇怪的东西了！

她想赶紧关掉影像，却不太清楚操作方法。在她手忙脚乱时，影像一点点地放映出来。

然后，令人震惊的画面出现了。

一开始，和佳子以为只是色情影片，可仔细一看，发现好像不是。一个年轻女孩正被两个男人侵犯。女孩瘫软无力，脸上毫无生气。男人们蹂躏着她。光是看着这令人不快的影像，和佳子就感到作呕。

她好不容易找到操作面板，点击了一下，关掉视频，顺便关掉电脑的电源。不舒服的感觉并没有消失。

当她嗒的一声合上电脑时，脑海中闪过一件事。

刚才看到的影像，莫非就是吉川，不，长峰重树的女儿遭强暴时的画面？

25

在西新井分局的刑警梶原催促下走进会议室的，是一个年约五十岁的矮小男人。他双眼内凹，两颊下陷。织部觉得他好像不是原本体形就瘦，而是因过度疲劳而变得消瘦的。充血的双眼也证明了他的劳累。从他紧张的表情可以看出，他烦恼了很久，才决定挺身而出。

“您是鲇村先生吧？”织部确认道。

男人点了点头，小声回答：“是。”

“总之，您先请坐。我听过事情的大概经过了，但还有些地方想确认一下。”鲇村拉出折叠椅，坐了下来。梶原坐到织部旁边。

“呃，我想先问一下令爱千晶小姐自杀时的情形。听说是今年五月七日的事？”织部看着手边的资料问道。

“是的，就是黄金周刚结束的时候。那个，我刚才的话是不是再说一遍比较好？”鲇村看着梶原问道。

“是的，麻烦您了。我们都只听过大概的内容。”梶原说。

鲇村点了点头，喉结因吞口水而动了一下。他又看向织部。“我老婆说，早上千晶一直没起床，想去房间叫她。我当时已经去上班了。然后她发现女儿……千晶把绳子挂在窗帘的滑轨上……

上吊了。我老婆慌忙将女儿放下来，然后叫救护车，可那个时候她好像已经没气了。是警察打电话给我的。因为我老婆……已经快发疯了，连电话都没法打。”鲇村似乎在拼命忍耐什么。虽然已过了三个月，但他心里的伤口一定还没有痊愈。

织部又看了资料。鲇村住在埼玉县草加市。听说草加分局是以自杀结案的。听鲇村刚才说的话，也想象不到其他可能性。

“有遗书吗？”

“没有。”

“关于自杀动机，您有没有什么想法？”

鲇村摇摇头。“没有。她是个开朗的好孩子，看起来根本没什么烦恼。只不过，她自杀前一天回家特别晚，没吃晚饭就直接进了房间，之后就没再出来。所以我想，那天她应该出了什么事……”

“前一天是五月六日。学校放假，她却很晚才回家，是吗？”

“我想应该是九点……左右吧。她对我老婆说，和朋友去唱了卡拉 OK。对话是隔着门进行的。”

“她就这样再没出现在家人面前，直到第二天早上？”

“是的。我很纳闷千晶身上到底发生了什么事，便询问了来参加葬礼的同学。可大家都说没去唱过卡拉 OK。傍晚她们在车站分手后，千晶好像就一个人回家了。”

和长峰绘摩的情形非常相似，织部边听边这么想。

“千晶说过下周六她喜欢的乐队就会举办演唱会，她好像很期待。所以，那天一定发生了什么事。我也去找警察谈过，但他们完全没有站在我们的角度，甚至根本不理睬我们……总之，他们就是不想管，最后甚至还说是我们自己的教育方式有问题……”鲇村咬着嘴唇，右手握拳敲了一下桌子。他的拳头在微微颤抖。

警察无法积极调查已被定性为自杀的案子，织部可以理解这一心理。尚未告破的案件已经堆积如山了，每天还有新案子发生。如果知道是自杀，即使动机不明，结案程序也不会出现任何问题。

“您为什么觉得这次的足立区凶杀案与令爱自杀有关呢？”

“因为最近我听到女儿的朋友说了些奇怪的话。”

“奇怪的话是指什么？”

“一个朋友说，大约四月的时候，她和千晶两人曾在放学路上被两个开车的男人搭讪。她们没有理睬，但那两个男人好像一直纠缠不休。当时她们总算是甩开了，但后来那辆车又停在学校旁的路边，千晶她们还因此绕路回家。‘可是在千晶过世之前那段时间，就没再发生这种事，我也没想到这会是千晶自杀的动机。’那个孩子是这样说的。”

“那两个男人就是……”

“是的。那个女生说，其中一人很像被杀的伴崎，感觉他们开的车也很相似。”

织部看了看梶原。“问过那个朋友了吗？”

“还没有，我已经将联系方式抄下来了。要叫她过来吗？”

“不，还不用。”织部将视线挪回鲇村身上，“听了那孩子说的话，您立刻觉得和令爱自杀有关？”

“因为和长峰绘摩小姐被杀的案子情况类似啊。”

鲇村正确地记得“长峰绘摩”这个名字，多半对这一连串案件相当关心。他还把长峰绘摩弃尸案说成凶杀案，可见他对伴崎他们的憎恨。

“而且，”鲇村垂下眼帘，随即又抬起头，“我老婆说，千晶在死之前好像淋浴过。”

“淋浴？”

“嗯，是后来才知道的，但的确有洗过澡的迹象。她半夜淋浴完之后，似乎还换上了新的内衣。我老婆一直没告诉我这件事情，所以我想，我老婆应该隐约察觉到了出了什么事。”

织部将视线从伤心地讲述着事情经过的鲇村身上移开。只要一想鲇村千晶淋浴时怀着怎样的心情，他就心痛不已。她可能是想在死前将被玷污的身体清洗干净。

织部手上的资料中附有两张照片——鲇村千晶的肖像照。两张照片里她都穿着制服，是个大眼睛的可爱女孩。

西新井分局的人说，鲇村带着这两张照片去了警察局，询问警方侵犯长峰绘摩的凶手的录像带中，有没有拍到这个女孩。

从伴崎敦也的房间没收的录像带均由西新井分局保管。梶原他们一边播放这些带子，一边比对千晶的照片。

然后，他们从录像中找到了疑似千晶的女孩。织部是这样听说的，他还没看过录像带。

“可以看录像带吗？”织部问梶原。

“现在就可以。”梶原望着房间最后面，那里已经设好电视和录像机。

“带子呢？”

“已经放进去了。”梶原小声回答。

“请问……”是鲇村的声音，“果然……找到了吗？我女儿出现在录像带上了，是吗？”他提高了音量。

“还不能断定，我们只是觉得有点儿像。”梶原的口气像是在推托，“所以想请您确认一下。我们已经在那里设好录像……”

“请让我看。”鲇村用力点了点头，挺直了背脊。

梶原看了看织部，织部对他点了点头。此事已经获得上司许可。

“这边请。”说完，梶原就将折叠椅放到电视机前。鲇村犹豫着坐了下来。梶原拿起遥控器，开启电视和录像机的电源。播放前，他问道："织部先生，你也要看吗？"

织部迟疑了一下，随即摇摇手。"不，我待会儿再看——如果鲇村先生确认无误的话。"

梶原点了点头，表情似乎是在说"这样比较好"。

"我们已经找到了疑似令爱的片段，只要按下播放键，就会出现画面。您确认完之后请说一声，我们就在外面。"

"我知道了。"鲇村说完接过遥控器。

织部和梶原一起走出会议室。门一关上，梶原便长出一口气，伸手到外套内袋里掏烟。"我们都碰到了讨厌的差事。"梶原口气亲切地说。他看起来要比织部年长几岁。

"梶原先生，你应该看过录像带了，觉得是他的女儿吗？"

"可能是吧。"梶原皱起眉头，"一开始影像很黑，而且没有拍到脸，很难确认。那两个蠢材还只拍肚脐以下的部位。但后半段有脸部特写，那也是让人看了很难受的画面。一想到要让一位父亲看那种东西，我就觉得心情沉重。"

织部摇摇头。光是听他这么说，就已经很令人难过了。

"那些浑蛋真是人渣。"梶原吐着烟说，"说句老实话，我还真希望菅野也被长峰杀掉呢。我暗自祷告长峰不要被捕。"

织部默默看着地上，不知如何回答。他心中也有相同的想法。

梶原低笑着。"身为搜查一科的刑警，无论如何都不能说出这种话吧。"

织部也报以苦笑。他想把梶原的话当作说笑，就这样结束这个话题。

从伴崎的房间没收的录像带，包含长峰绘摩在内共拍了十三个女孩。居然有那么多被害人。但到目前为止，似乎没接到这么多报案。也就是说，被害人都选择了忍气吞声。今后她们应该也不会站出来，被侵犯的画面被拍成了录像带留存，她们就更不会那么做了。刑警们都这么认为。鲇村就是在这个时候出现的。

“来一根吗？”梶原递出烟盒。

“不了。”织部拒绝时，从门内传来“啊”的一声，听起来像是野兽在叫，同时还传出什么东西倒下的声音。

织部打开门，冲了进去。鲇村趴在地上，双手抱头，叫喊着。

电视机已经关了。遥控器掉在地上。

“鲇村先生，请振作！”

织部对着鲇村的背大叫，但他好像没听见。他叫喊着扭动身体，地板都湿了。他脸上涕泪交加。

其他警察好像也听到了他的叫声，冲了进来。梶原对他们说明事情原委。

鲇村的叫声慢慢变成了言语。织部没有立刻听懂，但在鲇村不断重复的过程中，慢慢听明白了。

“畜生！畜生！还给我！把千晶还给我！畜生！为什么？畜生！为什么要这样？啊……啊……”

织部无法靠近鲇村，就连和他说话都做不到。愤怒、绝望与悲伤化成了一道厚厚的墙，将这个女儿遭到蹂躏的父亲围住。

长峰一定也是如此，织部心想。长峰在伴崎的房间里发现录像带时，一定也是如此。他被推入比地狱还凄惨的世界，心被撕成了碎片。

假使就在这时，凶手出现了，会怎么样呢？应该没有人可以保持冷静，想杀死他是理所当然的。杀死他还不够，一定还想将其千刀万剐——即使这样做，无论是对长峰还是对眼前这个父亲来说，无法让他们挽回或得到任何东西。

鲇村的叫声变成了：“我要杀了你！我要杀了你！”

26

长峰回到民宿时，已经接近九点了。

和昨晚一样，他在傍晚时打电话嘱咐不用为他准备晚餐，民宿的人应该不会等他回来。

Crescent 在广告中着力强调老板兼厨师厨艺精湛，晚餐是他们的卖点。长峰很想尝一尝他们最引以为豪的饭菜，但一考虑到和其他客人面对面的危险性，他只能忍耐。他今晚吃的是咖喱牛肉。那是一家非常嘈杂的店，根本不会有人注意身旁的客人，唯一的优点就是宽敞。对现在的他来说，有这种店存在很值得感恩。

长峰打开玄关的门，走进民宿。灯已经关了一半左右，屋内很昏暗，从客厅流出来的灯光也很微弱。

长峰脱鞋时，听见客厅传来脚步声。他赶紧将鞋放到架子上。他不想碰到任何人。

走出来的是那个女人。长峰安心了。如果是她就没关系了。她好像什么也没发现，甚至还对他很亲切。

“您回来啦。”她对长峰微笑。

“不好意思，回来晚了。不回来吃晚餐也非常抱歉。”

“那个……没有关系。”她低下头，喃喃自语般说道。

“那么，晚安。”长峰鞠躬致意后，就从她身旁走过，准备上楼。

“啊……”她对长峰说。

长峰停下脚步，回过头。“怎么了？”

“啊……如果可以，要不要喝杯茶？我这里有蛋糕……还是说您不喜欢吃蛋糕？”她的口气有些生涩。

长峰仍把脚跨在楼梯上，考虑了一下。她可能是想对自己帮忙修复照片一事致谢。除此之外，长峰找不到她说这番话的理由。

就在这时，长峰闻到了从客厅飘出的咖啡香。看来她本来就计划提出邀请，似乎一直在这里等他回来。

在避暑胜地的民宿，和一个不知姓名的女人一起吃蛋糕、喝咖啡，这是多么惬意的时光啊！长峰心想。想要度过这种时光的欲望在他的心里快速膨胀。这种本以为不会再出现的时光，不，应该说是连做梦都不会出现的短暂光阴，就在他眼前。

然而，他笑着摇摇头。“我不讨厌蛋糕，但今天晚上还是算了吧，我还有些事要回房处理。”

“这样啊，我知道了，对不起。”她表情僵硬地点了点头。

长峰上了楼，来到房门前，拿出钥匙开门，打开灯走了进去。

刹那间，一种诡异的感觉包围了他。

并不是有什么古怪。这已是他在这个房间的第三晚了，他却觉得气氛有些微妙的改变。他边想边坐到床上。毛毯和床单的模样仍和他早上出门时一样。

会不会只是心理作用呢？他思忖着。但就在这时，他看到了一样东西。

桌上的笔记本电脑。他觉得位置稍微有些不同。具体而言，他感到电脑的位置比平常放的要稍微靠前。平常使用电脑时，他都会尽量放得远一点儿，这样手不会酸。

他开始忐忑不安，全身冒出冷汗。

他站到桌前，启动电脑，握着鼠标的手微微颤抖。他要检查最后一次使用的程序。

最后一次使用的程序是看视频专用的软件。他努力保持着冷静，开始回想。看绘摩遭侵犯的影像确实是他每天必做的事，但最后一次使用这台电脑时，他是在看这个吗？

不是！他想起来了，最后一次使用电脑是用图片加工软件修复那张照片。他将修复完的照片存进软盘，然后就关机了。

从那之后，他再未用过电脑。可见除了他，还有人看过绘摩的影像。

会是谁呢？不用想也知道。

他赶紧收起电脑，将扔在一旁的内衣塞进手提袋，又摘下假发放进包中，只戴上帽子。

他悉数收拾好行李，环视房间后打开门。走廊上没有人。今天是星期日，住宿的客人应该很少。

他蹑手蹑脚地走过走廊，走下楼梯。他站在客厅门前，将手伸进口袋，取出皮夹，抽出三张一万日元钞票作为住宿费用。他觉得留张字条比较好，但立刻改变了想法。即使不留字条，她也应该知道他为什么忽然离去。

他将三张一万日元钞票折好，正要夹到客厅的门上，门忽然开了。他吓了一跳，缩回了手。

那个女人站在那里，抬眼盯着长峰。长峰也看着她，但随即移开目光。

“要出去吗？”她问道。

长峰点了点头，将手中的钱放在旁边的架子上，又将帽子压低一点儿，朝玄关走去。

“等一下。”她叫道，“请等一下。”

长峰停下脚步，但没有回头。于是她走了过来，站在他面前。

两人再次四目相对，这次长峰没有移开视线。

“您是长峰先生……吗？”她问道。

他没有点头，问道：“您已经报警了？”

她摇摇头。“只有我发现是您。”

“那您是打算现在报警吧？”

她没有回答，眨了眨眼，看着地面。

她为什么没有报警呢？长峰很纳闷。看到那段影像，就应该知道他是通缉犯了。刚才她还邀他一起喝茶，实在很不可思议。他不知道她在想什么。

“现在我必须马上离开。”长峰说，“我有个自私的请求：如果您要报警，请再等一下，我会很感激的。”

女人抬起头，轻轻摇了摇头。“我没打算报警。”

长峰睁大眼睛。“是吗？”他半信半疑地问。

她盯着长峰，点了点头。“所以今晚您不用急着走。这么做的话，您也很麻烦吧？没有地方去不说，在车站游荡也更容易被人怀疑。”

“那倒是。”

“今晚请住在这里，这样我父亲也不会觉得奇怪。”

她这么说完，长峰便明白她要手下留情。她不打算报警，等到明天，就会默默看着自己离开。

“这样好吗？”心下感激的长峰问道。

“还好，但是……”她似乎想说什么，舔了舔嘴唇，显得很犹豫。

“什么事？”长峰追问。

她深深吸了一口气。“能告诉我一些事吗？今天晚上没有其他客人，我父亲也睡了。”

“要听我的事？”

“是的。”她点了点头。那认真的眼神像是在说，她至少有这个权利。

“我知道了。那我先把行李拿回去再过来。”

见她点头，长峰便折回房间。走上楼梯后，他脑海里闪过一个念头：不知她会不会趁机报警？但他立刻就打消了这个想法。

和佳子冲着咖啡，心想自己到底在干什么。明明没想清楚，却对长峰说出那样的话。老实说，她还在犹豫是否要报警。

但报警的念头越来越微弱也是事实。看见那段悲惨的影像之前，她只能模糊地想象长峰的愤怒与悲伤，然而现在，这些东西在她心中已经有了具体的形貌。那太过沉重，她觉得如果不假思索就报警，是非常轻率的行为。

那到底该怎么做呢？她也想不出答案。打消报警的念头，等到第二天早上，装作一无所知地送他离去，这样或许就没事了。但这不是单纯的避免麻烦的做法吗？

还是先和长峰谈一谈吧，这是她考虑很久后得出的结论。她不知道谈完后会怎样，也不知道自己到底打算怎么做，但她不能置之不理，否则就像放弃了曾为人母的感觉。

长峰从楼梯上走了下来。和佳子将两杯咖啡放在托盘上，送到桌上。

他说了声谢谢，拉出椅子坐下。刚才一直戴着的帽子已经摘掉了。

“您戴的是假发吧？”和佳子看着他的头。

“是的。”他小声回答，有些难为情地笑了笑，“很奇怪吧？”

“不，我觉得很自然，我一直都没发现。不过，您不热吗？”

“非常热。”长峰说，“尤其是白天，热得难受。”

“现在可以摘下来。刚才我说过，我父亲已经睡着了。”

“是吗？”他似乎有些犹豫，但不久就将手指伸进头发，“既然您这么说，那我就……”

长假发下是剃得很短的头发，还混杂着白发。可能是因为这样，和佳子觉得他看起来一下子老了五六岁。

“呼——”他吐出一口气，微笑着，“真舒服。我已经很久没在别人面前摘下假发了。”

“如果您一直戴着，我想应该没有人会发现。”

“那您为什么……”长峰似乎想问她为什么会发现。

“昨天晚上，您洗完澡出来，我碰到了您。当时您头上裹着毛巾，还戴着眼镜……我在电视上看到的长峰先生，就是戴着眼镜的。”

“啊……”长峰伸手拿起咖啡杯，“我太大意了，因为太专注于修复那张照片。”

“真的很谢谢您。”和佳子低头致意。她是真心的。

“没什么，做那件事让我的心情变好了。”说完，长峰喝了一口咖啡。

“在这么危急的时候，为什么您还想帮我呢？”

“这个嘛，为什么呢……”长峰思索着，“我可能是想忘记自己是罪人的身份吧。做一些好事，或许能稍微原谅自己。”

“您觉得自己做了不可原谅的事吗？”

“那是当然。”长峰将咖啡杯放在碟子上，“不管有什么理由都不能杀人，这我也知道。那是不可原谅的行为。”

和佳子低下头，拉过咖啡杯。一直看着长峰悲伤的眼神，她觉得很难受。

“那个……可以请问一下您姓什么吗？”长峰问道。

她抬起头。“丹泽。”

“丹泽小姐……那您的名字是……”

“和佳子。”

“丹泽和佳子小姐，”他低声念道，然后面带微笑，“和我想的有点儿不一样。”

“您觉得我应该叫什么呢？”

“不，我并没有具体的想法……”长峰笑着垂下眼帘，立刻又抬起头来，笑容已消失了，“您应该看过电脑里的影像了吧？”

和佳子回答：“是。”她声音沙哑。

“这样啊。我不应该把电脑留在房间。啊，不过，您既然会去看那些，就说明看之前已经发现了我的真实身份吧？那看来留不留都一样。”这番话的后半段像是自言自语。

和佳子吐出一口气。“我觉得太过分了。这世上居然有人做出那么过分的事……太令人震惊了！”

“是啊。”

“一想到长峰先生的心情，我就受不了……如果我是您，可能也会做相同的事——”

“和佳子小姐，”长峰制止了她，“您不可以说这种话。”

“哦……对不起。”和佳子喃喃自语。

27

长峰喝着咖啡，悠悠吐出一口气。

“我很久没有这样悠闲地喝咖啡了。”他微微扬起嘴角，说道。

多么悲伤的微笑啊，和佳子心想。“我看过报纸了。您好像还在追杀另一个凶手，是吗？”

长峰点了点头，将咖啡杯放下。“没错。”

“就是给我看过的照片里的那个男孩？”

“嗯。您如果看过电脑里的影像，应该就知道了。我就是从那里打印出来的，所以画质很差。”

“您就是带着那张照片，用对我说过的那套说辞四处寻找吗？”

“是的，因为我几乎没有其他线索。”

“那您为什么会来我这里？”

“我得到的唯一线索，就是那个凶手去了长野的民宿，所以我在长野县的民宿四处奔波。”长峰脸上浮现出自嘲的笑容，“我太天真了。没想到民宿有这么多，就像大海捞针。”

和佳子心想，或许是这样吧。“您今天也四处去找了吗？”

长峰摇摇头。“我觉得以现在的找法不会有进展，就去了图书馆和观光咨询处等地，主要是为了查资料。”

“资料？”

“我想知道那个人为什么会逃到长野的民宿。或许是有亲戚或朋友在这里，可我觉得不只是这样。长野县对他来说可能有什么特殊的意义，例如过去有过什么特殊的体验。”

“像是运动集训之类的吗？”和佳子脱口说出心中的想法。每年也有许多学生社团会把她家的民宿当作集训时的住处。

长峰点了点头。“也不一定是运动集训，就是为了学习体验什么而来过之类。不管怎么说，这样的活动应该都很盛大，这一带或许会留有当时的纪念照片。”

“嗯。”和佳子用力点头，她明白长峰的意思了，“那您去看了装饰在各个场所的纪念照片吗？”

“没错，社团的纪念照、修学旅行的照片，总之只要是纪念照，我几乎都看过了。”

“结果……”

长峰露出了苦笑。“如果有结果，我现在就不在这里了。看那些照片的时候，我发现了一件事：我确实看过凶手的影像，但并不算是知道凶手的长相。要想看到一个人小学时的照片也能认得出来，必须要对这个人的脸相当熟悉才行。”

和佳子点了点头。或许是这样吧。

“可能在今天看过的照片中就有要找的人，但我脑海中没有足够的信息让我认出来。事到如今，我才开始恨自己无能，没考虑清楚就跑到这里，到底打算干什么呢？”长峰握起右拳轻轻敲着桌子，看了和佳子一眼，皱起眉头，“我很狼狈吧？您要笑我也没关系。”

“我怎么会笑您……”和佳子低下头，又立刻抬起，“那您今后打算怎么办？由我来说这种话很奇怪，但如果继续用这个方法，您迟早会被人认出来。就连粗心大意的我都认出您了。”

长峰皱起眉头，端起咖啡杯往嘴里倒去。他好像喝完了。

“我再端一杯来好吗？”

“不，不用了。”长峰拿着空杯摇摇头。

“请问……如果找到了要找的人，您会怎么做？”

长峰闻言垂下视线。

“还是要为令爱复仇吗？”

“是。”长峰依旧垂着视线，平静地说，“我的确打算这样。”

“因为警察靠不住？”

“与其说是警察，不如说是目前的司法制度。警察迟早会逮捕另一个侵犯我女儿的人，但给予那个人的惩罚恐怕会轻得令人惊讶，甚至可能连惩罚都说不上。为了让他们重新做人或重回社会，司法制度完全不顾受害者的心情。”

“但是——”

“您要说的话我知道。”长峰扶额，“我以前的想法和您的一样。可发生了这件事，我才知道法律根本不了解人性的脆弱。”

和佳子没有答话。不管有什么理由都不能杀人——她觉得想说出这种老生常谈的自己很丢脸。这个人是在大彻大悟之后才展开行动的。

“至于今后要怎么做……这个问题嘛……”长峰说，“老实说，我还没决定。我不知道明天会发生什么，但大概还是会找下去，因为我只有这个选择。或许不久我就会被警方逮捕，可如果害怕，就无法达到目的。总之，我只能往前走。”

“没想过自首吗？”虽然觉得是徒劳，和佳子还是问了。

长峰盯着她的眼睛，轻轻点了点头。“只有在达到目的后，我才会去自首。”

果然不出所料。和佳子垂下头。

“怎么样？您改变心意了吗？”他问道。

“改变是指……”

“就是会不会改变想法，觉得还是报警更好？”

“不，那个……”和佳子吞了口口水，说道，“不会。”

但长峰似乎没有不加思考地完全相信她的话。他盯着和佳子的眼睛，像是想看穿她内心的想法，然后忽然站起来。“我还是走吧。”

“请等一下，我是说真的，请相信我。”和佳子也站起来。

“我很感谢您。如果不是您，我现在应该已经被捕了。您可能是觉得与其被警察逮捕，不如自首，所以才给我一点儿时间。但我刚才说过了，我不会改变计划。您放心，即使我被逮捕，也不会对任何人说今天晚上的事情。请不要放在心上，按您的想法去做吧。”

“我不是已经说过不会报警吗？”和佳子不由得提高了音量，声音在寂静无声的客厅里显得很响亮。

看到长峰仿佛被吓着似的睁大了眼睛，和佳子将手放在脸颊上。“啊，我在生什么气啊……”

长峰低头看着她，搔了搔头，又坐回椅子上。“我不想给您添麻烦，我想还是现在离开比较好……”

“即使您这样想，也请等到早上。现在忽然离开，我父亲一定会怀疑的。如果他追问，我不知该如何解释，或许会使他发现您的身份。”

长峰的脸扭曲了，他伸手搓了搓。“那个……或许您说得对。对我来说，今晚有地方住也是值得高兴的事。”

和佳子看着他，感到一股近似同情的情绪。他不是坏人，只是个非常普通的人，不，他比普通人还真诚，还会为他人着想。只不过人生的齿轮莫名其妙地乱转，他才被放到这么奇怪的位置上。明明知道复仇不对、却又必须复仇的痛苦，以及无法顺利复仇的绝望——他必须对抗着这些，艰难地生存下去。

“请问……”和佳子开口说，“上次那张照片，您现在还带着吗？”

“照片？”

“就是您给我看过的那张您要找的年轻人的照片。”

“哦，我带着。”

“能给我看一下吗？”

“可以。”长峰从衬衫口袋里拿出来。

那是一个年轻人的肖像。以前长峰向她出示时，她并没有仔细看。五官生得还真端正，不去强暴的话，也应该会有女孩主动示好吧，和佳子心想。

“有什么问题吗？”长峰问道。

和佳子心中忽然涌现一个念头，是一种让她感到不知所措的激动。这个念头促使她说出某句话，而体内冷静而理智的部分又想阻止她——如果说出这种话，事情会变得很严重。

但她终究开口了：“这张照片可以放在我这里吗？”

“给您？不，这个，”长峰伸出手想拿回照片，“这样我会很棘手的。”

“不，我不是想给长峰先生您添麻烦。我是……”体内的另一部分制止和佳子说下去，但她不管不顾地继续说道，“我来找。请让我帮您找到他。”

第二罐啤酒也喝完了。鲇村站起来打开冰箱，伸手去拿第三罐。

“能不能别喝了？”妻子一惠说道，但口气不是很强硬。

她正在隔壁的和室看书。自从女儿死后，她看的书越来越多。鲇村觉得她是想借此逃避现实。

他什么都没说就打开啤酒，重新坐回沙发。没有配任何下酒菜，只是一个劲儿地喝。他的酒量并不算太好，但最近却变得完全不会醉了。

鲇村刚把啤酒罐送到嘴边，玄关的门铃响了。他和一惠互看一眼。

“会是谁，这个时候？”

妻子似乎也不知道，一脸纳闷。鲇村看了看时钟，快十点了。

门铃又响了一次，鲇村将啤酒放到桌上，站起身来。厨房旁边就是对讲机，他拿起话筒说道：“喂？”

“啊……这么晚了，很抱歉。我是《焦点周刊》的，能不能打扰您一下？”

周刊？鲇村很诧异。他没想到这些人会跑来。

“请问有什么事吗？”他很警惕地问道。

“是关于令爱的事。”对方很快回答，“听说您去过西新井分局了。”

鲇村的脸扭曲了。难道他们已经嗅到了什么？他很生气，警方连这点儿隐私都没替他保护好。

“我没有什么好说的。”他说完就准备挂断。

“请等一下！请您给我一点儿时间就好，我有一件事想请您确认。”

正打算将话筒放回去的鲇村收回了手。令他在意的是对方说“想请您确认”，而不是“我想确认”。

“要确认什么？”他问道。

“那个……在这里不太方便说，是关于年轻凶手的事。”

年轻凶手应该不是指长峰重树，那么，就是侵犯千晶的那些人。

“请等一下。”鲇村说完放下话筒。

“什么事？”一惠问道。

“好像是周刊的人，我要去门口见他。”

一惠皱起眉头。“见那种人……别去了。”

“没关系。”

鲇村打开玄关的门。那里站着一个鼻下和下巴都蓄着胡子的男人，身材消瘦，露在Polo衫外面的手臂却肌肉结实。

那个人礼貌地打完招呼后递上名片，上面写着“《焦点周刊》记者”。

“请问有什么事吗？”鲇村拿着名片问。

“您去西新井分局看过录像带了吧？应该不用我再说是什么录像带了。”

鲇村撇了撇嘴角以表示不悦。那是他最不愿谈的部分。

他想装糊涂，但这样的话，和这个人见面就没有意义了，于是他只好不置可否地点了点头。

“那么您一定看过伴崎他们的脸了？”

“看过了。”

“警察告诉您另一个人的姓名了吗？”

鲇村摇摇头。他想起当时的情形。看完录像带后，他歇斯底里，稍微冷静后便向警方询问凶手的姓名，但他们坚持不肯告知。

“是不是这个年轻人？”记者拿出一张照片。

28

菅野路子从大厦走出来的时候，是下午两点多。

正在对面那栋大厦监视的织部喃喃道：“真奇怪。”

“怎么？”真野问。

真野因调查其他案子来到附近，顺便过来看看。现在只有一个人负责在这栋建筑监视，今天刚好轮到织部。对于菅野快儿出现在母亲这里，警方几乎已不抱期望。

“她很少这么早出门，而且走的方向和平常相反，也不是往车站去。”

真野从窗户往下看。“跟上看看。”

“遵命。”织部走向门口。

织部走到屋外，已经看不见菅野路子的踪影。他跑着追赶时，手机响了。是真野打来的。

“下一个路口左转，别被发现了。”

“知道了。”织部照做了，立刻看到了菅野路子的背影。她身穿白衬衫和黄裙子，撑着黑洋伞。

织部以那把洋伞为目标尾随。菅野路子好像没发现被跟踪，并未回头看。

不久，她停下脚步，开始收伞。那是在信用合作社前。织部看见她走了进去。

织部拨打手机。“她走进了银行，是新协信用合作社。她在排队等待使用自动取款机。”

“银行？是处理店里的事吧？那么，你再等一下。”过了一会儿，真野又说道，“奇怪，菅野路子经营的店应该没有和新协信用合作社往来，也没设立餐饮消费账户。”

菅野路子站在自动取款机前方，将皮包放在前面，正在操作。

“她在补登存折。”织部对着手机说，“只是做这个。”

“没有取钱或存钱吗？”

“看不清楚，我想应该没有。她要出来了。”

“等她出来时叫住她，请她把存折给你看。”

“看存折的内容吗？”

“没错，我现在也赶过去。”

几乎在织部挂掉电话的同时，菅野路子就走出来了。她正要撑起洋伞，织部快步靠近。

“菅野女士。”

织部向她打了声招呼，她似乎吓了一跳，往后退去。

她应该认得织部，但织部仍报上名字。

“请问有什么事吗？快儿还没和我联系呢。”

“您刚才在补登存折吧，存折可以给我看一下吗？”

路子的脸霎时变得铁青。织部心想果然没错。他不知到底是怎么回事，但真野的指示是正确的。

“这种东西为什么非得给你看不可呢？这不是侵犯个人隐私吗？”

“确实不能强制，但——”

织部说到这里时，响起了另一个声音。“但还是给我们看比较好。”真野走了过来，“如果需要调查，我们可以直接同银行交涉，请他们提供你的款项存取情况。但这样做比较麻烦，而且彼此感觉都不太好，不是吗？”

路子怒目而视。“所以我问你们，为什么要看我的存折？”

即使对方是刑警，她也没有一点儿畏惧的样子。织部想，真不愧是经营声色场所的，不，应该说真不愧是菅野快儿的母亲。

“我们的目的是找到您儿子，所以想掌握所有相关信息。”

“这和存折有什么关系？”

“有些时候会有关系。”真野语气凝重地说，“可以给我看看吗？只要最近的部分就可以。”

路子似乎很痛苦地皱起眉头，低下头，过了一会儿才战战兢兢地把存折从皮包里拿出来。

“那我看了。”真野拿了过来。飞快地看过后，他的目光停在一处。“两天前取出二十万日元，是您取的吗？”

“哦……是。”路子含糊地点了点头。

事情发展至此，织部终于明白真野的意图了。

“是用卡取的。您带卡了吗？”

“那个，呃，在家里……”

“真的吗？如果是这样，那我们现在去府上，您拿那张卡给我看好吗？”

真野的话让路子显得很狼狈。她眼神闪烁不定，似乎不知该如何回答。

“取钱的人是令郎……对吧？”真野盯着她的脸说。

“是。”路子轻轻点头。

“令郎带着这家银行的卡？”

“是，我告诉他如果零用钱不够，就从这里取，是我让他带在身上的。”路子小声说道。

听到这个做母亲的说她让游手好闲的儿子随身带着提款卡，织部很惊讶地看着她。他注意到存款余额竟然还有五十余万日元。

“我们有些细节想请教，能不能麻烦您来局里一趟？”

听到真野的请求，菅野路子低着头回答：“好的。”

“打扰一下，请问你是中井同学吧？”

从漫画咖啡厅回家的路上，一个男人对诚说。那个人蓄着胡子，体格魁梧。

“是的。”诚很紧张地回答。对方的穿着很休闲，但他觉得可能是警察。他早就发现自己常被跟踪。警方大概是怀疑他可能跟快儿接触吧。

“要喝杯咖啡吗？我有些话想和你谈谈。”

“你是……哪位？”

男人递出名片，上面印着“《焦点周刊》”和“小田切和夫”。“我只是想跟你谈谈你朋友的事。”

“朋友？”

诚一问，小田切的嘴角就浮现出令人讨厌的笑容。“就是那个姓菅野的朋友，菅野快儿，你和他很熟吧？”

诚吓了一跳。快儿的名字应该只有警方知道。“我什么也不知道。”他准备走开。

但他的肩膀被小田切抓住了。“等一下。”小田切的力气很大，“我听很多人说你和菅野还有伴崎常一起玩。拨点儿时间给我吧，不会耽误你太久的。”

“警方交代我不可以对别人乱说话。”

“是，说到警察嘛……”小田切满是胡子的脸靠了过来，“我知道你被警察叫去了，也知道是为什么。如果你肯协助我，我在报道里就不会提到你。”

诚看着记者狡诈的笑脸。他说只要协助，就不会写自己，那么如果拒绝，他就会写了？

“我还没成年，你们不能刊登我的姓名。”

“我不会把你的名字写出来，只会写绑架长峰绘摩小姐时，除了那两个强奸犯，还有一个人帮忙。说不定也会写你和那两个人很熟。你周围的人看了这篇报道后会怎么想，我就不知道了。”

诚瞪着小田切。但小田切好像无动于衷，若无其事地望着他。

“只要十分钟就好。”小田切竖起一根手指，“可以吧？”

“我知道的不是什么大不了的事，警方也叫我不要对媒体乱说话……”诚说着低下了头。他已注定要投降。

“我不会问你大不了的事，请放心。我们去喝一杯冷饮好了。”

小田切推着诚的背，诚摇摇晃晃地走着。

虽是说只要十分钟，诚被放走时已经过了三十几分钟。回到家后，他不想看到母亲，于是立刻冲上楼，将自己关进房间。

小田切对此案了如指掌。但最让诚觉得恐怖的，是他似乎确信敦也的共犯就是快儿。当然，只要去他们平常鬼混的场所打听一下，就会知道敦也最好的朋友就是快儿，可他们也不是没有其他朋友，小田切应该没有证据能一口咬定就是快儿。

“你不用管这个，反正我已经知道了。”关于这一点，小田切是这样回答的，表情充满自信。

小田切主要是问诚快儿的个性和平常的行为举止。当诚用很拙劣的言语叙述后，小田切会用稍微更艰深的词语再向他确认，如自私自利、好猜疑、暴力倾向、霸道、自我表现欲。诚只能含糊地点头。他隐约猜得出来，小田切会在报道里如何描写快儿。

接着小田切便问诚他们绑架长峰绘摩时的情形。这一点不可以写吧！诚表示抗议。记者却一脸满不在乎地摆了摆手。

“我不会写第三个年轻人，也就是你。关于这一点，会尽量轻描淡写。”

诚感到怀疑，但他只能相信。无奈之下，他只好将绑架时的情形一五一十地说了出来。

小田切问完问题就说没事了，很快离去。诚很想再向他确认一次，是否真的不会提到自己，但他连这样的机会也不给诚。

如果自己被登在周刊上，后果会怎样呢？

即使是现在，诚都可以感受到周遭人的目光变得很冷淡。平日的玩伴也完全不和他联系，大家都尽量避免和他有牵扯。他深切感受到，大家虽然都表现得跟他感情很好，可到头来，他其实根本没有真正的朋友。

诚躺在床上，正想用毛巾被蒙住头，手机响了。他慢慢爬起来，拿起手机。液晶屏幕上显示的是公用电话号码。

“喂？”

“喂？”声音很低沉。

诚吓了一跳。他认得这个声音。“啊？喂？”他握紧手机。

“你旁边有人吗？”对方问道。是诚非常熟悉的声音。

“快儿？”

“我问你旁边有没有人，到底怎样？”不耐烦的口气。没错，就是他。

“没有，就我一个人。”

“是吗？”传来“呼”的一声吐气声，“现在情形怎样？”

“呃……什么？”

“就是你那边的情况，怎样了？我已经被发现了吗？”

“可能是吧。敦也都那样了，警察应该详细调查过了。”

“你跟警察说了吗？”

诚没说话，随即听见很响的咂舌声。

“你出卖我了？”

“不是，是我爸发现了车的事，就自己去跟警察说了，我也没办法隐瞒——”

“你别忘了，”快儿恐吓道，“你也是共犯。”

“我没对那女孩下手吧……”

“闭嘴！我如果被捕，就全是你害的。”

“就算我什么也不说，警察也知道你的事了啊。你还是自首比较好。”

“不是叫你闭嘴吗？”快儿怒吼，诚不自觉地将手机拿得远远的，然后再次贴近耳朵。电话已经挂断了吧，他想。

但通话还没断，他听见了快儿的喘息声。“有证据吗？”

“证据？”

“就是我害死那个女孩的证据。也可能是敦也一个人干的吧？”

诚明白快儿为什么要问这个问题——他想将所有罪过都推给敦也。

“可是录像带里拍到你了吧？”

“那个无所谓，不能算是我害死那个女孩的证据。”

“这个……我不知道。”

诚又听见了咂舌声。

“你去查一下，我再打电话给你。我话说在前头，你要是让别人知道我打了这个电话，我绝对不会放过你！”

撂下这句话，快儿就挂断了电话。

29

和佳子将休闲车停在路边，打开车门。她环顾四周，发现附近没有人。不远处的便利店里走出两个白领模样的女人，不过是往另一个方向去的。

“没问题了，请下车。”她对着后座说。

长峰老老实实地坐在后座。“真的没关系吗？”

“你不是也没有其他地方可去吗？事到如今，请不要再客气了。”

长峰微微点了点头，提起放在身边的旅行包。

下车后，和佳子仍然注意着四周。她小跑着穿过马路，长峰跟在她身后。

两人进入一栋五层的旧楼。和佳子从皮包里拿出钥匙。因为想尽量不碰到其他住户，她的动作显得很慌乱。自动锁打开后，他们迅速进入，然后按下电梯的按键。等待电梯时，她仍然无法镇静下来。

长峰苦笑道：“我一个人行动时都没有这么小心。”

“可是不知道会不会有人发现你……”和佳子说。

“没错，但如果你这么紧张，是没办法找人的。”

“我觉得到目前为止你还没被认出来，只是因为运气好而已。”

长峰表情变得严肃，他垂下眼帘。“是啊。还好第一个认出我的人是你。”

这次换和佳子移开了目光。

他们进入电梯，来到三楼。幸好在进入三〇三室之前，没有碰到其他住户。

这是一间只有七叠大的一居室，没有家具，空荡荡的，弥漫着一股霉臭味。和佳子打开窗户。

“在去年年底之前，这里还有人住，那个人搬走后就一直找不到房客。房屋中介对我们说一定得翻修，至少也要大扫除，可我们没有时间……”

长峰环顾室内，然后盘腿坐在地上。“不好意思，这间房子是你的吗？”

“算是吧。”和佳子将手上提着的行李打开，里面是毯子和坐垫，“离婚时我丈夫给我的。”

“特地给你买的？”

和佳子摇摇头。“当初买是为了节税，还有对未来的投资。很久以前买的，那时经济比现在景气。现在房价好像跌了不少，虽然贷款都还完了，但想卖的话，应该卖不到好价钱。”

“那你自己住不就好了？”

“开始是打算自己住的，不过我去父亲店里帮忙之后，从这里到店里很麻烦，最后就决定租出去了。租金很便宜，但也是一笔稳定收入，我也比较放心。但房子现在已经旧成这样，似乎没有人愿意租了。”

距离最近的车站步行要十几分钟，也没有停车场，新的出租公寓又陆续兴建，这间房子实在是相形见绌。虽然把房租定得很便宜，但从房屋中介那里一直没有收到音讯。

和佳子做梦也没想到，这间房子竟会这样派上了用场。她不能一直让长峰待在Crescent，让他去别的旅馆投宿也很危险，干脆让他躲在这里。

"水和电应该都还没断，再装上窗帘就好了。"和佳子看着窗户说。

"丹泽小姐，"长峰的姿势从盘腿而坐变成跪坐，将双手放在膝盖上，"我觉得太麻烦你了。老实说我很感激你，只是一想到可能给你添麻烦，我就觉得不好意思……"

和佳子慢慢弯下腰，双膝跪在地上。"其实我也不是怀有什么坚定的信念才这样做的，只是不知为什么，我就是无法坐视不管。也许有一天我会忽然改变心意，但绝对不会送你去警察局。我向你保证。"

长峰看起来并不是很释怀，但还是点了点头。"我明白了，当你改变心意时，我会立刻离开。在那之前，我会相信你说的话。"

"请你相信我。其实我完全不知道能帮上多少忙，但是……"和佳子伸手拢了拢头发，"请问……线索就只有那张照片吗？"

长峰一时间似乎没有反应过来，过了一会儿才仿佛明白过来了似的眨了眨眼。"你是说菅野快儿的照片吗？对，只有那个，剩下的只有听说他躲在长野的民宿。"

只有这样的线索，该怎么找呢？还不能被警方发现。和佳子对长峰此前鲁莽的行动感到惊讶。他可能是太专注于找人了。

"为什么他会来长野的民宿呢……"和佳子喃喃自语。

"我也不知道。如果是有亲近的人或亲戚住在这里的话还可以理解，但那样的话，警方应该马上就能找到他了。"

“你说过，可能是他曾经来这里旅行，或是有什么特别的回忆。但我觉得不是。”

“是吗？”

“因为，”和佳子注视着他的脸，“虽然我家的民宿那么平凡，也有很多年轻人怀念，好几年后又来投宿。但这些人基本都很单纯，就算外表看起来有点儿坏，可只要一跟他们说话，就会知道都是好孩子。可菅野快儿应该不是这样吧？”

长峰皱起了眉头。“这个……或许吧。”

“当然也有例外。”

“不，你说得没错。如果是很怀念旅游地的人，应该做不出那么恶劣的事。那个人简直不是人，是禽兽！不管是什么有意义的美好经历，他也不会感动或怀念。那种人应该天生就没有这方面的神经。”

仿佛一吐为快似的，长峰的语气里掺杂着对虐杀女儿的人的憎恨。和佳子低下头。

“那个浑蛋为什么会特地来长野县的民宿……真是令人纳闷。”长峰摇着头低声道。

“总之，我去问问认识的圈里人。”和佳子说，“如果最近有从东京来的年轻男人在这边长期住宿或是打工的话，就调查一下。”

“可以吗？”

“嗯，我会想办法。”

“对不起，这样麻烦你……”

见长峰低下头，和佳子站起来。“我先去买东西。除了食物，还要买电热水壶等日用品。”

“不，那种东西我自己去买就好了。”

和佳子伸手制止正要站起的长峰。“请留在这里。我好不容易帮你找到藏身之处，如果你轻举妄动，让别人发现了，一切不就都白费了吗？”

“的确如此，可是……”

“请待在这里，我马上回来。”和佳子朝大门走去。

“但是……”长峰追上来，“我也一起去。”

“长峰先生——”

“不，我有其他事情。”说完，长峰从口袋里掏出一样东西——储物柜的钥匙，“我把东西放在车站的储物柜里，如果不时常拿出来重放，工作人员会打开看。”

“那我去——”

和佳子说着便准备接过钥匙，长峰却将手收了回去。

“不，我必须自己去。”

“为什么？车站人很多……”

长峰摇摇头。“我不想让其他人碰到储物柜里的东西，那是危险物品。”

“危险？”话一出口，和佳子就明白了。“长峰带着猎枪逃亡”——她想起电视上曾出现过这样的字幕。

“我自己去。”长峰再次说道。

和佳子不能反对，只能默默点头。

两人走出这栋楼，一直走到马路上才分开。和佳子目送着他的背影，感觉像在做梦。她难以相信自己正在做的事与目前的状况。

当然她也自有想法。她不是要让长峰去复仇，却想赶在警察之前找到菅野快儿。在这两个人被警方逮捕之前，必须让菅野道歉，必须要让长峰亲耳听到。等菅野道完歉，再报警也不迟。

应该一起去储物柜的，和佳子心想，因为那也许是从长峰那儿拿走凶器的唯一机会。

和织部想的一样，房间非常凌乱，连站的地方都没有，到处散落着杂志和纸屑，床上则被脱下乱扔的衣服霸占了。和伴崎敦也的房间一样，织部茫然地环顾屋内想道。

“从哪里开始？”织部询问前辈近藤。近藤看了看打开的衣橱，露出厌恶的表情。

“只能从头开始查了。”近藤脱掉外套，却不知该放在哪里，只好拿着走出房间。

从门的另一端传来了真野的声音。“随便什么都好，难道您什么都想不到吗？”

“你这样问……我真的想不到。”回答的是菅野快儿的母亲路子。

“不应该吧？应该想到什么才对。他的旧识或朋友中没有人住在那里吗？”

“可是长野县……那孩子去过吗？”

“肯定去过，现在他就在长野县。离开东京后，他就直接去长野县了，现在还在那里。他应该不会去一个完全陌生的地方。”平日总是语气温和的真野似乎也不耐烦了。

“可是，我完全不知道那孩子平常在做什么，他的朋友倒更了解他……请你去问那些孩子吧。”

“您是他母亲，儿子去哪里旅行，做母亲的会不知道？”

“长野距离东京这么近，应该不算是旅行。他就算去那里，也不会一一向我报告。不只是我家的孩子，每家的孩子都一样吧？警察先生，你的孩子也是这样吧？”

“我的孩子还没这么大。”

“总有一天你会明白的。到了一定年纪，他们就什么都不跟父母说了。”

近藤苦笑着走回房间。“真是个嘴硬的女人。明明儿子已经同时被警方和长峰盯上了。”

“会不会是真的想不到？”

“可能是吧。真野也这么认为。”近藤低声说。

从路子那里取得的信用合作社存折来看，菅野快儿在逃亡后曾经取过两次钱，都取自长野县内的自动取款机。如果只取一次，还可能是在逃亡途中刚好路过，但隔了一阵子又取了第二次，他藏身于长野县某处的可能性就很高了。

他们已经请长野县警方协助，也正着手分析银行的监控录像画面。调查团队最想知道的，是菅野为何会在长野县。

织部和近藤一起着手整理这个杂乱无章的房间。或许从这里可以找到菅野和长野县之间的关联。

“长峰也在长野县吗？”正在整理的织部问道。

“根据真野推断，应该是。”近藤回答。

“为什么？”

“你忘了？上次长峰写来的信邮戳是爱知县，那是为了扰乱我们的调查，才故意从那里寄出的。这就说明他已大致掌握菅野的藏身之处。”

30

来的两名刑警中，看起来较年长的自称川崎。他眉毛稀疏，目光锐利，表情冷漠。

川崎走进诚的房间，环顾室内，喃喃自语："真乱啊。"他的声音很低沉，令人害怕。

诚的父亲不在家，由母亲出来接待。她想让刑警们在客厅坐，刑警们却表示想去诚的房间谈。

"有些事情，我们不想在你母亲面前说。"川崎说出这样的理由。听起来好像又有什么麻烦事要问，诚感到不安。

"你没去上学啊。听说你现在也不打工了，那每天都在做什么？"川崎坐在书桌前的椅子上问道。另一名刑警仍然站着，不时看着屋内。诚决定坐在床上。

"没做什么……就是看看电视或是打打游戏……"诚结结巴巴地回答。即使对方不是警察，他也很讨厌被人问到每天在做些什么。他也觉得每天无所事事很难受。

川崎扬起嘴角。"嗯，你还这么年轻啊。"

诚低下头。他感觉仿佛又一次被指出了自己是个没有存在价值的废物这一事实。

“你和朋友见面吗？”

诚默默地摇头。

“为什么？不至于没有朋友吧？难道只有伴崎和菅野这两个？”川崎语带讽刺地问他。

诚仍然低着头回答：“爸妈让我尽量少出去，而且朋友都有所避讳，不和我联系……”

“避讳？为什么要避讳？”

“因为……我现在这样，敦也又碰到那种事……”

“也就是说，不想惹麻烦。”川崎断然道，“你们这些人所说的哥们儿感情，顶多就是这样吧？有难时会帮助你的人才是真正的朋友，他们却逃之夭夭。只是些虚情假意的家伙罢了。”

听到川崎的挑衅，诚不由得抬头瞪着他。但刑警不可能会畏惧少年的目光，川崎反瞪回去，眼神似在说：“你有什么不满？”诚不发一语，又低下头。

“那么，你完全没和朋友联系？比如有没有和谁聊过菅野的事？”

“最近我没和任何人说过话，也没有联系……”诚小声回答。

“哦，能给我看一下你的手机吗？”

“手机？”

“我只是看一下。”川崎笑着对他说。

诚拿起床边插座上正在充电的手机，递给刑警。

看到卡通人物待机画面，川崎露出苦笑，随即将手机交给另一名刑警。那个人立刻开始操作。

“你在做什么？”诚用抗议的口吻说。

“我要看一下呼叫和接听电话的记录。”川崎说道，“应该没关系吧。”

“这不是侵犯隐私权吗？”

川崎脸上带着冷笑，翻着白眼瞪着诚。“这是调查需要。你应该知道我们在调查什么。要是你们一开始不侵犯长峰绘摩小姐，我们现在也不用做这些。你也是绑架她的帮凶，协助我们办案不是理所当然的吗？”

诚将目光从刑警身上移开，紧紧握住床尾。

检查手机的刑警将手机拿给川崎看，并在他耳边窃窃私语。川崎的表情变得很严肃。

“昨天有人用公用电话打给你，是谁？”

诚的心怦怦急跳，全身开始冒冷汗。“那……那是个哥们儿。”

“哥们儿？是朋友？你不是说完全没跟朋友联系吗？算了，那你可以告诉我他的姓名吗？”

诚无法回答，他想随便说个名字，但又放弃了。只要警察一查，就会露馅。

“怎么了？不能说吗？对了，你们这个年纪的人，还有人没手机吗？还是因为没有缴电话费而被停机了？”

对于接二连三的问题，诚只能闭口不言。他嘴里越来越干。

“喂！快回答！”

另一名刑警对着诚大吼，川崎制止了他：“没关系。”

“该不会是菅野快儿吧？”川崎用温和的语气问道。

再掩饰也没用了，诚心想，无法再隐瞒了。快儿说如果诚告诉别人他打来电话，就绝不饶恕，可面对目前的情况，诚实在无计可施。

他轻轻点头。另一名刑警倒吸了一口气。

“他为什么打电话给你？”川崎问道。

“我想……是为了了解这里的情况。”

“你和他都说了些什么？”

“我就说，你的事警方都知道了，最好还是去自首……”

诚就记忆所及，将与快儿之间的对话都告诉了警察。川崎面色凝重地听着，另一个警察记录。

“他没说自己在哪里吗？”川崎问。

诚摇摇头。“我没听他说。”

川崎略一思索，小声对同伴耳语几句。那个人点了点头，走出了房间。

“他说还会再打电话来？在让你去查警方有没有找到能证明他就是凶手的证据之后，他这样说过，是吗？”

“是的。”

“嗯……”川崎双手抱胸，靠在椅背上，保持这个姿势盯着诚，“菅野好像在长野。”

“啊？”

“长野县。已经证实菅野快儿就躲在那里的某个地方。”

“长野县……”

“怎么样？听到这个地名想到什么了吗？任何事情都可以。你和他们聊天时，曾经有人提过这个地名吗？”

诚陷入沉思。他尽力回想和敦也、快儿之间的对话，但最后还是摇头。“我不知道，我没去过长野。”

“你有没有去过不重要。我是在问菅野快儿他们。”

“我不知道。”

川崎不耐烦地看向一旁，表情似乎是在说“真是个没用的小鬼”。

另一名刑警回来了，对川崎点了点头。

“好，我们走吧。”川崎站起来，低下头看着诚。

“啊？要去……哪里？”

“这还用说！当然是警察局了。我想仔细了解一下有关你和菅野的那次通话，你的手机暂时先由我们保管。”

诚在西新井分局的会议室里受到轰炸般的盘问，可他只能一再重复对川崎说过的话。刑警们似乎想看看能否从他的叙述中找到快儿藏身处的蛛丝马迹。但直到最后，诚还是无法满足他们的期望。

到了晚上，他们终于让诚回家了，手机也还给了他。但在送他回来的车上，川崎说：“从今天晚上开始，会派人在你家前面监视。我们也在你的手机上动了手脚，只要有人打来电话，我们就会知道。我们会窃听你的通话内容，所以你如果想保有隐私，就使用家里的座机或公用电话。如果菅野快儿打来电话，就尽量拖延通话时间，明白了吗？”

“如果快儿不打来呢？”

“他不是说还会再打吗？”

“没错，但是……”

“如果没有打来，我们会等下去。没关系，我们已经习惯等待了。在逮捕菅野快儿之前，我们本就打算一直等下去。这段时间可能会很长，所以要多多麻烦你了。”说完，川崎拍了拍诚的肩膀。

川崎对诚的父母说了同样的话后离开了他家。然而诚并没有听到川崎乘坐的汽车离去的引擎声。看来他们打算现在就开始等待。

在刑警面前很谨慎的泰造，一等川崎走出去就露出不悦的表情，叫住正要上楼的诚：“等一下！”

“什么事？”

“还有什么事？你先给我坐下。”泰造指着客厅的沙发。

诚用力靠在沙发上，坐了下来，脸转向一旁。他不想看父亲的脸。他已经在警察局被问得很烦，一想到父亲又要说教，就觉得很不高兴。

“为什么你没告诉我菅野打过电话给你？”泰造说。

“没什么……特别的理由。”

“我不是跟你说过，有任何事都要立刻告诉我吗？”

“快儿没有说什么重要的事啊，所以我觉得没什么好说的。我也不知道那家伙现在在哪里。”

“重点不是这个！”

对着正在咆哮的泰造，母亲责备似的叫了声“他爸”，然而面红耳赤的父亲不为所动。

“你觉得我为什么要告诉警察我们家的车可能被用去犯罪？就是不希望他们觉得你是共犯啊。不是说好了，绑架女生的时候，你以为只是普通的恶作剧，才去帮忙吗？从现在开始，你必须竭尽所能协助警察。要是给那些人留下坏印象，以后会很麻烦的。你连这种事都不懂吗？”

诚的脸扭曲着。父亲说的话他都明白，确实应该这样做，但他无法老老实实地道歉。他想说，每次你都只会生气，在这种气氛下，哪有可能什么事都说得出来啊！

“算了。你在警察局里被问了些什么？”

“就是问我和快儿的那次通话嘛！”

“我现在就是在问你跟他都说了什么！”

又要说？诚感到非常不耐烦，但他忍住没表现出来。如果再被骂，他会崩溃的。

他又对父亲说了一遍已经重复得想吐的话。泰造的嘴角往下撇。

“如果只是这样，你只要说当时什么都不知道，应该就没事了。你可以坚持说只帮忙绑架了女生，之后发生的事情是你当初没想到的。”

“但如果快儿被逮捕怎么办？那家伙会说我是共犯，警察或许会相信快儿的话。”

“所以我不是说过很多次了吗？最重要的是让警方对你留下好印象。‘只要鱼有心，水也会善待之’，不管在哪里都是这样。”

诚并不懂这句俗谚的意思，但他知道这好像是大人狡诈的生存方式之一。

“但是，菅野会怎么说，还真让人不放心！他为了泄被捕之恨，或许会咬定你也是共犯。”泰造咬着嘴唇，“那些浑蛋做过的事，你全都知道吗？”

“不是全部，但有一部分……”

“你知道他们常常侵犯女孩子？”

“嗯。”

“白痴！”泰造骂道，“为什么不早点儿和那种人划清界限？”

现在说这些还有什么用！诚在心里暗骂。

“你听好了，如果警察问你那两个浑蛋之前做过什么坏事，你要说什么都不知道。你要说虽然常常借车给他们，但不知道他们用来做什么。你以为他们只是搞些恶作剧，没想到会做出那么过分的事。明白了吗？”

“知道了。”

诚怄着气回答。这么做只怕毫无意义，他想。他回忆起在警察局被盘问时的情景——每个警察看起来都像能看穿他一样。

31

织部移到警视厅的一个房间内继续工作。他旁边放着三个大纸箱，里面全是从菅野快儿的房间搜出来的东西，有音乐专辑、笔记本、杂志、录像带、CD、游戏软件等。织部正谨慎地查看，或许，能显示菅野快儿和长野县的关系的蛛丝马迹就藏在其中。

但事实上，织部觉得好像在找一件不存在的东西，一种徒劳感袭上心头。菅野可能只是一时心血来潮而去了长野县。或许是受不了这种做无用功的感觉，原本和他一起查看的近藤说已很久没有回家，刚才先回去了。

看完所有的漫画杂志，织部捏了捏肩膀。他不觉得漫画里藏着蛛丝马迹，但又不能不看。或许菅野喜欢的漫画里有以长野县为背景的，这就成了他的动机。

织部觉得身旁有人，抬头一看，久冢正拿出老花镜，坐在他对面。

“发现什么了吗？”久冢拿起杂志问，听语气似乎并未期待会有什么好消息。

“没有……”织部闷闷不乐地说。

“哦。”久冢点了点头，似乎在说“果然如此”。他拿出烟盒，四下张望。

织部从别的桌上拿来一个烟灰缸。

“真那里好像也一无所获。”久冢说。

“是啊，菅野路子看起来不像在说谎。”

“尽管她隐瞒儿子偷偷取钱的事，但事情都到这个地步了，她应该不会不说他的行踪……”久冢朝天花板吐了口烟，“菅野为什么要逃到长野呢？”

织部不明白久冢为什么要来找他。因为上司和下属这层关系，平常他们也会交谈，但像这样只有织部一个人在的时候，久冢很少会刻意过来。

“银行的监控录像画面不知怎么样了？”织部不禁觉得快要窒息了，赶紧寻找话题。

“已经确认了，两次都是菅野本人。那个小鬼就这样毫不伪装地外出，是没想到有监控摄像头，还是觉得就算被拍到也没关系？总之，我不明白他在想什么。”

“菅野还待在长野县吗？”

“这我就不知道了。就算他离开了，只要能找到他以前的藏身处，或许就可以掌握他现在的行踪。”

织部觉得久冢好像是在叮嘱他要仔细调查。“菅野的事是不是可以公开了？”他试着说出想法。

“是要公布他可能躲在长野县，还要附上他的照片吗？”

“我知道不太可能，只是想能不能用些方法征求线索？菅野不可能一个人生活吧？只要能公开，他周围的人就会来密报。”

“长峰已经被通缉了吧？但也没有任何人来密报啊，提供信息的电话多得令人心烦，但全是胡说八道。”

“我知道，但是……”

“我知道你想说什么，但不行就是不行。菅野只是关系人，而且还未成年。”

的确如此，织部低下头。

“你今年多大了？”久冢忽然问了一个令他意外的问题。

“二十八。”

“嗯，那么你比他们大十岁以上了？”久冢继续抽烟。“他们”想必是指伴崎敦也和菅野快儿。

“那个年龄的家伙在想什么，我完全不清楚。”

织部一说完，久冢就笑了出来。“我们这里面最年轻的人都这么说，那我们怎么办？只能举双手投降了？”

“但现在这个时代，差十岁已经差很多了。”

“或许。但你能不能尽力想象一下？希望你能告诉我，那些家伙到底在想什么。”

“这实在办不到，那些家伙的想法我完全无法理解。”

“那你回想你十八岁时的情形，再回答我的问题。这样应该可以吧？”

“这个……”织部苦笑着，脑海里浮现出几个高中同学的脸。

久冢将烟灰抖落在烟灰缸里。“老实说，你觉得那些死小鬼是如何看待少年法的？稍微为非作歹一下，名字也不会被公开，也不太可能被关进牢里，所以就放心大胆地胡作非为。就是有这样的想法，他们才会做出那些荒唐事吗？”

织部皱着眉头，双手抱在胸前。“我身边也有很多坏家伙，但似乎没有人把这种想法说出口。我觉得他们不会想这么多才行动，但大致了解有少年法这个东西也的确是事实。知道有这么个东西，出了什么差错时可以保护自己，这种程度的认识应该还是有的。”

“伴崎他们的情形是怎样呢？认为自己未成年，应该会被饶恕，才干出那些蠢事？”

“不能说完全没这个可能。”

久冢点了点头，将香烟捻熄。香烟熄灭后，他仍继续捻碎烟灰，仿佛是要甩开心中的焦躁。

“关于这个问题，组长不是应该更清楚吗？”

久冢闻言挑起一边的眉毛。“你这是什么意思？”

“听说您以前曾经负责过少年凶杀案，就是那起尸体上有用打火机烧伤的痕迹的案子……”

“那起案子啊。”久冢皱起了眉头，“你是听真说的吧？”

“是。”

“那也是很可怕的案子。”久冢叼上第二根烟，“小鬼们出于一些无聊的理由杀害了一起玩的同伴。被捕后，他们也没有意识到自己闯了多严重的祸，没有一个人试图向被害人家属道歉。”

“真野说，凶手们只为自己流泪。”

“他们是因为被警察抓才哭的。其中有个家长居然安慰这种混账儿子说：‘没关系，马上就可以出来了。’”

“听说组长到现在还和被害人家属保持联系。”

织部一说完，久冢不好意思地咬着上唇。“那并不是站在道德的角度，只是我刚好负责这项工作，负责联系家属的工作。”

“是吗？”

“可见过几次面，我终于能稍微体会家属的心情。因为我曾经也有一个差不多年纪的孩子嘛。”

织部想起久冢的儿子因车祸过世的事。

“被害人的父亲叫我告诉他移送凶手们的日子。”久冢摸着长满胡茬的两颊说，“我问他为什么要知道，他说有些话想对凶手们说，所以要参与移送。我马上就明白了，对他说：‘还是算了吧。’”

“那位父亲想报仇吗？”织部问道。

“恐怕是这样。不，我不知道他这话有几分认真。但我这么说了之后，那位父亲激烈地反驳说，你们的工作不是要惩罚坏人吗？既然你们不惩罚那些混账家伙，那我只有自己来了。”

“那组长您怎么回答？”

“无话可说。”久冢直直地看着织部的眼睛，“怎么可能答得出来？如果是你，你会说什么？”

织部移开视线，脑海里浮现出长峰重树和鲇村的脸。

“织部，你还没想通吧？”久冢说。

“什么？”

“关于这起案子。你的工作是负责找到菅野，找到后还要调查他和长峰绘摩的死有什么关系。但是，这么做就等于剥夺了长峰重树报仇的机会，他丧女的怨恨也会被迫封印在心里。你应该很疑惑吧？现在这里只有我和你，可以老实告诉我。你说的任何话，都不会列入考核。”久冢说完抿嘴一笑，随即又变得严肃，“怎么样？”

织部干咳了一声，挺起背脊，咽下一口口水，说道：“老实说，我希望长峰先生……长峰比我们先找到菅野，而且希望他打消复仇的念头——”

“喂，等一下。”久冢伸出手，“不是让你说真话吗？不要说谎！”

“是……”

“真的希望他打消复仇的念头？”

“嗯，不……”织部低下头，接着再度抬起，“没错，我真正的想法是，如果长峰先生能完成复仇最好。”

“嗯，这样想也没关系。”久冢抬起下巴，“你会这样想也是理所当然，不要因而产生罪恶感。我们不是道德导师，也不是牧师，只是普通刑警，没必要考虑何为正义。对于这个问题，我们也没有必要争论，至少身为刑警时可以这么做。”

身为刑警时——织部感觉久冢好像在强调这个部分。

“总之，你现在的工作就是从这堆破烂儿里寻找线索，找出菅野的藏身处，其余的事都不要多想，只要专心做这个就好。”

“我也是这么打算的。”

“你明白就好。”久冢捻熄了第二根烟，这次很干脆。

一名刑警过来叫久冢。组长看看织部，对他点了点头，然后离开了。

诚想起那件事，是在茫然看着电视的时候。打开电视本来是为了看搞笑艺人出演的深夜节目，但此前的职棒赛好像延时了，所以仍在播新闻。

他想着或许可以了解一些长峰重树和快儿的情形，看了一会儿新闻，但没有这方面的后续报道。节目里的特别栏目正报道着因不景气而无法经营下去的旅馆。

看到这个专题报道时，诚脑海里的一段记忆苏醒了。

“有一些倒闭的民宿。我都带女孩去那里。”他想起快儿笑得很得意的表情。

对了，快儿确实说过民宿！

大约是在三个月前，和往常一样，敦也向他借车。诚知道他们又要去找猎物，当时他并没有一起去。

还车时，诚问他们去了哪里。快儿就回答了。

“你猜我们去了哪里？信州。”

“信州？”

“敦也拐来的那个妞说要去兜风，我们就开到关越自动车道上，然后直接去上信越自动车道。我也不清楚那是哪里，反正是信州。我们随便找个地方下高速公路，开进了山路，结果那女的开始鬼叫。实在太吵了，我就用刀威胁她。”

快儿说，他们要找一个可以强暴那个女孩的地方，所以沿着山路绕来绕去，不久就发现了一个可以逞兽欲的好地方——倒闭的民宿。

“我们打破玻璃窗，爬了进去。那里可能刚倒闭没多久，没有完全荒废，床还可以用。我和敦也说，以后如果发生了什么事就躲到这里。”

当时诚并没有特别留意，他已经习惯了他们俩大胆的行径，不管听到多么荒谬的事，都不会有特别的印象。

但现在，当时的记忆却让诚胆战心惊。

没错，快儿一定是去那家民宿了，他一定躲在那里。

诚不知道地点，他们没有说出详细的地名，但确实是在长野县。

长野县内刚倒闭没多久的民宿，这样的信息应该足够了吧？知道了这个线索，只要稍微调查一下，应该就能找到快儿了。

这要和在屋外的刑警说吧？可诚犹豫了。他想起自己和父亲的对话。

敦也和快儿之前干过什么勾当，都要装作不知道。所以他不能知道他们在倒闭的民宿里强暴过女孩，以及自己曾出借汽车让他们去做这些。

可是，不告诉任何人对吗？应该要告诉谁吧？

诚看着手机，想起不能用它打电话。

32

和佳子拍回来的照片超过了三百张，用了五张存储卡。长峰正用自己的电脑逐张排查。

拍的主要是各民宿的员工和住宿的年轻客人。和佳子一有空闲就去长野县内的民宿集中区，用数码相机拍摄。不用说，这么做当然是希望拍到菅野。

水开了，壶发出咻咻声，和佳子用纸杯冲着速溶咖啡。

“好像还是没有拍到，是吗？”她问道。

“不，还不知道，我才看了三分之一。”长峰说，“没想到你居然拍了这么多张。光是去这些地方，就很辛苦了吧？”

“我想不到别的办法，只能拼命按快门。对不起，我居然说出要代你去找菅野快儿这种大话……”

“该道歉的是我才对。我根本没理由要你做这么多。”长峰盘腿而坐，身体原本对着电脑，现在转向和佳子，“这样就足够了。你让我躲在这里，我已经很感激了，还这么麻烦你。我不敢再有所奢望了，请你回到原来的生活吧。”

“我已经插手这么多了，无法再装作什么都不知道。”

“现在还来得及。”长峰看着她，“即使被逮捕，我也绝对不会提到你，更不会说出曾经住在这间屋子里。”

“我不是这个意思，我没有在担心这个。”和佳子看着长峰，眼神意味深长，“关于长峰先生的行为，我觉得必须找到属于我自己的答案。我不想只用表象的逻辑告诉你，不管有什么理由都不能复仇，那不是我经过独立思考得到的东西。我非常理解你的心情。如果碰到同样的事，我想我也会这么做。既然这样，我就该先协助你。我想在和你一起行动的过程中，思考什么才是正确的。”

听到她这段激情演说一般的言论，长峰不禁露出苦笑。“你这个人还真与众不同。看起来和普通女人没两样，其实却非常大胆，而且意志坚定。”

“给你添麻烦了吗？”

“不。”长峰摇着头，“很感激倒是真的。只是一直找不到菅野的话，如果有一天警察忽然来了，一定会给你带来麻烦，我只担心这个。”

“这里绝对不会被警察发现，只要我不说。”和佳子说，语气听起来好像认为自己因此而有主导权。长峰也没有资格表示不满。

长峰叹了口气。“警察应该还没掌握菅野的藏身处吧？”

“如果已经知道，新闻应该会报道。”

“只要没抓到菅野，就应该不会报道。即使他被捕，也不知会不会报道……”

“为什么？”

“因为警察也想抓我。就算他们逮到了菅野，不对外公布也是明智之举。这样我就不得不继续躲藏，警察也可以偷偷把调查范围缩小。而且，警察或许会觉得，要是放出菅野被捕的消息，一心想复仇的长峰重树可能会自暴自弃，进而做出无法预料的事情。他们应该也不忍心看到我自杀。”

和佳子闻言诧异地睁大眼睛。“如果不能复仇……你打算自杀吗？”

“这个嘛，”长峰思索着，“不到那个时候，我也不知道。但现在我生存的价值只是为女儿复仇，这是事实。”

“你在寄给警方的信中说，完成复仇后，你会去自首……”

“是，”长峰点了点头，“我是有这个打算。我觉得，如果能将那些浑蛋埋葬，我就能在监狱里一边祭拜绘摩，一边以平静的心情活下去。可是如果我没能成功复仇，会变得怎样呢……我自己也不知道。”

和佳子垂下眼帘。她感到长峰已经下定了死的决心。她不知该和这样的人说些什么，脸上浮现出困惑的表情。

长峰看了看手表。“你该回去了吧？你不是出来买东西的吗？”

“哦，倒也是。”和佳子看了看表，“那我明天再来。”

“我继续看你拍回来的照片。”

和佳子离开后，长峰将门锁上，又回到电脑前。和佳子刚才为他冲的咖啡已经有些凉了。

虽然和佳子那样说，长峰还是觉得不能一直待在这里。他一开始就不想把不相干的人牵扯进来，即使是帮助他的人。

但如果离开这里，又该怎么办呢？他完全没有目标。只能去住民宿吗？只能这么做，然后期待着哪天在某处碰到菅野？

他看着和佳子拍回来的照片，心想，拍到菅野的可能性一定很低。菅野尽管是个头脑简单的年轻人，应该也不会轻易出现在人多的地方。

长峰将视线从电脑画面移开，躺了下来。地板冰凉，感觉很舒服。他保持这一姿势，将手伸向正在充电的手机。开机后，他确认了一下电话留言。他刚失踪的那段时间里接到了几十条留言。最近几乎没有了，顶多是警察留下的一些命令式的留言，如叫他到附近的警察局自首等。

即使这样，长峰还是每天固定听一次留言。他心里期待着某个奇迹。

有一条留言。难道又是警察？他纳闷地按下按键。如果是警察的，他打算立刻删除。

可是，听到留言后，长峰便握紧了手机，赶紧又播放了一次。

留言内容如下：

菅野快儿很可能躲在长野县内最近刚倒闭的民宿里，应该是距离高速公路交流道不远的地方。

长峰一边记录，一边又播放了一遍。他心跳加速。

是那个人！

他期待的奇迹就是这个电话。那个告诉他是谁侵犯了绘摩的人再次提供了信息。和之前一样，声音听起来模糊不清，但一定是同一个人。

上次密报者对他说“请通知警察”，因此长峰认为对方可能有什么隐情，不能自己去报警。但他没听密报者的指示，反而选择亲自报仇。密报者应该已知道了，所以就算还有什么信息，也可能不会再告诉他了，长峰是这么想的。即使如此，他还是一直期待着。

倒闭的民宿……

他不知道密报者为什么能得到这些信息，又是出于什么目的再次通知他。这是个谜。但这个电话对被黑暗团团包围不知所措的长峰而言，就像一道曙光。

当然，这也可能是陷阱。或许是警察设下的圈套，只要长峰一过去，就会发现有大批警察在等待。但他觉得这个可能性很低。如果要设陷阱，应该会通知他更详尽的地址，只说刚倒闭的民宿实在太笼统了。

他又想道，现在的自己也没有时间可以怀疑了。与其什么都不做，一直待在这间屋子里，还不如前往稍微有点儿可能性的道路。

密报者到底是谁？他思索着关掉手机。

和佳子一走进厨房，隆明就很诧异地看着她。

“怎么这么晚？”

“对不起，我去图书馆找书了。”

“哦，真是难得，你居然会去图书馆。”

“我也会想看书。”和佳子装出生气的样子，把买回来的蔬菜放进冰箱。

就在这时，玄关的门铃响了，和佳子和父亲互看了一眼。如果是住宿的客人，应该不会按门铃。

和佳子一走出去，就看见门口站着两个穿制服的警察：一个中年人和一个年轻人。她当即吓了一大跳。

“您是这里的人吗？”中年警察问道。

“是的。”和佳子点了点头。

中年警察点了点头，从身旁的年轻警察那里拿了张像是传单的东西，递给和佳子。“最近您见过这个人吗？或是客人中有长得很像的吗？”

和佳子看了印在那张传单上的照片，不由得睁大了眼睛，没能克制住嘴里发出的惊讶的声音。

“想到了吗？”警察问。

“不，这个……”她咽了口口水，拼命假装镇定，“我在电视和报纸上曾经看过，这个人，那个……”

“您果然知道。”警察的表情缓和下来，他点了点头，“没错，就是那起发生在东京的凶杀案的嫌疑人。他想为女儿报仇。”

“他在附近吗？”

“没有，目前还不确定。根据东京那边的消息，他很可能藏身在本县，我们就这样在县内各地的民宿先转一转。”

和佳子不发一语，点了点头。她竭尽全力不让内心的起伏显现在脸上。

警方似乎发现了什么，可能已有大批警力像这样展开行动了。

“可不可以帮我们把这张传单贴在显眼的地方？”

“哦……好。”和佳子接了过来。

“还有这个。”年轻警察又拿出一张。

那上面印了四张照片，全是长峰的肖像照，但有的加上了太阳镜，有的画上了胡子，好像是假想长峰会如何伪装，制作出来的四个代表性造型。

看到长峰将帽子压得很低的照片，和佳子起了鸡皮疙瘩。那正是他住在这里时的样子！

“那就麻烦您了。”中年警察低头致意，年轻警察也照做了。

“怎么了？”隆明的声音从和佳子身后传来，他又问警察们，“发生什么事了吗？”

“没事了，我已经听他们讲过情况了。”和佳子说。

“我们把通缉犯的照片交给她了。”警察说道，“麻烦给予协助。”

“哦，是通缉犯啊。”隆明伸手要拿和佳子手里的传单。

和佳子无法拒绝，便交给了父亲。她内心不断祷告，窥视着父亲的表情。

“哦。”隆明盯着传单，“这个人好像在哪里见过。”

正要离去的两个警察停下了脚步，同时回过头来。

“真的？”中年警察问。

“是在电视上看过吧？这么有名的案子。”

但隆明没有被和佳子的话迷惑。

“不是，这不是在我们这里住过的人吗？他叫什么来着？”

“真的吗？”警察小跑着回来，脸色大变。

“的确长得很像……对了，就是那个没有预约就忽然来的人。”他向和佳子确认。

“他带别人一起来的吗？”警察问道。

“没有，他一个人。这么一想，他确实来路不明。”

中年警察兴奋起来。“请告诉我们详细情形。喂！打电话回局里。”

年轻警察闻言赶紧拿出手机。

33

自称来自东京的刑警出现在Crescent时，已是晚上十点多了。在他们来之前，和佳子和父亲也无法工作，他们的活动范围被长野县的警察限制得非常小。那天晚上只有一对中年夫妻来住宿，他们便请那对夫妻搬到别处。知道实情后，那对夫妻可能也不想卷入麻烦，很快就收拾行李离开了。

刑警川崎目光锐利，他说有些事想问问和佳子。在客厅角落的桌旁，和佳子和刑警们相对而坐。川崎旁边坐着一个年轻一点儿的胖刑警。

川崎问了长峰来的日子、当时的情形，等等。和佳子尽力照实说。长峰刚来的时候，她的确完全没发现，所以她认为不必编乱七八糟的谎话。

“他那时的样子和这张照片很像吗？”川崎指着传单上的一张照片：长峰戴着帽子的合成照。

“或许……很像，我不太记得了，但我父亲是这样说的。”

“和这张照片有明显的不同之处吗？”

“头发要再长一点儿。”

“有多长？”

“稍微碰到肩膀……吧。”

刑警们一定也会问隆明相同的问题。反正他们都会知道，自己先说出来应该更不会有人怀疑，和佳子心想。

“这样的发型不会不自然吗？例如看起来像是戴了假发。”

“我没发现，也不可能一直盯着他看。”

刑警点了点头，好像是在说“或许吧”。“听说那个客人在这里住了三晚。一开始是预定住两晚，后来又多住了一晚，是吗？”

“是的。”

“多住一晚的理由是什么？他说了吗？”

“没有……他问我可不可以再多住一晚，我就回答可以。”

“他住在这里都做了些什么？”

“这个嘛……”和佳子思考着如何回答，“早上出去后要到晚上才回来。晚餐一次也没在这里吃过，但都提前打电话说不用为他准备……”

“你知道他去了哪里吗？”

“不知道。”

“他有没有问过你去某个地方怎么走，或是要搭什么交通工具之类的？”

“没有。”和佳子摇头。

川崎脸色很难看，用手撑着脸颊。特地跑到这个地方，却没得到什么有价值的线索，他想必觉得很没意义。

隆明走了进来，刚才他好像带其他刑警去看长峰住过的房间了。他在距离和佳子他们稍远的地方坐下来，像是有点儿担心地看着女儿。

“那个客人的样子给人什么感觉？”川崎继续问道。

“什么感觉啊……”

“譬如慌慌张张或提心吊胆，总之有没有怪异的地方？”

“我觉得……他好像一直尽量不和我们碰面。他常戴着太阳镜，所以也看不清楚表情。”

“那个客人住在这里时，你们进过他的房间吗？”

“没有。”和佳子立刻回答，“我们这里和宾馆不同，不会随便进客人的房间打扫。”

“他离开之后，房间里留下什么东西了吗？有没有什么痕迹？”

“我没发现。”

“房间的垃圾呢？”

“已经处理掉了。”和佳子看着父亲，“那天的垃圾袋拿出去了吧？”

“嗯，早就拿出去了。”隆明边点头边说。

川崎撇着嘴角，长叹一声。他似乎因没有任何收获而不满。

“你没有和那个客人说过话吗？随便什么鸡毛蒜皮的小事都可以。”他用圆珠笔搔着脑袋问道。

和佳子摇摇头。“就是他说要再多住一晚时说的那些话，没有再多聊了。”

和佳子看见一直低着头的隆明忽然抬起头来，像是想说些什么。和佳子在内心祈祷着，希望他什么都不要说。

可能祈祷被隆明听见了，直到刑警们问完，他都没再说一句话。川崎到最后都不太高兴，可能是觉得白费工夫了。

对长峰住过的房间进行的检查一直持续到深夜，调查员撤退时已近凌晨三点，这期间和佳子和隆明一直在客厅等待。

关好门窗，和佳子心想终于可以睡觉了。她正准备回自己的房间，隆明在身后叫住了她。

“啊？”她回过头。

隆明搔着脑袋走向她。“你为什么没说那件事？”

“哪件事？”

“就是电脑的事啊！那个客人不是教过你电脑吗？”

和佳子吓了一跳，那时父亲居然看到了。他一定是说长峰教她如何将儿子的照片放大打印出来的事。

和佳子挤出笑容。“那又不是什么大不了的事。”

“或许吧，但警察不是说不管什么鸡毛蒜皮的小事都可以吗？”

“太过鸡毛蒜皮了！如果多说又要被问个不停，不是很麻烦吗？”

“但我们应该协助调查。”隆明是思想守旧的人，对于警察和公务员怀有真心诚意的尊敬。

“那种事对调查没什么帮助！总之，我不想被牵扯进去，不想被人认为我和杀人凶手说过话，而且对咱们家民宿来说一点儿好处都没有！弄不好会使我们的形象受损。”

“我也不是不担心这个，不过……”隆明开始搓揉后颈，“你该不会知道什么吧？”

“啊？”和佳子睁大了眼睛，她感到体温似乎上升了，“知道什么？”

“那个客人就是凶手啊！”

“您胡说什么？怎么可能！爸爸，不要乱说！您为什么会这样想？”和佳子皱起眉头，声音高了八度。

“不，如果是我多心就算了……可是，不知为什么，我总觉得是这样。”

“总觉得是哪样……”

“晚上我好像听见了谈话声。”

“晚上？哪一天晚上？”

“是哪一天呢？总之就是那个客人还住在这里的时候。我去上厕所时，听见你的声音从客厅传出来。当时我没想那么多，但现在回想起来，觉得很不可思议，你到底是在跟谁说话？”

“那个，会不会是您听错了？或是弄错时间了？我也对警察说过，我和那个客人根本没怎么说过话，我没有说谎。”和佳子知道若太过生气反而会弄巧成拙，但还是板起脸强辩。

隆明似乎感到不好意思，将视线从女儿身上移开。“如果是我弄错了就算了，你也不用那么生气吧。”

“我没有生气。”

“听说明天警察还会再来，这样怎么工作！连睡觉的时间都没有，赶快去休息吧。晚安。”说完，隆明就走过和佳子的身旁，向自己的房间走去。

“晚安。”和佳子对着父亲的背影说。

上床后她不断翻来覆去，了无睡意。她很在意父亲的态度。或许他发现了更多的事，只是害怕说出来，才保持沉默。

欺骗父亲让她觉得很过意不去，但也不能因此就对他说出实情。那么一本正经的他，一定不可能和女儿一样，去帮助一个被通缉的杀人犯。

和佳子也担心警察的行动。他们已经查明多少信息了？他们发现这家民宿应该只是偶然，但已经掌握长峰就在长野县内这一信息。他们还知道什么？

把长峰藏在那栋楼里的事情，只要和佳子不说，应该没有人会知道。但她还是没来由地担心警察会不会也闯进那间屋子。这更让她辗转难眠。

她昏昏沉沉地浅睡了一会儿。听到闹钟铃声时，反应比平时慢了些。她感觉头很重，全身无力，而且有点儿反胃。从床上起来，她维持着相同姿势坐了一阵子。大概睡了两三个小时，但她丝毫不觉得睡着了。

和佳子坐在床上发呆。有人小跑着从走廊经过的声音传进耳中。那个声音没多久又折返回来，接着，她听见了敲门声。

“和佳子，你起来了吗？”是隆明的声音。

“起来了。”和佳子用沙哑的声音回答。

“对不起，能不能赶快换衣服？事情有点儿麻烦了。”

“怎么了？”

“你起来看就知道了。”说完，隆明就离开了。

和佳子换上T恤和牛仔裤，走出房间。一走到走廊，她就听见玄关有说话声。而且不是一两个人的声音，好像有很多人。

隆明正在客厅拉窗帘。

“怎么了？”

“我也不知道，电视台和报社的人涌了过来。好像是昨天深夜赶来的。”隆明说道。

和佳子从窗帘的缝隙往外看。穿着各式各样服装的男女正聚集在民宿前的路边，有人扛着摄像机。路边停满了厢型车。

“刚才有个人说是他们的代表，过来说要采访我。”隆明指着放在桌上的名片，“怎么办？”

“是要问长峰先生……那个客人的事吗？”

“应该是吧。媒体真是厉害，已经找到这里来了。”

“采访什么？我们根本没有什么好说的啊。”

“他说这样也没关系，还说要做什么联合采访，这样就不用一一回答每个记者的问题，更有效率，也不会妨碍这里营业。我也觉得这样比较好。”

“爸爸，您去接受采访吧？我不想去。”

“我去吗？”隆明的眉毛耷拉下来，“真头疼！”

隆明不情愿地走向玄关。和佳子决定躲在自己的房间里，她觉得媒体一定想拍摄民宿内部。

不知隆明是怎么说的，记者和摄影师竟然没有进来。大约过了三十分钟，又传来了敲门声。和佳子打开门，一脸疲惫的隆明站在那里。

“结束了。”

“辛苦您了。媒体的人呢？”

“大多都撤走了，但还有几个在附近拍摄。”

“爸爸，您说了些什么？”

“也没说什么，就是昨天对警察说的那些话。”

“是吗？”

“电视台的人还问今晚有没有空房，真不知该怎么办。”

“他们要住在这里吗？这不就表示要继续采访？”

“可能是吧，我们也不能拒绝他们来住啊。”

“我看暂停营业好了。”

“但今晚已经有几批客人预约了，总不能打电话叫他们别来吧？”

“那只能叮嘱他们千万不能打扰其他客人了。”

“是啊，要是他们拍摄就惨了。”隆明很懊恼地说，“真是的，祸从天降！”

看得出来，隆明对长峰重树曾在这里住过一事很恼火。看到他的表情，和佳子忽然很担心长峰。长峰最怕的就是给他们添麻烦，如果他在新闻谈话类节目中看到这家民宿被报道，一定会感到很痛心。

34

“老公，快起来！”

鲇村被摇醒了。妻子一惠一脸不知所措地盯着他。

“哎哟，什么事！今天我可上晚班。”

鲇村是开出租车的，服务的公司在江东区。

“电视上正在播那起案子……那个姓长峰的人的藏身处好像被发现了。”

鲇村闻言立刻跳了起来。“真的？”

“说是在长野县。”

“长野县？他被捕了吗？”

“好像还没抓到，只找到了他最近住过的民宿。”

一惠的解释没有重点，于是鲇村走向有电视的客厅。

电视开着，好像正在播放早上的新闻谈话类节目。鲇村在椅子上坐下，拿起遥控器调大声音。

电视画面上是一栋西式建筑，前面站着一个女记者。

“……据说警方现在正在调查从房间采集到的指纹，民宿经营者表示，他们认为很可能是长峰留下的。”

“民宿？”鲇村盯着画面，皱起了眉头，“原来他住在民宿？”

“好像是。”一惠回答。

“为什么要去长野县？是因为菅野在长野县吗？”鲇村问道。菅野快儿这个名字是从《焦点周刊》的记者那里听来的。

“我也不知道，听说警方好像掌握了他在长野县的信息，才开始调查长野县内的旅馆和民宿。”

“信息是从哪里流出来的？”

“这个嘛……”一惠思索着。

鲇村心想问妻子也没什么用，便转到其他频道，所幸那里也正在播放同样的新闻，鲇村把音量调得更大了。

看着节目，鲇村终于明白了。好像是菅野快儿在长野县内的银行取过钱，被监控摄像头拍到了。鲇村心想那个人真蠢，又想到警方居然会检查全国的监控摄像头，实在很不可思议。

总之，长峰重树好像并未被捕，鲇村不由得松了一口气。但他也不希望长峰重树复仇成功。他很恨菅野，但是由别人来杀菅野并不能让他泄心头之恨。如果要复仇，他觉得应该由自己来。女儿千晶被蹂躏的画面已深深烙印在他脑海里，挥之不去，只怕一辈子都忘不掉。他非常绝望。反观菅野快儿呢？他会觉得自己犯下了滔天大罪吗？一定是毫无感觉。就算他总有一天会被警方逮捕，应该也不会被判处和成年人一样的重刑。同样，他也不会认为自己的罪行有多严重，只觉得是年轻时的恶作剧罢了，然后在未来的某一天，他就会忘得一干二净。一想到这里，鲇村就想立刻冲到长野县。之所以没去，是还没想到此后该怎么做，而且他不像长峰重树那样是孤家寡人。

那他究竟希望这件事有怎样的结局呢？这么一想，鲇村自己也很茫然。如果长峰不能完成复仇，菅野将会被捕。但是这个国家并没有一个让他们心服口服的解决办法。少年法是一道保护加害者的壁垒，而且几乎所有法律对待被害人都冷酷无情。

说不定现在的状态一直持续下去最好，鲇村思忖着。现在菅野一定很害怕，他应该知道复仇者正在追杀他。尽管如此，他还是提不起勇气去找警察。他最好多受点儿苦，鲇村心想。而且，最重要的是，这样世人就不会忘记这件事。

鲇村下意识地点着头，觉得自己找到了答案。他不希望长峰重树被捕，是因为只要长峰继续行动，这件事就不会被世人淡忘。他终于发现，自己最害怕的其实是这个。

节目开始播报下一条新闻。他切换频道，但有关长峰重树的新闻好像播完了。

电话响了，一惠接起。鲇村还在试着切换频道时，听见了妻子的声音。“啊？周刊？不，我还没看……是吗？那我待会儿买来看……啊？我完全不知道……是吗？谢谢你特地告诉我。”

挂了电话，一惠看了看鲇村。“是市川的智代打来的。”她说的是一个亲戚的名字。

“她说什么周刊？”

“她问我看了《焦点周刊》没有？好像是今天出刊的，报道了那起案子。她还说上面写到了你。”

“我？”鲇村想起来了，“我和那个拿着菅野照片来的记者聊了一下，是写我和他的对话吗？”

“你说得那么详细吗？”

“不是很详细啊，就是稍微聊了一下千晶的事。”

“你说了她自杀的事吗？”

“那个嘛，自然而然就说到那里了。再说，他好像已经知道那浑蛋的名字了，所以我想问出来。”那浑蛋是指菅野快儿。

一惠的表情不太高兴。

“怎么？智代说了些什么？”

“我觉得她好像难以启齿，她问我接受采访时有必要说那么多吗？你去买本周刊回来看看！”

“好，我找时间去买。”鲇村看了看时钟，站起身来。该出门了。

鲇村总是开自己的车到位于江东区木场的公司。他以前是开公交车的，因为太累就转行了。

原本打算去买杂志的那家书店今天停业休息，他就直接去了公司。他将车停在停车场后走到发车区，看见几个人聚在一起谈论着什么。

他们一发现鲇村走近，就一脸不好意思地散开了，往自己的车走去。

“小高——”鲇村叫住其中一人。那个人姓高山，和鲇村年纪相仿。

高山停下脚步，回过头来。“什么事？”

“你们刚才在聊什么？”

“没什么啦，只是闲聊罢了，像是巨人队今年表现很差之类的。”

“真的吗？”

“真的，我为什么要骗你？”

“可是我一来——”话说到一半，鲇村看到高山拿着一样东西，就没再说下去。是《焦点周刊》。

高山好像发现鲇村注意到了，不好意思地搔了搔鼻子。“这个你看过了吗？”

“没……怎么了？”

“嗯，也没什么……我们刚才在讨论，这里写的东西会不会是在说你。”

鲇村闻言惊讶地睁大了眼睛。他从未将千晶自杀一事以及原因告诉公司里的人，所以不管杂志上是怎么写的，高山他们应该都不会对号入座才对。

“真的是你啊？”高山的眼里同时浮现出好奇和同情的神色。

“我都说了，”鲇村舔了舔嘴唇，“我还没看。这里面到底写了些什么？”

“写了些什么……”高山吞吞吐吐，然后将杂志递给鲇村，“给你，你自己看更快。”

“可以吗？”

“没关系，我看过了。”高山将卷起来的杂志塞给鲇村，赶紧离开了。

鲇村翻开杂志，走向自己的车。他看见目录中有这样的标题：

荒川高中女生弃尸案，嫌疑人手段凶残令人震惊

鲇村坐进车，在驾驶座上阅读。他取出老花镜。

报道从发现长峰绘摩的尸体开始，又解说了伴崎敦也被杀一事。对于这些内容，不仅鲇村，只要看过电视新闻或报纸的人应该都已很了解。文章接着叙述杀死伴崎敦也的就是长峰绘摩的父亲，以及他现在正为了复仇而逃亡。

其后的内容将焦点集中在伴崎敦也和另一个少年缺乏人性的野蛮和冷酷上。有关另一个少年，虽未写出菅野快儿的名字，但内容描述得很具体，熟知他的人一看便知，而且他的肖像照也只是稍微遮了眼睛。

文章接着描述在伴崎敦也的房间内发现的录像带和照片，强

调除了长峰绘摩之外，还有很多人是伴崎他们魔掌下的被害人。

鲇村继续看下去。不久，他腋下冒出汗来。

报道里写除了长峰绘摩，还有一名牺牲者是高中女生，她被强暴后，因无法忍受而自杀。记者好像采访了千晶的同学，接着又写死者的父亲认为女儿可能受到了伴崎他们的侵犯，并去警察局确认过录像带。

鲇村越看越觉得体温上升。文章虽然使用了化名，但描写得非常清楚，让读者一看就能知道被强暴的高中女生就是千晶，而那位父亲就是鲇村。例如，被害人的父亲服务于总公司位于江东区的出租车公司，连这一点都写得一清二楚。他终于明白亲戚为什么看了周刊后会担心得打来电话，高山他们又为什么立刻便猜出报道中的人就是他。

鲇村用周刊拍打着副驾驶座，怒不可遏。

他从未对任何人说过千晶自杀的事及其原因。他不希望周围的人用好奇的眼光看他，也不希望千晶被猥亵的想象玷污，但这样的报道让他的苦心尽数毁于一旦。他觉得自己的悲剧已被当成吸引读者的工具。

他根本无法工作。将车开出公司后，他完全没有想到要载客。他觉得路上好像有人招手，但没有减速停下，而是直接开走。

鲇村无法忍受了。开到半路时，他打电话回家，命令老婆将《焦点周刊》记者给他的名片拿出来。

“到底怎么回事？周刊你看了吗？”

“就是因为看了才生气。那个浑蛋，擅自乱写！”

“他写了什么？”一惠问道。

“所有的事，包括千晶所有的事！”

“咦？名字也附上了吗？”她似乎非常惊讶。

“用了化名，但那根本没意义。我要向他抗议。”

鲇村记下一惠念给他的电话号码，有杂志社电话和手机号码。他想打到杂志社，但又改变了主意。他觉得那个记者会假装不在。

他试着拨打手机，心里暗想若切换到语音信箱该怎么应对，但对方接了。

“喂？”

“喂！是小田切吗？”鲇村问。

“我是。”

“我是鲇村，前几天接受过你采访的人。”小田切没有回应，鲇村又补充道，“就是鲇村千晶的父亲。”

过了一会儿，小田切才说：“哦……是开出租车的鲇村先生。前几天谢谢您了。”

“谢什么谢！到底是怎么回事？那篇报道！”鲇村劈头问道。

“什么地方和事实有出入吗？”

“我不是指这个！你那样写不觉得太过分吗？我的同事和朋友立刻都看出遭到性侵犯的就是千晶。”

“会吗？我没有写出姓名啊。”

“只要一看就知道了。事实上，公司的人都用异样的眼光看我，给我带来极大的麻烦，我要告你侵犯隐私权。”

“我应该没有侵犯您的隐私权啊！我们有义务尽力正确报道事实，或许揭开了您痛苦的记忆，但为了体现他们那么恶劣的人根本就是不值得少年法保护的人渣，必须写得这么深入。”

小田切是以文字为生的人，能言善道。鲇村顿时哑口无言。

“即使这样，也不能写得那么……”他没再说下去。

于是小田切说道：“对了，鲇村先生您能不能帮个忙？这件事一定要借助您的力量才行。”

35

傍晚，和佳子以购物为由从民宿脱身。他们没有让媒体的人住进来，因为警方要求他们再暂缓营业一天。他们因此得到了一天清静，同时也必须打电话劝退在那天预约的客人。没有人补偿他们赖以为生的住宿费。对他们而言，这是相当严重的损失。

但是比起担心父亲会因此烦恼，和佳子更担心长峰。长峰曾在 Crescent 住过的消息已在电视上一播再播，和佳子想知道他看到报道后会怎么想、今后会采取什么行动。他可能会因不想给和佳子他们添麻烦而草率地采取行动。

那栋藏匿长峰的楼在松本市内。和佳子比平常更用力地踩着休闲车的油门，在等红绿灯时，她不禁摇晃着膝盖。

抵达时，太阳已完全下山。但她还是一边注意四周，一边走进建筑。如果有人跟踪就糟了。

她站在三〇三室门前，按下了门铃。她当然有钥匙，但不敢随便进入。

对讲机并没有传来回应。和佳子又按了一次，结果也一样。她觉得非常不安。长峰有备用钥匙，他可能只是出去一下吧？和佳子这么想，心跳却越来越快。

她取出钥匙，将门打开。屋内一片漆黑。她摸索着打开墙上的开关。

首先映入眼帘的是扔在角落的两个白色塑料袋，她立刻明白那是垃圾。旁边则摆着两个空饮料瓶。

毛毯和褥子都已叠好。和佳子看了看厨房，水槽旁边只放了未使用的纸杯。

她感到两腿无力，颓然坐下。

长峰果然还是离开了！

她也有种如释重负的感觉，不用再担心哪天长峰会被人发现了。他应该会信守承诺，即使被捕也一定不会说出她的事情。

但同时她也感到心中有种空虚。她下了好大的决心才将他藏起来，为此甚至连父亲都欺骗了。因为义无反顾，她也早做好了心理准备，今后不管发生什么事，她都要忍耐。

然而，这样的决心一下子就扑空了吗？对长峰而言，和佳子只是一时心血来潮帮助他的人吗？要和他一起行动，想弄清什么是真正的正义，难道从一开始，就只是她在唱独角戏吗？

和佳子将手搭在水槽上，支撑着身体站起来，觉得全身无力。

她拿起纸杯，打开水龙头。喝下一口带有漂白剂味道的温水时，她听见了金属碰撞的咔嚓声。

和佳子差点儿呛到，转过头去。门是锁着的。不久锁被打开了，门开后，满脸胡茬的长峰出现了。

“啊……”不像叹气也不像呻吟的声音从和佳子嘴里漏出。

长峰很疑惑地站着。他并非惊讶和佳子在这里，而是好像不知和佳子为什么会有这种反应。

“怎么了？”长峰担心地问道。

和佳子不知该如何回答。她感到体内好像有什么东西正要涌现出来，那变成了一股冲动，试图将她往前推。

和佳子跑到长峰面前。她一抬起头看到他的脸，眼泪就夺眶而出。

长峰好像有点儿不知所措。“到底出什么事了？民宿那里出什么问题了吗？”

听到他这样说，和佳子才回过神来。原来他根本没有看电视。

“警察去我们那里了，还带着你的照片……我爸爸想起了你，还对警察说了。”

和佳子把事情经过告诉了脸色大变的长峰。长峰越听表情越严肃，和佳子心想，早知这样，还不如不告诉他，但是她又不能那么做。

“这样啊，那警察也查出菅野就躲在长野县了？”长峰蹙着眉头说，口气却很冷静。他一定受到了影响，但或许早就有了某种程度的心理准备。

“你住在我家民宿的事，电视节目和新闻都已经播了，我以为你知道了……”

长峰摇着头。“今天我没有时间看电视，也没去有电视的地方。”

“今天你去哪里了？”说完，和佳子看了看他的穿着。他戴着帽子，身穿薄外套，正是第一次来民宿时的装扮，也同样提着袋子。只有一点很不相同，就是背后的高尔夫球袋。看到那个东西，和佳子不禁屏住了呼吸。

长峰可能注意到了和佳子的视线，将高尔夫球袋放到角落。为了让和佳子转移注意力，他还从袋子里拿出一本周刊。

“你看过这个吗？”

“没有，我今天也是忙进忙出。”

“上面写了菅野他们的事。”

“可以给我看吗？”

“可以。”

那是一本叫“焦点周刊”的杂志，那篇相关报道在杂志的最后。和佳子坐下来仔细阅读。

上面详细描述了伴崎敦也及其同伴的野蛮行为。他们是当地臭名昭著的不良少年，据说周围的人都很担心他们有一天闯出什么大祸。

除了长峰绘摩，还详细描述了一个被他们强暴的高中女生。她和绘摩一样，没犯任何过错，只因为伴崎他们看上了她，就成为牺牲品，后来因想不开而自杀。

记者还采访了这个高中女生的父亲。她父亲说：“如果可以，我想亲手杀掉伴崎。”还说他很理解长峰的心情。

报道的结论如下：

> 让误入歧途的少年改过自新固然重要，但由谁来医治无辜的受害者心中受到的伤害呢？这样的视角是目前的法律所欠缺的。失去子女的父母还要去为罪魁祸首的未来着想，这未免太残酷了，不是吗？

“你觉得如何？”长峰问看完后抬起头的和佳子。

她摇了摇头。“该怎么说呢……我觉得难以忍受。这样的人被放任到现在，很让人震惊，而且只因为他们未成年，就无法处以重刑，这实在是太……”

“没错，的确令人难以忍受。但对我来说，还有更令人震惊的事。”长峰拿起周刊，指着其中某部分，“就是这个。”

和佳子看后点了点头，这部分让她也感到很愤怒。“他好像对朋友们说过强暴女生的事，还引以为傲。”

“还有人说看过那些录像带和照片。当时伴崎他们的说法是，这样做是为了防止受害者事后来闹，或是报警。”

“真是……太恶劣了。”

“那两个浑蛋还说，如果被他们强暴的女生自杀，就太幸运了。”

和佳子垂下头，她不敢看长峰的脸。

“这篇报道里的高中女生自杀一事，我想那两个浑蛋不会不知道。或许他们是知道了才那么说的，说‘实在太幸运了，这样就不用担心被送到警察局去了’之类的话。”

“我真的……不想去想这些事。”和佳子低声说。

“但这是事实。他们根本没有考虑到自己的行为给受害者造成了多大的伤害。就算知道，他们也没任何感觉，更不用说反省了。”长峰拍了一下周刊。声音太响，和佳子吓得抖了一下。

长峰继续说道：“老实说，我并不是没有犹豫过是否要复仇。杀伴崎是一时冲动，我虽然继续追杀菅野，但曾经很迷惘，总是在想或许他正在反省，或许已有悔意，或许想重新做人。这样，绘摩的死就没有白费，我或许能把这件事想成是让人改过自新的代价。那么我应该让他活下去，而不是杀他，这样才有意义……我曾经这么……”他忽然打住，摇晃着头，“我真是个滥好人。看过这篇报道后，我更确定了。都害一个高中女生自杀了，那两个畜生还不能得到教训，也没有因此反省，反而觉得很幸运，这表明他们对于弄死绘摩一事可能也持同样的态度。就是说，菅野根本没有反省，也毫无悔意，他躲起来只是不想被警察逮捕。现在他一定正躲在某个地方，盘算着如何脱罪，满脑子自私自利的想法。我敢说，那种人根本没有资格活下去，也不可能改过向善。既然这样，至少我要将被害人家属的愤怒发泄出来，我要报仇，要让他知道自己的行为多么令人憎恨！”

长峰说着说着，情绪似乎越来越亢奋，声音不觉间变得很大。和佳子瑟缩在一旁，甚至觉得长峰的愤怒仿佛是针对她的。事实上，对于社会大众不能理解被害人家属的悲伤，只是一味机械地说着不赞成复仇，长峰可能也的确感到很愤怒。

长峰大概发现了和佳子瑟缩着身体，脸上现出苦笑。“对不起，我不应该跟你说这些，而且都这么麻烦你了。”

“没关系。”

“民宿那里不要紧吗？不会影响营业吗？”

“不，没关系，请不用担心。”其实有影响，但和佳子没能说出口。

“不知警方掌握了多少。如果他们已经知道菅野躲在哪里，戏就唱不下去了……”长峰咬着嘴唇。

“请问……你今天为什么要带那件行李？”和佳子说出了她在意的事，眼睛不知不觉看向高尔夫球袋。

长峰从外套口袋里拿出一张折好的纸，摊开后递给和佳子。好像是用电脑打印在 A4 纸上的。

上面印着房屋中介的信息，而且都是旧民宿。

地点：长野县诹访郡原村，距离中央道诹访南出口仅十二分钟车程

售价：两千五百万日元

土地面积：九百四十平方米

建筑面积：一百九十八平方米

结构：木造两层建筑、镀锌钢板屋顶

建成日期：一九八〇年一月

“这是什么？”

“我在网上找到的，今天去看过了。”

“为什么？”

“菅野可能躲在这里。”

“啊……”听到出乎意料的回答，和佳子瞠目结舌。

“其实我又接到新的密报了。我告诉过你吧？我会知道伴崎，就是因为那个密报电话。那个人又向我提供线索了，他在我的手机里留言。”

长峰拿出手机，开机后操作了一下便递给和佳子，她贴在耳朵上听。

菅野快儿很可能躲在长野县内最近刚倒闭的民宿里，应该是距离高速公路交流道不远的地方。

是一个含糊不清的男声。和佳子咽下口水，抬头看着长峰。

“不知道这是谁，我也有所顾虑。但上次的密报不是恶作剧，我想这次应该也可以相信。不，对没有任何线索的我来说，只能相信了。”

“所以你就去找要出售的民宿……”

长峰点了点头。“即使倒闭也未必会出售，但我认为这么做，找到菅野的可能性比以前要高。今天我还在想，或许会突然遇上他呢。”

“所以你才带着所有家伙出去了？”

“嗯。到了那个时候，要是没带最重要的东西，就毫无意义了。”说完，长峰瞥了一眼高尔夫球袋。

36

伴崎敦也从后面反剪着少女的双臂。少女口中被塞了东西，眼睛也被蒙上眼罩。即便如此，仍能看出她很痛苦，整张脸都扭曲了。

菅野快儿将少女的腿用力扳开，保持那样的姿势，准备用绳子把她的脚踝绑在床边。伴崎和菅野都在笑，就像得到玩具的孩子，也像看到猎物就在眼前的野兽。

摄像机好像是用三脚架固定住的，他们三人有时会跑到画面外。伴崎和菅野可能已经掌握了拍摄角度，即使少女不断反抗，他们还能将其收进画面中。

一直看着这些恶心的影像，织部感到越来越难受。他拿起录像机遥控器，按下停止键，用手指按着双眼，脖颈前后左右转动。

织部在西新井分局的会议室里。翻查到最后，他还是无法从菅野快儿的贴身物品中找到任何有关其藏身之处的线索。于是，他想到了以前在伴崎敦也的房间里搜出来的那些强暴录像带。或许能从中找到什么蛛丝马迹。

这项工作比他预想的要痛苦。虽然曾经看过几次，但大多是快进着看完的，只要能确认伴崎和菅野的罪行即可。这次不一样。他必须仔细盯着画面的每个细节，确认是否有线索隐藏在里面。眼睛会疲劳是理所当然的，然而连他的心也无法忍受了。

要是他干脆认命，赶快出来自首就好了，织部想。当然，“他”指的是菅野。

长峰重树投宿的民宿在长野县被发现一事，昨天的新闻已经报道过，晚报也刊出了。菅野快儿不可能不关注相关报道，应该也知道了。那么，他知道自己藏身长野县一事已被发现。一般人应该会放弃，因为这样已很难继续逃亡。长峰重树住过的民宿被发现一事，警方也没有限制媒体报道。高层判断，这么做会增加菅野自首的可能性。

然而过了整整一天，警方却没有接到菅野在某个警察局现身的消息，看来他好像打算继续逃亡。

他把事情想得太简单了——真野是这么说的。

“他以前一定也是碰到麻烦的或讨厌的事就逃避，以为只要装作什么都不知道，事情就会过去。他不知道自己闯的祸有多严重，所以认为警察不会紧追不舍，以为只要躲一阵子，总有一天事情会被遗忘。”

“但人都死了，他还不知道事情的严重性吗？”

听到织部的问题，真野撇下嘴角。“前不久有这样一个凶手，十八岁左右吧，同居女友责问他在外面偷腥的事，他恼羞成怒，把女友勒死了。你猜他紧接着做了什么？他和情人去宾馆约会了，还在那里住了两晚。为什么呢？因为他的住处有尸体，如果回到住处，就必须处理那具尸体。他不想处理，所以就住宾馆。他觉得只要不回到住处，就可以不用面对有尸体这个事实。”

怎么可能！织部心想。

“想了解那种小鬼的心理纯属白费力气。那些人根本不会思考自己的行为给周围的人带来怎样的影响、别人会有怎样的感受。对他们来说，最重要的事就是现在自己想做什么。上面的人判断失误了，菅野不会因为这样的事就主动现身。理由只有一个，他不想被捕，不愿被捕后受惩处。”

真野看起来有点儿不高兴。织部明白他的心情，他一定是看了前几天发行的周刊。对于《焦点周刊》上所写的菅野和伴崎的行为，就连早已知情的织部他们也感到义愤填膺。同时，他们又不能像周刊记者一样说出内心的真实感受，这真是令人懊恼。

做完颈部伸展操后，织部准备继续烦闷的工作。拿起遥控器时，他听见后方传来开门的声音。转过头一看，西新井分局的梶原正走进来。

“打扰你了？”梶原问道。

“没关系。”织部放下遥控器，“有事吗？”

“如果可以，要不要看看电视？”

“电视？”

“现在正在播有意思的节目，和这起案子有关。”

“新闻节目？”

“不，有点儿不一样。”

“好啊，是哪个台？”织部将画面从录像机切换到电视。

梶原靠过来，拿起遥控器，转到要看的频道。

屏幕上，三个男人正围桌而坐。居中的是电视台的主播，好像是这个节目的主持人。在他身旁相对而坐的两个人，织部并不认识。

“总之，我是秉持信念来做这件事的，不是你所说的只为了激起读者的兴趣。我想强调的只有这个。”左边的男人用强硬的口气说道。他看起来四十多岁，脸晒得很黑。

“听说这家伙是《焦点周刊》的总编。”梶原在一旁说道，“右边那个男人是律师。”

“律师？”

织部反问时，那个人出现在画面上，下面写着“青少年自新研究会律师岩田忠广”。岩田律师五十多岁，身材瘦小，戴着金边眼镜。

岩田开始发言。“你说秉持信念，写出来的东西却让人觉得只不过是在泄恨。写这样的报道有什么意义可言？你只是想告诉世人，在某处有这样的孩子做了这样的坏事，他们都是些很过分的浑蛋。如此而已，不是吗？”

“你是说这件事没有意义吗？传达事实是我们的职责，让不知情的人们去判断才是错误的！”总编反驳。

“要大众作什么判断？那些做了坏事的孩子有问题，这毋庸置疑，但我不认为需要刻意去问大众。看过这篇报道的读者会怎么想？他们只会认为这些浑蛋很过分，如果这些浑蛋在自己身边会很麻烦之类的。我知道传达事实是你们的职责，但没必要写得那么清楚吧？虽然没有指名道姓，但据我了解，按你们那种写法可以清楚地辨认出在写谁。”

在两人你来我往的争辩中，织部终于明白节目的内容了。好像是针对《焦点周刊》的报道，岩田律师提出抗议，杂志负责人对此反驳。

“我们也曾经考虑用真实的姓名。”总编脸上露出敌意，“没有这样做，是认为现在那个少年还在逃亡，怕影响警方调查而已。我们本来觉得直接指名道姓会更好。”

律师露出难以理解的表情，摇着头。“所以我就说，不懂你们为什么要这样做。”

“站在我们的角度，倒想问你为什么不能这么做？如果不希望自己的姓名被公布，一开始不做坏事不就没事了吗？那些人就是知道未成年绝不会被公布姓名，才满不在乎。有必要教育他们为人处事没这么简单。”

“那么，那篇报道可以说是一种制裁了？”

“可能也有这层意义吧。”

“根本不是可能！按你刚才的言论，很明显就是你们的目的。这是非常傲慢而危险的想法。”律师继续说道，阻止想开口的总编，“对他们的制裁，应该由相关部门去做，媒体不能做出误导社会大众的事。他们在未来一定会受到社会制裁。我们这些大人必须思考的，是如何让他们在社会的制裁下重新做人、走回正道。然而，如果只放大社会制裁的部分，会让他们更难重新做人。你们为什么不懂呢？”

“我们就是认为法律制裁的部分根本不完备。我觉得当前少年法根本无法做出符合现状的制裁。”

“你有所误解。少年法并不是为了制裁孩子，而是为帮助误入歧途的孩子走回正道而制定的。”

“既然这样，那受害者呢？他们受到的苦要发泄到哪里呢？只想着如何帮助加害者就是正道吗？”

“那是完全不相干的问题。”

“什么不相干？我们就是站在受害者的角度发声的。”

针对总编的意见，律师还想说些什么，但被主持人制止了。

“稍稍打断一下。出现了关于受害者的话题，所以在这里我们来听听受害者的意见，可以吗？好的，那么请摄像师将镜头对准我们刚才介绍的 A 先生。”

画面切换了，那里坐着一个穿着西服的男人，胸部以上都用毛玻璃遮住了，所以看不清楚。

“我再介绍一次，A 先生的女儿就是因遭到本案中两个少年凶手侵犯、身心受创而自杀的。这次《焦点周刊》的报道，他也是站在被害人家属的角度说话的。”

织部很惊讶地看向梶原，梶原点了点头。

“所以我叫你看这个节目。”梶原说，“就是那位父亲，来这里看录像带、又哭又叫的那位，好像是姓鲇村。”

“这样啊……”织部将视线转回屏幕。织部曾亲眼看到过鲇村苦恼的样子，也看过《焦点周刊》所报道的他的苦闷，但还是很关心他这次会说些什么。

“A 先生，”主持人叫鲇村，“您刚才应该听到这两位专家的谈话了吧？”

“是的。”鲇村回答。大概是因为使用了变声器，他的声音高了八度。

“您有什么想说的吗？”

“是的，我想对那位律师先生……”

“请说。”主持人催促着。

毛玻璃另一边的鲇村好像在深呼吸。

“呃，我刚才听到，你好像一直强调要帮助犯罪的少年，但是针对他们犯的罪，你有什么想法呢？对他们罪行的牺牲品，可以不用赎罪吗？”

“不，当然要赎罪。”律师对着镜头说，“所以必须先让他们重新做人。如果他们的心依然是扭曲的，根本不可能真心赎罪。要让他们知道自己做的事有多严重，让他们反省，才能谈到赎罪。”

“那……要怎么赎罪呢？”

“只有让他们走回正道。我们认为那就是最大的赎罪。以罪过为垫脚石，让他们成为正正当当的人，对社会来说——”

“太可笑了！”鲇村的声音变得尖锐，“这真是太可笑了！为什么那样就算是赎罪？我一点儿也不觉得高兴，也不会感激。死去的人也无法复活。为什么要让我的女儿去做那些人渣的垫脚石？这太可笑了！这是错误的。你为什么一直替那些人说话？那些人都是有钱人的儿子吗？”

“A 先生，请不要太激动。”主持人安抚着鲇村，“岩田律师长年研究少年犯的自新问题，这次他也是站在这个角度参与讨论的。这样好了，我们先插入一段广告。”

镜头带到毛玻璃后的鲇村，接着便切换到广告画面。

37

“果然是当时那位父亲，一定没错。激动时的语气和当时一模一样。”说完，梶原便站起来。

“你不看了？”织部问。

“不看了，我只是想听听那位父亲怎么说，并且把他说的话告诉你。”

“那我也不看了。”织部说完将电视画面切换到录像，“那位鲇村先生……是吧，为什么想上电视呢？”他百思不解。

“应该是被电视台的人撺掇来的。那些人无论如何都希望节目里能有被害人家属的声音。”梶原说，“他没发现自己已经成为大家的笑柄了。”

“鲇村先生应该只是想发泄对少年法的不满……”

“没有用。”梶原脸上浮现出像是同情的笑容，往门口走去，“打扰你工作了，真抱歉。”

“不，我也可以换换心情。”织部说，但其实觉得心情更沉重了。

梶原离开后，织部觉得无法立刻工作，耳朵里仍残留着鲇村变声后的声音。织部又一次想，我们什么都无法为他做。

织部和女友已经很久没见面了。昨天他们约会了。她二十七岁，在律师事务所打工。一有案件发生，他们就没有什么机会碰面，但织部吃饭时偶尔会叫她出来。

他们在深夜的餐厅里享受着短暂的约会。平常都不聊工作上的事，但昨晚长峰重树的事成了话题，因为电视上多次播出找到长峰重树住过的民宿的消息。

“今天我们事务所的人都在讨论他会被判多久。”女友停下拿着叉子的手，说道。所谓的“他”自然是指长峰。

“你们觉得呢？”织部问道。他很关心。

“每个人的意见都不一样，不过大家都认为如果现在被捕，应该不会判很长的刑期，要是自首还会更短，根据审判的情况还可能会缓刑。不是很了解实际情况，所以不能确定，但他杀死伴崎敦也是蓄意谋杀的可能性很低。”

“报道是这样说的。”

“你是说实际上并非如此？”

“不，这种事我不能随便乱说。”织部苦笑，“你应该明白。”

女友点了点头。她知道调查上的秘密就连对亲近的人也不能说。

“律师们好像都认为长峰杀伴崎是一时冲动。他使用的凶器还遗留在现场。看了那样的录像带，一看见加害者出现就会火冒三丈也是很合理的。虽然将尸体千刀万剐太残忍，但可以看作是杀红了眼，也可以证明他对女儿被以那种方式凌虐致死有多愤怒。完全没有感觉他想掩盖犯罪的事实，很值得同情。”

“社会大众现在仍然很同情他。我也有相同的感受，却不能大声说。”

“但大家说，如果他以后完成了另一项复仇，情况又会不同了。”

"那就是有预谋地杀人了。"

"即使长峰的动机值得同情，但他明明有充分的时间可以考虑，还是做出那种行为，站在法治国家的观点来看，就不能对他太宽大了。如果过于从轻量刑，就等于容许个人的复仇行为。"

女友的话换言之就是法律专家的想法，织部现在完全明白了，长峰的行为可以说是无视法律的存在。

"在长峰完成下次复仇前逮捕他，就结果而言其实对他更好，是吗？"

"如果只考虑刑罚的话……"她盯着织部的眼睛，"但是长峰可能没有考虑那些。"

"也许吧。"织部又问女友，"我大概明白了长峰会被判什么样的刑罚。那B少年呢？"

"你说那个正在逃亡的少年？"女友说道，"律师们也多少谈了一下。就刑法上的罪来说，就是强暴和伤害。如果他和长峰绘摩的死有关，那就是伤害致死，不能从轻量刑。如果是成年人，应该会判十年。"

"但他不是成年人。"

"是啊，但他的行径太过恶劣，我认为在少年法庭上，下达直接移交检察官的可能性很高，这样就会被判和成年人一样的刑罚……"

"但判刑时会优待吧，和成年人比起来？"

"以前也曾经给未成年人判处十八年徒刑，但还是比较优待。比如应该判死刑的，就会判无期徒刑；应该判无期徒刑的，就会判十年到十五年有期徒刑。不过这都是在未满十八岁的情况下。"

"菅野……B少年是十八岁。"

"但是伤害致死，即使是成年人也不会判死刑或无期徒刑，大概是十年以上十五年以下的有期徒刑，未成年人一律三年后就可假释出狱。”

“三年……”织部叹了口气，“真短哪！”

“听了这番话，你觉得怎么样？”女友盯着织部的脸。

“什么怎么样？”

“你们正在试图阻止长峰复仇吧。”

“当然啰。”

“但阻止他之后，他们分别所受的刑罚就如同我刚才所说的。我听了律师们的谈话后，觉得有点儿空虚，我多少能明白你们有多辛苦。”

“你是说，我可以丢下这样的工作不做？”

“也不是，但……”女友双眉紧蹙，将垂落到前额的刘海拨开，“只是觉得很空虚。法律到底是在保护谁呢？我觉得很疑惑。”

“上司这样对我说：什么都不要去想。”

“律师也可以这样吗？什么都不要想才好吗？只是机械地参照惯例……”

织部没有回答。虽然她说早已放弃当律师的梦想，但织部知道其实她在偷偷准备司法考试。

此后他们也聊得并不起劲儿，走出餐厅后，就分别搭出租车离开。

织部又将画面切换到电视，屏幕上出现了岩田律师的脸。

“总之，要想让犯了罪的少年重新站起来，保护当事人的隐私权绝对是必要的。隐私权和犯罪无关。认为不必保护做坏事的人的隐私权，是很危险的想法。侵犯隐私权也是犯罪，所以，做这种事的人没资格对犯罪少年的自新说三道四。还有一件事更重要，即使刑罚再重，对防止犯罪也没有什么效果。我由衷同情被害人，但我们应该思考的是今后要如何做才能防止相同的犯罪发生。基于这个想法，对于只想一味攻击加害者的这期《焦点周刊》的报道，我不得不感到非常遗憾。”

节目好像已经进入尾声。律师说完，主持人便开始总结。周刊总编板着脸。那个应该是鲇村的被害人家属没有出现在画面中。

织部换了一卷录像带，按下播放键。伴崎和菅野强暴女孩的镜头顿时再次出现。这两个人真的会改过自新吗？织部看着他们禽兽般的行径思忖。他再次想起昨天和女友的对话。

织部无法再集中注意力了。他几乎忘了自己为什么要看这些令人不快的画面。在看这些画面时，他只是茫然地望着菅野他们作恶，等整个场景切换后他才忽然回过神来。

刚才的该不会是……他赶紧倒带。

织部又按下播放键，画面出现了。

和以前一样，一个大约十五岁的少女正在被菅野他们蹂躏。她身上的连帽衫被掀起来，胸罩也被解开，乳房露了出来。和以往一样，伴崎从后面抓住少女，他似乎光着下半身，用裸露的双腿夹住女孩的身体，让她无处可躲。

这好像是一个房间，没有开灯。他们好像是用手电筒照明。

菅野似乎正用一只手操作摄像机，另一只手则拿着剪刀剪开女孩的内裤，还说“看看会有什么东西出现”。真是可恶！

伴崎在笑。少女又哭又叫，双腿好像被绳子绑住了，裙子早已被脱掉。

少女的下半身完全暴露出来。菅野将摄像机靠近。发出低沉笑声的人应该是他。

织部想快进，但忍了下来。随后应该拍到了什么重要线索。

“那就正式开始……真吵，不准再鬼叫，否则我杀了你！”

菅野用凶狠的语气说完后，画面剧烈摇晃。摄像机好像被放下了，这一瞬间拍到了室内的其他地方。

空荡荡的架子靠着墙壁摆放，墙上贴了一张海报般的东西。

引起织部注意的是那张海报，他想看清楚，便盯着画面，但画面又转到少女，她已经全裸了。

织部赶紧再次倒带，重新播放。出现海报时，他按下了暂停键。

海报上好像画了一张大地图。是哪里的地图呢？实在看不出来，但地图上写着这样的字——信州兜风地图。

大约一小时后，织部让真野和久冢看了那卷录像带。

“这一卷带子和其他的不一样，影像非常暗，我本来还以为是他们故意安排的……”说完，织部按下了播放键。

伴崎抓住全身虚脱的少女的双手。这时响起了菅野的声音：“太暗了，不能再弄亮一点儿吗？”

伴崎答道：“没办法，断电了。”

织部按下停止键，看着上司们。“从他们刚才的对话判断，当时应该是在某栋废弃的建筑内，仔细看其他画面，有时会拍摄到桌子和椅子。但那些都不像是普通家庭使用的东西，而是有设计感的民俗工艺品之类的东西。”

“是在某个别墅吗？”真野低声说，“那样断电也就不稀奇了。可能是没人住的时候，屋主向电力公司申请停止供电。”

“我也觉得有可能，但如果是私人别墅，屋内会贴着兜风海报吗？”

“或许会贴吧，因人而异。”

“但请你们看一下，那张海报很破。不，不仅是海报，虽然画面很暗，看不太清楚，但能感觉到房子里布满了灰尘，而且日常用品非常少，架子上也空荡荡的。如果是私人别墅，应该不会这样。”

“那你觉得这是什么地方？”久冢问道。

织部看着上司。“贴着信州兜风地图，那个地方应该是在长野县内。再从屋内的情形来看，好像是住宿的地方，我想可能是民宿。”

“原来如此，是民宿？”久冢双手抱胸。

“而且是已停止营业的民宿。我不知道他们俩是怎么找到的，但那应该是他们用来强暴少女的地方。”

久冢眉头深锁，对一旁的真野说：“你觉得呢，真？”

“说穿了菅野只是个孩子，”真野说，“最近我才知道，那两个人完全没有常识，例如要钱才能住的地方，他们只会想到宾馆，如果是普通旅馆，他们连怎么预约都不知道。但是如果可以潜入，即使是孩子也办得到。”

久冢点了点头站起身。“去找长野县内的民宿，倒闭的民宿。”

38

好像有什么节目录制结束了。三五成群的女孩穿过大厅，走出电视台的大门，每个人都打扮得很漂亮，看起来神采奕奕。应该是个令人开心的节目吧。本来再过两三年，千晶也可以成为这样的女孩，鲇村目送着这些女孩思忖。

不光是她们，在电视台内昂首阔步的人们，似乎每一天都过得很充实。他们好像完全不知刚才在这里直播的节目的主题。鲇村可以想象，对于每天忙忙碌碌的人而言，少年犯给受害者带来的痛苦，根本是无关紧要的事。

那个导播也是一样。他想起了两小时前刚认识的那个年轻男人。

在彩排时，他被要求反复重复同样的话，内容都是对现行的少年法表达不满。接下来进行的讨论也会出现这样的主题，到时主持人会向他征求意见。

导播就他的发言提出一项项要求。“您可以不用说得那么有条理，想说什么就说什么，即使说些很强硬的话也没关系，因为最重要的是将您的愤怒传达给观众。我们希望您大发雷霆，即使有点儿夸张也可以。”

虽然鲇村对少年法感到愤怒，但不是叫他生气，他就可以大发雷霆的。导播要他夸张点儿，可他也不清楚到什么程度算是适度，什么程度才算夸张。

再说他们不是邀请他来参与讨论的吗？鲇村有些不满。他们对他说，要请他出席少年法的相关讨论会，但他来到现场以后，才发现自己的角色已被设定，即要对坚持维护少年法的律师大发雷霆。或许到了现场，他的火气就会涌上来，可事先定好台词未免太奇怪了。

但导播解释说，因为这是直播节目。

“到时如果您说不出话来，就糟透了。如果不事先定好部分程序，节目就做不下去。而且有很多语言措辞不适合直播，我们一般都会请没经验的人多练习几次。”

导播还加了一句：“电视节目都是这样做的。”

正式录像时，鲇村非常想发言。他旁边有一个二十岁左右的助理导播不断和导播讨论。鲇村试着对他说自己想表达意见。

“请等一下，不久主持人就会问您的意见。”

助理这样说，但周刊总编和律师轮番唇枪舌剑，主持人好像忘了鲇村的存在。当然，他并没有忘记，应该是按照既定程序在主持。

终于轮到鲇村发言了，但只是事先协商好的内容。鲇村没有办法，只好照本宣科。他听导播说之后还有机会发表意见。

但直到节目结束，他也只有那一次发言。不仅如此，到了节目下半段，他的麦克风就被取下了。

他们出尔反尔，鲇村想。他愤怒的矛头也指向了邀请他上节目的《焦点周刊》的小田切。

他原本打算向小田切抗议报道内容，小田切却说希望他参加电视台举办的讨论会。

“有一个团体在研究少年犯的自新问题，那个团体向我们提出抗议，说我们那样报道等于指名道姓，没有保护少年犯的隐私权。您不觉得这样的话很令人震惊吗？这次我们有注意保护鲇村先生您的隐私权，如果有不周全的地方，我向您道歉。但那些人根本没有资格说什么隐私权，所以我们决定奋力一搏。”

小田切颇善言辞，他明明也遭到了鲇村的抗议，却又用强调他们有一个共同敌人的方式拉拢鲇村。鲇村完全掉入了他话中的陷阱。当然，鲇村听到有人要包庇那些少年犯，一股怒火确实瞬间冒了上来。

答应上电视后，时间一眨眼就过去了。几小时后，他就开始和电视台的人讨论。他本想准备很多东西，还想整理要说的话，但根本没有时间。还未弄明白情况，就轮到他出场了，然后录制就结束了。

鲇村想，上那样的节目到底是好是坏？那个节目有能力诉求什么吗？

他正想到这里，小田切和电视台的人一起出现了。走在后面的是杂志总编和那个姓岩田的律师。小田切没有上节目，但也来到了电视台支援总编。鲇村来到摄影棚后才知道，总编完全不了解这次要讨论的问题，好像在上节目之前，才由小田切为他临时讲解。

令人惊讶的是，那个总编竟然和岩田有说有笑，两人的表情中完全没有残留刚才在节目上的不悦，简直就像认识很久的人一样熟悉。

鲇村茫然地看着他们，小田切发现了他，便走过来。

“您辛苦了，刚才表现得很好。”小田切眯起眼睛，悠闲地说。

“喂！那是怎么回事？”

“有什么问题吗？”

“怎么和你说的不一样？你不是说要让我讲话吗？但我根本没能把想说的说出来。”

“哎呀，这种节目常常会这样，所以才要彩排好几次，请您练习不要做无谓的发言。”小田切的表情看上去很困窘。

“为什么不让我参与讨论？那个总编只讲自己的杂志，根本没有替我表达我的心情。”

“我理解您的心情。”

电视台的人好像注意到了鲇村的态度，都逃之夭夭。

总编和律师仍在聊天，两人都面带微笑。鲇村还看见他们互换名片。

“这是怎么回事？那两个人。”鲇村用下巴指着那两人。

“他们怎么了？”小田切问。

“为什么会聊得那么开心？明明刚才还在争论。”

小田切回过头看两人，随即像是明白过来了，露出微笑。“他们刚才只是在讨论，并不是吵架，所以节目一结束，当然会互相慰劳一番。这没什么好奇怪的。”

“也许吧。但那律师不是来向杂志社抗议的吗？节目结束了，敌对的态度应该也不变，不是吗？”

“话是没错。”小田切搔着头。

总编走了过来，对鲇村说声“辛苦了”，立刻看向小田切。“我先带岩田律师去上次那家店。”

这句话令鲇村瞠目结舌。他好像是打算请律师吃饭。

“哦，好，我知道了。”小田切似乎有点儿尴尬地回答。

鲇村茫然看着总编转身向律师走去。

“喂！小田切先生。”

“好啦，好啦！”小田切边说边用双手做出让鲇村息怒的动作，“请不要那么在意，我们都是成年人，您也该明白多少都要使些手腕吧。”

“什么手腕？你也设想一下被迫参与这场闹剧的人的心情吧！”

可能是因为被说成闹剧而心下不悦，小田切也沉下脸来。

“喂，那个条件怎样了？”

“条件？哦……”小田切摸着下巴上的胡子。

当初答应上电视时，鲇村提出了一个条件。他希望小田切能给他介绍写《焦点周刊》那篇报道时访问过的人。他对那个和伴崎敦也他们最亲近的少年尤其感兴趣。

“您还是想见他吗？我觉得就算您见了也没什么用。”小田切明显有些不情愿。

“现在你才说这种话。”鲇村板着脸，“难道是在骗我吗？”

“不，我怎么可能欺骗您？如果您一定要见，我会想办法。我只是为您着想——”

“你别假装为我着想了，给我遵守约定！”鲇村瞪着他。

小田切长叹一声，撇着嘴从外套口袋里拿出记事本。

从漫画咖啡厅出来时，诚问了问价钱，吓了一跳，比他预期的要贵。他没有看表，好像已待了近四小时。

天已经黑了。他觉得很饿，但身上剩下的钱不够在外面吃东西或去便利店了。无奈之下，他只好拖着沉重的脚步回家。

他总习惯将手伸进左边的口袋，手机本该放在那里，但今天没带。他在出门时留在家里了。这是警察的命令，因为不知快儿什么时候会打电话给他。

要是这件事能快点儿结束就好了，诚心想。手机也不能随意使用，在家也常常被警察盯着，他和以前的那些玩伴都疏远了。他们和快儿、敦也应该也有些利害关系，却都把诚当作替罪羊，自己躲到安全的地方。现在和诚联系对他们来说都是避之不及的事情。

《焦点周刊》的报道更使情况雪上加霜。虽然没有指名道姓，但里面写了很多诚的事。只要看过杂志，又熟悉这个地方，应该立刻就猜得出那是在写诚。事实上，那本周刊面市那天，亲戚便不断打来电话，附近的人看他的眼神也比以前更冷漠。父亲自然再次盘问，追问他是什么时候被采访的。诚想装傻，但临时想到的谎言立刻就被拆穿了。

“你怎么会被周刊的人骗？你是白痴吗？他怎么可能在报道里不提到你！”父亲的震怒让诚以为会挨打。

确实是被骗了，诚心想，没想到那个人会写到这种程度。但他就是希望对方不写自己，才那么老实回答问题。

可诚不知该如何抗议。他再次见识到成人世界的龌龊与尔虞我诈。

等绿灯时，后面有人叫他：“你是中井诚吗？”

诚回过头一看，是个表情阴沉的矮小男人，看起来五十岁左右。难道又是刑警？“是我。”他很有戒心地回答。

“可以耽误你一些时间吗？”

“有什么事？”

“先不要问那么多，请你来一下。”中年男人迈开步伐，诚只好跟在他后面。

在距红绿灯有点儿距离的小巷里，那个人停下了脚步。

“你是菅野快儿的朋友吧？”他忽然问道。

诚很紧张，因为那个人全身散发出憎恨的气息。“大叔，有什么事吗？”

那个人翻着白眼瞪着他。“我是被害人的父亲。”

“啊……”

“就是那个被你们当成玩具糟蹋的女孩的父亲，被玩弄后自杀身亡的女孩的父亲。”

诚睁大了眼睛，不由得后退。他会不会是来杀我的？诚一瞬间这么想道。

“我……我什么都没有做啊！”他声音发抖，双腿也开始颤抖。

“别啰唆！你借车给那两个浑蛋了吧？你应该知道他们在做什么，还协助他们，那两个浑蛋拍的录像带，你也看得很开心吧？”

诚拼命摇手。“我都说我不知道了，真的，我什么都不知道。”他环顾四周，想找警察。他觉得自己的处境很危险。

他想逃跑，双腿却无法动弹。就在这时，那个人又说话了。

“你逃走也没用，我知道你家在哪里。话说在前面，我根本不怕坐牢，就算被判死刑也无所谓。”

他要杀我了，如果不赶快逃跑……诚心想。

“菅野在哪里？”那个人说，“你应该知道吧？”

“我不知道，如果知道早就告诉警察了。就是因为我也不知道，警察才一直守在我家旁边监视啊。”

“菅野会和你联系吗？”

“我也不知道。只是有可能而已。”

“好，”那个人点了点头，靠近诚，“你照我说的做，我就放你一马。”他呼出的气息有股腥味。

39

送走两批退房的客人后，和佳子在客厅的角落翻着一本杂志。那是房屋中介每个月都会寄来的东西，上面搜罗了别墅、店面、民宿等方面的信息。长峰好像也通过网络搜集这方面的资料，但这本杂志经常会刊载一些网络上没有的内容。

以前和佳子从未这么认真地阅读这本杂志。对于有心扩充事业的老板来说，这可能很具参考价值。可对她而言，这好像事不关己。隆明也只要有Crescent就满足了，他没有余力扩大事业版图。

再次阅读这本杂志时，和佳子发现要出售的民宿其实不多。过去因不景气而被迫歇业的店很多，但留下来的建筑可能也卖不了多少钱。如果是Crescent，会怎么样呢？直接卖应该卖不出去。房子到处都有损伤，重新营业一定需要花费大笔的修缮费用，可能重建反而更便宜。这样就失去购买二手民宿的意义了。

菅野藏身的废弃民宿，或许就是这种无法售出的建筑。如果是这样，再怎么看这种信息也是徒劳。她怀着这种不安的心情翻阅杂志时，忽然看到了什么。那是介绍二手店的专栏。

有一张白色西式建筑的照片，整体感觉四四方方，非常单调。

远处好像有森林，但建筑好像并非位于茂密的森林里。前方就是停车场，旁边立着一块招牌。

问题是在备注栏，上面写着业主一直到去年年底都在此处经营民宿。

和佳子确认地点，是在小诸市己字高峰，像是在高峰高原附近。她看了交通栏，上面写着下小诸交流道后大约十五分钟车程。

和佳子明白了中介为什么想当作店面出售。这里应该距主干道不算太远。他们一定觉得改成咖啡厅或餐厅生意会更好。而且光从照片来看，实在看不出半点儿民宿的闲适风貌。

距小诸交流道约十五分钟车程，那就是十公里左右。

很符合条件，和佳子想道，便把这页折了起来。就在这时——

“你看什么看得这么专心？”声音从她斜后方传来。穿着围裙的隆明走了过来。

“没什么，只是打发时间。”和佳子赶紧将杂志合上。

但这个动作反而更引起隆明的注意，他将视线投向杂志。“怎么，对不动产有兴趣？”

“我不是说在打发时间吗？”和佳子站起来，“时间差不多了，我去采购东西。”

她想拿起杂志，但隆明比她快了一步将杂志翻开，刚好是她折起来的那一页。“高峰高原的民宿？这个怎么了？”

“没怎么，我只是有点儿喜欢这栋建筑的设计。”

“设计？根本是栋不起眼的建筑嘛。”

“我觉得它外墙的颜色和屋顶的组合很有趣，我们差不多也该重新刷漆了，想参考一下。”和佳子从父亲手里将杂志抢回来，“还有，爸爸，二〇三号房的床嘎吱作响，您修好了吗？上星期的顾客意见卡里有人写呢。”

“那早在前天就修好了。你怎么一直说话带刺啊？”

“我没有说话带刺。”

“你最近很奇怪，只要一出去就不回来。是和丹泽家又发生什么事了吗？”

“没有。因为发生了那种事，有些沉不住气而已。”

“是长峰的事吗？那已经结束了，警方也说不会再来调查了。”

“这样最好。”和佳子拿着杂志走出客厅，径直往玄关走去。她很想知道父亲是什么样的表情，但不敢回头看。

一走到外面，她就钻进自己的车，立刻发动引擎。她从反光镜看后面时，看见父亲正站在窗边往外看，表情明显充满狐疑，一直目送着她离去。

不可能被发现的，和佳子想，但还是感到一丝不安。

刑警来的时候，和佳子谎称几乎没和长峰交谈过。隆明好像很在意这件事。他知道长峰教过和佳子如何使用电脑，也发现他们曾经半夜聊了很久。

她要小心，不要做出不自然的举动，可又有不得已的苦衷。除了松本的楼房，她想不到其他能藏匿长峰的地方。如果她不行动，长峰就会独自行动，那会更危险。

即使不自然，也只能继续掩饰，和佳子下定决心。

一到达她就按门铃，但没有任何反应。她又感到很不安，她明明叫长峰没事尽量不要出去。正要按第二次时，锁咔嚓一声打开，门开了。从门缝中可以看见满脸胡茬的长峰，她松了一口气。

“我还以为你出去了。”

“对不起，刚才在上厕所。”

和佳子点了点头走进房间。她看见那个高尔夫球袋倒在角落，一根又黑又细、像棒子一样的东西藏在下面，还有一些零件。

和佳子意识到长峰刚才是在保养枪支，说上厕所应该是谎言。

“我带午饭来了。”和佳子移开视线，将刚才在路上买的盒饭和饮料拿给长峰。

“每次都麻烦你，真是不好意思。”长峰接过来，“昨天你看电视了吗？”

“电视？”

长峰将食物放在窗边，拿出一台小型液晶屏幕电视，和佳子还是第一次看到这种东西。“我想搜集信息还是需要电视，就赶紧去买了一台，本想买大一点儿的，但不好搬。”

“你刷卡付费吗？”比起电视的尺寸，和佳子更在意这个，应该不会被店员发现吧？

“我用了现金，因为这不是很贵。对了，昨天有一个节目很有意思，一个对《焦点周刊》报道提出抗议的律师和周刊负责人进行辩论。你看了吗？”

和佳子摇了摇头。“没有。他们辩论什么？”

“总之，也讨论不出个所以然来。”长峰嘴角下撇，笑了笑，“那种节目应该都是有脚本的。双方都陈述着一些大道理，或者说无关痛痒的意见。周刊方面无法回答不尊重隐私权的报道方式对社会造成什么影响，而护卫少年法的那一方，则刻意无视并非所有少年犯都能改过自新这个现实问题。”

“那不就一点儿都不好看吗？”

“但他们请了被害人的父亲做嘉宾，我对那个人有点儿兴趣。我在看《焦点周刊》时也感觉到，他和我一样，我们的女儿都是因被伴崎他们性侵犯而身亡，我很想知道他现在的想法。但他昨天在节目里几乎没有发言。”

“就是那个自杀的女孩的父亲吗？”

“是，如果是我，根本没心情去上那种节目，所以我想知道他是怎么调整情绪的。”

“他应该现在也依然很痛苦。”和佳子直接说出想法，“只不过他不知道该怎么做，以为至少可以通过电视说出感受。”

长峰微微点头。“或许是这样。”他将电视放回原位。

和佳子拿出一本房屋中介杂志。“你看看这个。”

“这是什么？”

“我觉得很符合条件，但没去现场看过，不知道实际情况怎样。”说完，她翻开事先折好的那一页。

长峰的眼神变得很可怕。“高峰高原……是哪一带？”

“长野县和群马县交界处，但几乎是在群马县内，离小诸交流道不是很远。”

“应该是。离县道不远，或许很适合菅野藏身。”

“但广告登得这么大，房屋中介应该会常常去巡视吧？”

“不，看过这么多民宿之后，我觉得也不一定。很多民宿管理得很马虎，总之要去看一下。我今晚就出发。”

“你怎么去？”和佳子问道，“从这张地图来看，如果不开车，很难到那里。”

“我坐出租车。”

和佳子摇摇头。“那种地方叫不到出租车。去轻井泽的话能叫到，但你一定会被怀疑。”

长峰陷入沉默，好像是认为和佳子所言不虚。

“我和你一起去。告诉我时间，到时候我来接你。”

“不，可是……”

“你不可能自己去！”和佳子盯着长峰看，“我想你的照片就连租车公司都已经有了。”

“那你可以借我车吗？我一个人从这里——”

“我拒绝。”和佳子立刻回答，“这样很不自然。你觉得这样做就不会给我们添麻烦吗？你是开我的车啊。”

长峰又哑口无言了，他眉头深锁。“我明白了，那就这么做吧。请你带我到民宿附近，我从那里走进去。”

“然后呢？”

“如果那里什么都没有，我会回到车上。不好意思，麻烦你等我。”

“如果菅野在那里呢？”和佳子紧张地问道。

“我会完成复仇计划。”长峰注视着她的眼睛答道，“我一定要报仇，然后通知警察。不，我会先通知你，你要赶紧离开现场，我留在现场等警察来。我被捕后，他们一定会盘问我以前躲在哪里、如何到达现场。我绝对不会说出你的名字，也不会说出这间屋子。”

长峰的语气很冷静，这表示他早已下定决心。和佳子不知该如何反驳。“我知道了，几点来接你？”

长峰看了看手表。“我想等天稍微暗一点儿再出去，七点左右吧。但你民宿那边不是有工作吗？”

“工作的事我会想办法，随便找个借口出来。”和佳子暗忖这样恐怕又要被父亲怀疑，心中非常不安，但还是坚决地说道。

“那就拜托你七点过来了，我会提前做好准备。”

和佳子点了点头。她想，所谓准备，应该就是指保养枪支。

出门后，和佳子不由得长叹一口气。她觉得自己好像走进了深不见底的洞窟，被恐怖的气氛所包围。要回头只能趁现在了，她想。即使她现在说出来，长峰恐怕也不会责怪她。

但她心里明白，如果逃避，她会后悔一辈子。不管怎样她都必须和长峰一起去，而且要注意不被他发现，跟踪他到民宿。如果菅野在那里，即使是用身体阻挡，她也要阻止长峰复仇。

40

从佐久交流道下了高速公路，织部驶向白桦高原的方向。下午五点多了，太阳仍高挂在天空。只要一离开住宅区，苍郁的森林就映入眼帘。“真希望来这种地方不是为了工作，而是来度个假。”坐在副驾驶座上的真野感慨。

“今天很早起床，应该很累吧？你可以睡一会儿，没关系。”织部看着前方说。

“不要把我当老年人，你也一样很早起床。而且我怎么可能叫年轻人开车，自己睡觉呢？”说完，真野叹了一口气，“不过还真有点儿累。”

“因为我们绕了不少地方。”

“长野那些人还真是干劲儿十足，没想到他们一个晚上能搜集到那么多信息。”

“总共有……六个地方。”

“还好几乎都集中在轻井泽，否则长野县这么大，到处绕来绕去，还真吃不消。”真野苦笑着。

织部和真野今天早上离开东京，和其他调查员一起前往长野县警察局，事先已经请他们列出长野县境内所有停业的民宿。尽管时间很短，资料却很齐全。

根据这些资料，他们分配好各自负责调查的民宿，但到目前为止，还没有发现菅野可能藏身的地方。

列出的对象都已查过，今天的调查到此为止。但真野提议和织部一起去 Crescent，即长峰曾住过的民宿。

“根据川崎先生他们的报告，好像在那里并没有得到有关长峰行踪的线索……”织部提到了曾前去的调查员。

“我知道，我们也不见得有什么收获，但或许能知道长峰当时的样子。”

“样子？”

“长峰带着猎枪，要杀菅野。有杀人念头的人可分为两类：一种愤怒且充满杀气，到了迷失自我的地步，另一种则冷静得令人害怕。从杀死伴崎的现场看，他好像是会因一时冲动而行动的人，但此后又消失得无影无踪，还寄给调查总部那封信，或许他现在已经非常冷静了。”

“如果他已经冷静下来，就可以想办法说服他？”

真野回答：“正好相反。如果现在他已经冷静下来，要让他改变心意就更困难了。如果他还有一点儿犹豫，可能就会放弃复仇，主动投案。”

织部轻轻点头。前方出现了蓼科牧场的指示牌。

从那里大约再开二十分钟，就来到了 Crescent。听说看到绿色屋顶就是了，因为在电视上看到过，织部有印象。

老板木岛隆明和女儿出来迎接。织部他们在来之前已先行通知。

木岛隆明下巴上留着白胡须，看起来很敦厚。但他带织部他们到客厅后，用略带讽刺的语气说道："你们对我说过，不会再来问我问题了。"

真野苦笑，搔着头。"您好像是在骂我们很官僚，我们不同警察局之间的沟通做得不太好，很抱歉。请容我解释一下，我们不是追查长峰的，而是要追查长峰想报复的那个年轻人。"

木岛隆明带着难以理解的表情点了点头。他一定是在想，虽然追查的对象不同，但还不是同一起案子嘛！

真野很简短地问了一下长峰住在这里时的情形，木岛隆明的回答也很简洁。总之就是不太记得了。

木岛隆明在回答问题时不时看向女儿，这令织部有些在意。他的女儿和佳子看上去三十来岁，几乎始终保持低头的姿势，不发一语。

"长峰有没有收集房屋中介的相关资料？"真野问道。

木岛隆明蹙着眉头。"房屋中介？"

"不是房屋中介的资料也没关系，例如他是否问过附近有没有倒闭的民宿之类的问题？"

"哎呀，这个嘛……没听他问过。"

"这样啊。"真野点头。

织部发现木岛隆明这时又偷偷瞄了瞄女儿的侧脸。

他们问完一连串问题后，便请求去看长峰住过的房间。他们说要自己看，真野拿了钥匙。

房间在二楼，是一个放了两张单人床的整洁的小房间。角落里放着一张小书桌。

房间里残留的指纹已经分析完毕，证明长峰的确在这里住过。

"长峰并不是一直待在这个房间里不出去，听老板说，他好像每天都出去。想必一定是去找菅野。他到底想用什么方法找呢？

应该没有任何线索才对。”真野自言自语似的低声说道。

“那或许是我们自以为是的想法。反正长峰至少知道菅野在长野县。”

“应该是从伴崎那里问到的。”

“杀伴崎的事也是，当时我们都不清楚，长峰怎么会知道那两个人就是杀害女儿的凶手？这依然是个谜。”

“是啊，他现在或许和我们一样，在到处寻找倒闭的民宿。”真野思忖着。

两人从房间走出来，听到了楼下的谈话声。

“这么晚了还要出去？”木岛隆明说。

“忽然有急事，而且现在才六点多，并不晚，不会有事的。”

“可还有很多工作要做。”

“今天晚上只有一批客人，而且我已经拜托多田野了，您应该不会太累。”

“你到底要去哪里？”

“我要去松本的朋友家，她老公忽然住院，她要赶往医院，但需要有人帮她照顾留在家里的小孩。”

“你哪一个朋友？”

“告诉您您也不知道。”

“你非去不可？”

“是啊，没有时间再跟您说了，我现在就要走。”

两名刑警看见身穿连帽衫的和佳子从玄关走出去。

织部走下楼梯。“发生什么事了吗？”

“没，没什么……”木岛隆明显得很狼狈，“房间怎么样？”

“我们看过了，谢谢您。”

木岛隆明接过织部递来的钥匙，然后一直盯着钥匙。

“怎么了？”织部问。

“不，那个，长峰还是下落不明吗？”

“我们正在调查。”

“刚才您问我长峰是否在找倒闭的民宿，那有什么关系吗？”

“这个嘛，我们掌握的线索中有这个东西……但还不能说。”

“这样啊。”

“怎么？”

“不，只是有点儿好奇，觉得您怎么会问这么奇怪的问题。”木岛隆明亲切地笑了笑，走进了客厅。

这时手机响了，是真野的。

“喂……哦，刚才谢谢您……哦，又发现了一家？一直营业到去年年底。地点是……咦？高峰……高峰高原？请等一下。”真野捂住电话，看着织部，“长野县警察局打来的，说是又发现了一家歇业的民宿，现在可以过去吗？”

“可以啊。”

“地点在高峰高原，请去确认地点。”

织部回答“知道了”，随即将手伸进西服口袋，掏出长野县的地图，蹲下来摊在地上。

真野一边记录一边继续通话。

“……小诸市……从小诸交流道下来约十五分钟，民宿的名字是……双叶屋？是用汉字写的吗？用片假名，我知道了。”

挂断电话后，真野将记下来的东西拿给织部。那上面潦草地写着详细地址，织部立刻就在地图上找到了。

“就在这一带。”织部指着地图的某一区，“现在出发，我想应该用不了一个小时。”

“那就去看看。”

“好啊，既然他们特地通知我们了。”织部将地图折好，站了起来。不知何时木岛隆明已从客厅走了出来，看着他们。

“发生什么事了吗？发现长峰躲在哪里了？”

“不，还没有。”真野摆了摆手，然后看着织部说，“走吧。”他再次对民宿的老板低头致意。“谢谢您的协助。”

织部听见背后传来这个声音，便打开了玄关的门。

和佳子在松本的楼前停车时，已是晚上七点十分左右。她赶紧跑进楼，按了门铃。长峰好像已经等了很久，立刻就有回应，打开了门。

看见长峰后，和佳子吸了一口气。他的衣着还是和平常一样，但样子有了变化，胡子剃得很干净，头发也整理过。

“对不起，来迟了，其实是有警察来我店里了……”和佳子告诉长峰又从东京来了两名刑警，“那些人还问你有没有找过倒闭的民宿。我想他们可能已经知道菅野躲在那种地方了。”

长峰丝毫没有惊慌，嘴唇抿成直线，用力点了点头。

“是有这个可能，不知道向我密报的人到底是谁，所以这个线索会流到哪里也不得而知。”

“那家高峰高原的民宿，警察也可能会去调查。”

“事情迟早会变成这样，所以我们更要和时间赛跑了。”长峰看了看手表，“可以走了吗？”

“当然。”

长峰抱着旅行包和高尔夫球袋走了出来，将帽子戴在整理过的头发上。

和佳子盯着长峰。长峰注意到她的视线，露出微笑。

“不知什么时候才能再刮胡子，我想趁现在剃干净。”

和佳子不知该如何回答，只是看着地上。长峰一定已经考虑到被捕之后的事了。

长峰将行李放到汽车后座上，坐进副驾驶座。和佳子看他系好安全带后，便发动引擎。

“我不知道在小诸的那个民宿是否能找到他，”长峰说，“但我不会再回这里了，真的很谢谢你。”

“如果菅野不在那里，你要怎么办？”

“请你先送我到最近的车站，然后我再想该怎么做。”

“但是……”

长峰摇着头。“我不能再依赖你了，又有警察来找你们了，如果他们在你们店里进进出出，不可能不注意你的一举一动。再继续下去，他们迟早会发现。”

“我自认为掩饰得很好。”

“你不要小看警察，而且别忘了你四周也有很多人，或许其中已经有人觉得你的行为很可疑了。”

和佳子垂下眼帘。长峰说中了，父亲一定会针对今天晚上的事追根究底。

“走吧。”长峰语气温和地说。

和佳子点了点头，脚慢慢放开刹车踏板。

41

织部驾驶那辆租来的车离小诸交流道只剩几公里时，真野的手机响了。

“喂……哦，近藤啊。”

从真野的回答，织部得知打来电话的是同组的刑警。

“……什么？我知道了。我们快到小诸交流道了，我想大约二十分钟就可以到那里。”

织部不时望向旁边。他感觉前辈的语气好像变得有点儿紧张。

“……嗯，织部知道地点，请你们再等一下。”挂断电话，真野长叹一声，“近藤他们已经到了民宿附近，还在附近打听了一下。说是附近，但民宿附近并没有住户，所以好像也有一段距离。”

“问到什么了？”

“他拿菅野的照片给便利店店员看，对方称大约见过菅野两次。”

织部更用力地握紧方向盘。“应该能抓到他吧。”

“还不知道，只是我叫他们等我们到了再一起进民宿。房屋中介的人好像也没到。”

“向组长报告了吗？”

“近藤报告过了，组长要我们一旦找到菅野，就当场逮捕。”

织部做了个深呼吸。他觉得好像终于要穿过一条很长的隧道了。

织部和负责销售那家民宿的中介联系过，当时负责的人不在，所以不了解详细情形，但接电话的人告诉他到目前为止并没有异状，只是不知道负责的人多久去巡视一次。从对方的语气来看，织部觉得至少已经有一两个月没人去看过了。

接近小诸交流道的出口附近时，织部减慢了速度。从高速公路下了交流道后，织部依照卫星导航系统的指示行驶。他们在出发前已经将民宿的地址输入导航系统。经过浅间产业道路，穿过两个隧道后右转，这样绕一圈后，就刚好来到刚才穿过的隧道上方。现在是往上坡行驶，他们看见了“小诸青年之家”的标志。

“就在那里。”真野说，“我听近藤说，就在那附近。”

他们看着那栋像是体育馆的建筑，从前面经过后，大约又开了一百米后将车停下。真野拿出手机。

“喂，我是真野。现在我已经过了青年之家……知道了。”真野没挂断电话，对织部说，“再往前开一点儿，速度放慢一点儿。”

织部如言发动车子，看见一辆白色厢型车停在前方的路旁。

“停在那辆车后面。”真野说完便挂断电话。

织部停下车。厢型车上下来两个男人，一个是近藤，另一个织部并不认识。

“你好，这位是负责销售那家民宿的中介，我请他带来了钥匙。”近藤对真野说。

真野对那个人说：“不好意思，特地麻烦您走一趟。”

“不，没关系。”那个人转着眼珠说道，“我们只是帮业主寻找买主，他并没有委托我们管理。钥匙交由我们保管，也只是方便我们带买主来看屋子……”

真野苦笑。“我们并没有责怪你们。”

“是吗？不，如果有什么问题，我不知该怎么办……”

“通知业主了吗？”

“刚才我打过他的手机，他目前住在东京，没办法立刻赶过来。他说一切交给警方处理。”

真野点了点头。“您是开车过来的吗？”

“是的，我开了公司的车。”

“那请您去车上等，请不要关手机。”

那个人回答“知道了”，慌慌张张地离去。

真野看着近藤。“民宿在哪里？”

“就在前面不远，我想走过去比较好。”

“有人在监视吗？”

“井上在。”近藤说出一名年轻刑警的名字。

他们三人走上羊肠小道。太阳已完全下山了，近藤带着手电筒。

“就是那栋。”近藤指着前方说。

前方大约二十米外，有一栋四四方方的灰色建筑。看起来是西式建筑，但外观并没有独特之处。织部觉得与其说是民宿，更像咖啡厅。

井上正站在围墙旁边抽烟。他发现了织部他们，轻轻举起手打招呼。

“怎么样？”真野问。

“没什么特殊状况，但有点儿可疑。”

“为什么？”

“我看了看建筑后方，玻璃窗已经被打破了，刚好是可以打开门锁的位置，还用木板遮住了。”

真野皱起眉头，点了点头。“有人在里面吗？”

“好像时不时能听见什么声音，但我不能确定，或许是风声。”

真野搓着下巴，看了看年轻同事们。“总之，我们进去看看。”

近藤回答“是”，织部和井上也同意。

拿着钥匙的近藤走在前面，其他三人跟在后面。织部感到腋下开始冒汗。

近藤正要将钥匙插入锁孔时，织部听到了音乐。声音很小，而且不清楚，但四周一片寂静，其他人似乎也听见了。

所有人都面面相觑。

“是手机铃声。”织部低声说。

“好像是里面传来的。”近藤小声说。

真野将手伸向近藤。“我来开锁，你和井上绕到后面。”

和佳子的心跳越来越快。她不自觉地猛踩油门。若在这种地方因超速被抓就太糟了，她拼命想让自己镇定下来。下了小诸交流道，便进入浅间产业道路。地图已经清楚地记在脑海里，穿过两个隧道后右转。

坐在副驾驶座的长峰已沉默了一段时间，一直眺望车窗外的景象，当然，他脑中应该只有复仇。不知菅野是否躲在他们要去的那家倒闭的民宿里，但和佳子感到一种难以言喻的不安。她明白自己已无退路，但预感好像快有结果了。

已经能看见前方的隧道了。穿过这条隧道，前方不远处还有一条，接下来在路口右转，就离目的地不远了。但是，她右转后正要爬坡，忽然看到了难以置信的东西。她急忙刹车。

长峰慌忙用双手撑在仪表盘上。“怎么了？”

和佳子无法回答，只是直直看着前方。

路边停了一辆车，那是一辆灰色轿车，和佳子很熟悉。一个男人站在车旁，盯着他们。

“他是……”长峰说，“你父亲。”

和佳子脑中一片混乱。为什么父亲会出现在这里？她完全不知道。她思绪一片混乱，将手放上排挡杆，想要倒车。

这时长峰按住了她的手。她吓了一跳，看向长峰，长峰却笑了。

“这种地方怎么能倒车？”

“但是……”

和佳子答不出话来。长峰忽然打开车门下了车，朝隆明走去。和佳子赶紧追上。隆明瞄了一眼长峰，然后直直瞪着和佳子。长峰和和佳子来到他面前时，他的态度还是没变。

“爸爸……您为什么会来这里？”和佳子用沙哑的声音问。

“为了阻止你。我心想怎么可能，但事情果然是这样！你把他藏在松本的楼里。”

“请别责怪她。”长峰说，“她只是同情我，我本该更强硬地拒绝。”

“长峰先生，”隆明终于看着他，“我也很同情你，也想帮你什么。但我不能帮你杀人，也不能让女儿这样做。”

“是，当然。”长峰转向和佳子，“谢谢你，我一个人可以从这里走过去。我说过很多次了，即使我被捕，也绝对不会提到你，我可以发誓。”

和佳子摇头，然后看向父亲。“爸爸，您报警了吗？”

隆明紧蹙眉头。“我怎么可能报警！自己的女儿可能是杀人犯的帮手，这怎么说得出口！”

“那警察不会来这里了？”

“是，应该不会。”

“爸爸，您为什么要在这里等？”

“因为……我从你的举动猜出来了，你看过那个房屋中介的广告。我在地图上查询，心想如果在这里等，你们应该会出现。”

果然被父亲发现了，和佳子心想。当刑警们说要去找歇业的民宿时，父亲的表情就很奇怪。

“让我送长峰先生到前面。”和佳子对父亲说，“我让长峰先生下车后，就立刻回家。这是最后一次了，即使没有在这里遇到您，我本来也打算这样做。”

“不行！”

“求您了！”

“我说不行就是不行。现在就回去！”隆明的语气变得很急，“我劝长峰先生还是快去自首，请相信这是为你好。”

“谢谢您，我知道。”长峰对隆明低头致意，然后折回和佳子的车上，拿出高尔夫球袋和旅行包后，又回到和佳子父女那儿，“我从这里走过去，距离也不是很远。”

“不行！太惹眼了。”和佳子摇头。

长峰笑了。“现在这个时间没有人会经过。”他再次向隆明行礼，“给您添麻烦了，很抱歉。再见。”说完，他开始往坡道走去。

和佳子想追他，但隆明伸出右手制止了她。

“我从没想过要帮他复仇，只要一找到那个人，我想先叫那个人向他道歉。我打算阻止他复仇。”

“你不用那么做——”

“那谁来做？大家都和爸爸一样，虽然同情他，但怕麻烦，都躲得远远的。说什么不要惹这种麻烦事，过平凡的人生最好，其实只是自我满足罢了！”

“和佳子！”隆明抓住她的手臂。

“放开我！”

隆明的眼神里混杂着为难与踌躇。他舔了舔嘴唇，低下头去，然后又抬头看向女儿。“有警察。”

“啊？”

“前面的民宿里有警察，我听见了警察的对话，好像还不知道那个年轻人是否躲在里面。”

“爸爸……”

“去告诉他，然后……”隆明叹了口气，继续说道，“送他到附近的车站，但你要从那里立刻返回。我或许很胆小很懦弱，但爱女儿的心不会输给他。”

和佳子深深吸了一口气，隆明松开了她的手臂。

“谢谢。”说完，和佳子跑向她的车。

42

真野打开门后，织部用手电筒照着屋内。

玄关有两道门。应该先脱鞋，但真野直接穿着鞋踩了进去，将门打开。

织部为他照明，看到铺了木地板的宽敞房间。以前这里可能被当作餐厅使用，里面有一个吧台式的厨房。

地上似乎积满了灰尘，到处都是穿着鞋走过留下的脚印，而且像是刚留下不久。

刚才听到的手机铃声已经没有了，也没有说话声，一定是躲在屋内的人发现有人进来了。

真野慢慢往里走，织部在一旁用手电筒照着前方。并排立着两扇门，其中一扇贴着厕所的标志。

真野轻轻打开另一扇门，前方是走廊。走到一半时看见了楼梯，前面也有一扇门。

真野将手机贴在耳朵上，手机一直保持着和近藤通话的状态。

“近藤，有没有异状？”真野低声问，“是吗？你在那里盯着，让井上绕到前面，他或许会从窗户逃走。嗯……拜托了。”

挂断电话后，真野用下巴指了指楼梯旁边的门。

织部点了点头，慢慢将门拉开。那里是仓库，里面有清扫用具和铲子等，似乎没有空间可以躲人。

照亮楼梯后，织部和真野互相看了一眼。

“我去上面看看。”织部说着将手电筒交给真野。

“你带去，上面可能比这里还暗。”

考虑了一下后，织部点了点头：“好。”

织部爬了两三级楼梯，就听见真野叫他。“如果他反抗，不要动手，赶快叫我们。”

“我知道。如果您发现什么，也请不要冲动。”

真野笑了一下。

织部又用手电筒照向前方。楼梯上也布满了灰尘，和地板一样满是脚印，他发现其中一个脚印很明显是球鞋留下的。

织部屏气凝神继续往上爬，所有的注意力都集中在眼睛和耳朵上。对方随时可能发起攻击，所以他紧张谨慎地前行。

二楼也有一个很短的走廊。他用手电筒迅速地照了一下，发现那里好像有四个房间，而且也有厕所。

他先打开最前面那个房间的门。房间大约有八叠大，有两张小单人床靠窗放着，没有其他家具。为谨慎起见，他用手电筒照了照床底，只发现了一个空罐子。

织部又打开下一个房间的门，大小及屋内陈设和刚才那间差不多。他又打开隔壁的房门，也没有什么异样。

可能是躲在一楼，他这样想着打开最后一个房间的门。刹那间，织部睁大了眼睛。

两张单人床并在一起，上面铺着明显是最近刚用过的毛巾被，地上放着饼干袋和泡面的包装。

织部又用手电筒照了床底下，没有人躲在那里。

他走出房间，环顾四周，发现旁边就有窗户，但窗上的半圆形扣锁仍扣得好好的。他开了扣锁，并打开窗户，发现这里就在玄关正上方。井上正很紧张地抬头看着他。

织部微微挥手，将窗户关上。

他想，刚才听到了手机铃声，证明那个人就在这里。会逃到哪里？难道直接逃到了一楼？

总之，先下去看看。他正要往楼梯走时，注意到了厕所的门。

织部握住门把，慢慢拉开门走进去。右边是男厕，左边是女厕。他毫不犹豫地走入男厕，里面臭味四溢，小便器有两个，对面是一个隔间，门紧紧关着。

他将门打开，里面没有人。

他呼出一口气，这时身后忽然传来声音。就在他转过头的同时，一个黑影从女厕冲了出来。

织部从男厕跑出去，手中的手电筒撞到了门边，掉落在地。

他没有去捡，紧追黑影。他发现对方想下楼，便猛扑了过去。对方摔倒了，织部跌在那个人身上，但觉得不对劲儿，和预想中的感觉不一样。

对方想逃，织部赶紧伸出手，好像是抓住了对方的肩膀。那一瞬间，他终于明白了是哪里不对劲儿。

“怎么了，织部？”真野的声音从楼下传来，“不要紧吧？”

“不要紧。”织部说，“姑且先抓住了。”

“姑且？什么意思？”

织部对被他抓住肩膀的人说：“你是谁？在这种地方做什么？”

对方用力甩动身体。

“讨厌，放开我！”是一个年轻女孩的声音。

在标示着“小诸青年之家”的建筑前，和佳子停下了车。

“我想再继续往前开就很危险了。”和佳子对坐在副驾驶座的长峰说。

“是啊。”长峰看着微暗的道路前方，好像很舍不得离开。

“警察正在调查，就算你要找的人就在那里，他也会直接被逮捕，你应该没有出手的机会。”

长峰闻言忽然放松了嘴角。“我知道，只是想既然都来到这里了，是不是应该去看看。你说得没错，留在这种地方一点儿意义也没有。”

“回松本吧。”

“不，到小诸车站就好。你不是答应父亲送我到最近的车站吗？”

“松本也不远，而且如果这个时间你出现在小诸车站，会很惹眼。现在在那家民宿里的警察可能会到小诸车站来。”

“如果真的碰到，我再见机行事，我不想再牵累你了。拜托。”长峰低下头。

和佳子叹了口气，掉转车头。

两人重新驶上来时的路。到达浅间产业道路前时，和一辆摩托车擦身而过。那个骑手身穿T恤和牛仔裤，背着登山背包。和佳子心想还好让长峰坐上了车。即使不被警察看到，一个人走在这种地方也很可能被人发现。

再过几分钟就到小诸车站了。宽敞的停车场里停着几辆出租车，立着一块写着“欢迎来到小诸”的广告牌。一开过广告牌，和佳子就停下了。

“过去这几天真的太麻烦你了。”长峰说，“也麻烦你的父亲了。

我很担心会影响你们店里的生意。”

“没关系，这个周末已经预约满了。”

“是吗？这样我就放心了。”长峰打开副驾驶座一侧的车门。

“长峰先生，”和佳子叫他，“没有其他办法可以宣泄心头之恨吗？”

正要拿起行李的长峰停了下来，盯着和佳子，露出和佳子从未看到过的锐利而阴沉的眼神。

“如果是你，会怎么做？”

被这样一问，和佳子低下头，只能摇摇头。“我不知道。”

“是吧？我也不知道。”

长峰将右手伸到和佳子面前。和佳子一抬头，看见他面带微笑。

“再见，谢谢你。”

和佳子握住他的手，好冷的手。

“如果还有什么可以帮忙的，请和我联系。我告诉过你手机号码。”

“你已经帮我很多忙了，而且我也把你的号码删除了。我担心被捕以后会被警察查到。”说完，长峰便放开她的手。他将高尔夫球袋从后座搬下来，将手搭在副驾驶座的门上。“再见了。”

和佳子想对他说“保重”，却发不出声音。对于将面对绝望命运的他，说这种话又有什么意义呢？

长峰默默点了点头，关上车门。他像是想赶快切断与和佳子之间的关系似的飞快地离去了，完全没有要回头的意思。

和佳子开动汽车，心里慢慢卷起自我厌恶的旋涡。自己又一次逃避了，没有做出任何结论就逃之夭夭。

那个看起来十七八岁的女孩叫优佳。不知她姓什么，问她也不回答。优佳这个名字也是从她手机里的几条短信中查出来的，没有在短信中找到和菅野快儿有关的东西。

织部、真野和她待在二楼的房间里。照明只能靠蜡烛。她好像是将蜡烛放在房间里，当作光源使用。

在这里做什么？从什么时候开始在这里？和谁在一起？对于这些问题，优佳一概不肯回答。她双手抱膝坐着，一直低着头，保持这样的姿势一动不动。

但当真野说出菅野快儿的名字时，她的反应就不一样了。

"你和菅野在一起吧？"

她的身体动了一下，抱住膝盖的双手更加用力。

织部已经确认这里就是拍摄那卷录像带的地点，强暴现场好像就在一楼的餐厅，在录像带里看到的长野县地图现在仍贴在墙上。

很显然，优佳是和男人住在一起，因为从便利店塑料袋里的垃圾中发现了保险套的空包装盒，那个塑料袋里还有很多捏作一团的面巾纸。

还不能证明和她在一起的男人就是菅野，可根据她的反应和种种迹象，织部认为应该不会错。

织部盯着蹲坐在那里一动也不动的优佳，心想有一个可能性，即菅野快儿并非独自一人。十几岁的男孩要躲起来，以普通人的精神状态，是无法忍受这种孤独感的。带着自己信得过的人一起逃亡也很合理。他们居然笨到没有想到这一点，织部感到很懊悔。

"你知道和你在一起的男人是个什么样的人吗？"真野问优佳，"你最近看过电视吗？"

但不管怎么问，她都不回答。织部觉得她是在用肢体语言拒绝别人。

她到底是谁还是个谜，但织部觉得好像在哪里见过她。他只在微暗中瞥了她一眼，所以这或许只是心理作用，但他没想过要强迫她把头抬起来。

真野认为菅野迟早会回到这里，织部也有同感。近藤和井上将停在民宿前的两辆车移开后，便在车上等待。

优佳的手机响起时，真野刚叼起一根烟。看了液晶屏幕后，真野将手机交给优佳。“是谁？”

优佳抬起头来，一脸惊愕地接过手机。真野阻止她按下通话键。“是菅野吧？”

优佳快要哭出来了，很困窘地抬头看着真野。

“你会协助我们调查吧？”真野的语气变得很柔和。

见她轻轻点头，真野便接着说：“你和平时一样说话，然后挂断电话。这样你的罪就会减轻。”

“真的吗？”她问。

“是的。”真野回答。

优佳按下通话键，将手机靠近嘴边。“快逃！警察来了！”她叫道。

真野赶紧抢过电话，优佳用充满仇恨的眼神看着他。

织部边站起来边打电话给近藤。这一瞬间，他想起来了，便低下头看着优佳。

在录像带里见过她。她就是那个在民宿里被菅野他们强暴的女孩。

43

从和佳子的车上下来后，长峰来到小诸车站附近的荞麦面店吃面。现在还有电车，但时间并不充裕，他不打算搭电车。他想从这里坐出租车到轻井泽。但如果立刻上车，万一司机目睹了他从和佳子车上下来的一幕，一定会觉得他很可疑，所以他决定等一等再坐车。

那家荞麦面店也卖些土特产，有一种名叫“小诸城”的酒，长峰买了一瓶。店员将酒放入白色塑料袋。

刚一走出面店，长峰就吓了一跳。车站前的环岛处停了两辆巡逻警车，他隐约看到了警察的身影。

长峰注意着不要走得太快，慢慢靠近出租车停靠站。一个警察走了过来。是个年轻警察。

长峰停下脚步，从塑料袋里拿出酒盒，将手机贴着耳朵，做出像在和谁商量事情的样子。他就是为了冒充观光客才买酒的。

年轻警察瞥了他一眼，立刻毫无兴趣地折返。

长峰轻叹一声，站在出租车停靠站。一辆等待的空车停到他面前。

“去轻井泽。”坐进出租车后，长峰说，“轻井泽车站旁有一家EX商务酒店，你知道吗？”

“哦，是家还挺新的酒店，我知道。”大约五十岁的司机语气轻松地回答。

离开车站后不久，他们又和一辆巡逻警车擦身而过。

“好像戒备很森严啊。”长峰说。

“什么？”

“有巡逻警车。车站也有警察……发生什么事了？”

“啊，好像是在找人。”

“找人？”

“听说是在找一个年轻男人，其实刚才我们公司就接到了电话，说如果有二十岁左右的年轻男人搭乘，就要通报警方。”

“二十岁左右……其他特征呢？”

“没听说。这种时段，根本不会有这种客人坐车。”

长峰闻言咽下一口口水，立刻想难道找到菅野了？

“可以打开收音机吗？”

“收音机？哎哟，不知收不收得到呢。”司机操作着旋钮。

他说得没错，信号的确不太好，好不容易调准了波段，主播的声音也听不清楚，感觉也不像是在播新闻。长峰立刻请他关掉，就算是新闻，也不知会不会播现在这里发生的事。

如果菅野被发现了，迟早会被警方逮捕。

这样自己在这里就毫无意义了，长峰心想。不仅如此，他继续躲藏也没有意义了。

长峰感觉将自己卷入的风浪正在慢慢平息。他明白兴风作浪的人中有一个就是他自己，收尾也应由他完成。

轻井泽的街道就在前方。

织部来到国道十八号线边的小诸分局时，已过晚上十点。这是一栋三层方形建筑。从入口走进去有一条蜿蜒的小路，两旁的树丛修剪得很整齐。

他走进屋内，和警员们打过招呼后走向会客室。在会客室门前，真野一脸疲惫地喝着罐装咖啡。

“发现什么了？”真野抬头看着织部问道。

织部摇摇头。“太黑了，看不清楚。我已将两人留下来的东西整理好，但没有发现能分析出菅野行踪的东西，明天鉴定科的人会从东京过来。”

“就算鉴定员来查，也查不出什么，顶多只能判断出曾经躲在那里的就是菅野。”

“长野县警察局那边有什么行动吗？”

“他们帮了很多忙，可能因为这是媒体关注的案子，他们好像出动了很多警力。”

“但没有任何……成果？”

“因为菅野的照片公开得太晚了。而且也不知道菅野打来电话时人在哪里……”真野咂了咂嘴，“被我搞砸了，真没脸见组长。”

“你是说你叫那个女孩接电话那件事？”

“是啊。”

“但如果优佳不接电话，菅野也会怀疑。我认为当时那样做也是迫不得已。”

真野搔着头。“或许他会怀疑，但他可能会以为发生了什么事，回来看一下，我应该选择这种做法的。现在说这些也没用了。”真野单手将空罐捏扁。

“我也没想到优佳会那样说。”

真野慢慢摇着头。“真不明白年轻女孩在想什么。”

“查出她的身份了吗？”

真野从口袋里拿出一张纸，上面潦草地写着“村越优佳　葛饰区南水元4 － ×”。

“是从手机查出来的，组长说要带她父母过来。”

“久冢先生直接去带吗？”

“是的，这是唯一的线索。”真野指着旁边那扇门，“不过对于现在的孩子，即使把父母叫来，也不见得有用。”

“她还是不说话？”

真野双手一摊，做出无计可施的样子。

“我可以见见她吗？”织部问。

“可以是可以，你有什么办法吗？”

“有件事我还没对你说，我或许认识那女孩。”

真野似乎不懂织部的意思，皱起了眉头。

“或许只是长得像而已，但我觉得见过她。”

“在哪里？”

“在录像带里，就是菅野他们拍的那卷强暴的录像带。”

“怎么可能……”真野的表情扭曲了，“你是说那个被害的女孩？”

“所以我说或许只是长得像……”

真野咬着嘴唇思考着。不久，他抬起头看织部。“好，你去见她吧。”他说完就站起身来。

会客室里放着一张三人沙发，对面是两张单人沙发。村越优佳在三人沙发上，脱了鞋蹲坐在上面。织部他们一走进去，她便转过身背对着他们。

织部慢慢坐到沙发上。“是菅野拜托你和他一起逃亡的吗？”

他对着优佳的背影问道。

她没有任何反应。好像不管问她什么，她都不打算回答。

“听说你父母正赶往这里。如果是不想让父母知道的事情，我想你现在说更好。”

优佳还是不说话。织部和真野对视一眼后，又望向她。

“你不恨菅野吗？”

这样一问，优佳第一次出现了反应。她的肩膀抖了一下。

“我想一般人应该会恨他的，如果曾被那样伤害过。还是说，那是经过你同意的？是在你同意之下才拍的？”

优佳歪过头，斜眼瞪着织部。“你在说什么？白痴！”她的语气和表情似乎很惊慌。

“这位警察先生，”织部瞥了一眼真野说道，“认为不可能会有这种事，他说怎么可能会有人和强暴自己的人一起逃亡？”

优佳又看向另一边，但这次她不是拒绝织部，而是不想被他一直盯着。

“老实说我也难以相信，所以必须确认。如果你再这么沉默下去，只能重新看一次录像了。大家一起看那卷录像带，来确认里面那个人是不是你。”

其实织部并不想说这些，但她态度顽固，也只能如此。

她好像说了些什么，但含糊不清。

“啊？你说什么？”织部探出身子。

他听到了——“随便你！”

“你要看就看吧！反正你们已经看过很多次了。”声音里混着哭声。

“我们还会请你父母来看。”真野在一旁说，“就算这样你也无所谓吗？”

优佳像胎儿一样蜷起身体，一段时间里一动不动。织部正要说话时，她终于开口了。“我是被威胁的。”

“嗯？”织部想看她的脸，“被威胁……是菅野吗？”

她点了点头。“他说如果我不和他一起来，就要把那卷录像带和照片传到网上……”

织部看向真野，真野默然点头。

“你愿意从头告诉我们吗？”织部问优佳。

“请不要给我父母看。”优佳抬起头，眼眶泛红。

“我答应你。”织部说。

双眼哭得又红又肿的优佳，断断续续、毫无条理地说着，织部整理得非常辛苦。但他耐着性子，不时提出问题，或转变话题以缓和气氛，终于问出了她和菅野逃亡的经过。对织部来说，不，应该是对大部分成年男人来说，优佳的回答着实令人难以理解。

优佳大约是在三个月前遇到了菅野他们，是在街上被搭讪的。似乎是伴崎先对她说话，她就这样跟他俩一起去兜风，当时并不知道要去哪里，菅野他们也没什么目标。不久他们发现了那家倒闭的民宿。菅野和伴崎带着她溜进去，用刀胁迫强暴了她。

织部询问优佳当时的心情，她的回答很冷淡。

“就是普通的难过。”

“普通的？”

“嗯。”她点了点头。织部不明白她所谓“普通”的含义。

那起案件发生后，菅野再没和她联系，但前几天又打电话给她，说要一起去旅行。

优佳拒绝了，菅野很生气，说如果她不听话，就要将那些强暴的画面和影像放到网上。

不得已，优佳只好来到约定会合的地方。她很害怕菅野会又对她施暴，但在那里等待的菅野好像变了个人，非常温柔。他首先为忽然叫她出来一事道歉，对她说对不起。

优佳心想如果菅野能温柔待她，与其惹他恼怒，还不如乖乖听他的话，便和他一起去旅行了。他们从东京搭新干线来到长野县。得知菅野的目的地后，她吓得全身颤抖。因为那是他们曾经强暴过她的废弃民宿。

“你不知道菅野正被警方追捕吗？”

对于织部的问题，优佳考虑很久后这样回答：“我想可能是这样，但我觉得那不重要。”

“不重要？”

“因为……我们在一起很快乐。”

他们俩好像以那家民宿为据点，四处去别的地方住。他们住过旅馆，也住过陌生人别墅的停车场。菅野身上有钱，优佳则负责去买食物。但如果是较远的地方，就由菅野去，因为他有摩托车，车自然是偷来的。

他们用手机联系。菅野把手机弄丢了，优佳有两部手机，就把自己的一部借给了他。这对他们来说好像是很“普通”的事。

“你当时应该立刻就明白我们是刑警，也明白我们在追捕菅野了吧？为什么要让他逃走？”

优佳沉默了几分钟，不久，她的回答更是令织部和真野哑口无言。“因为我觉得如果快儿被捕会很麻烦……”

“麻烦？麻烦什么？”

“会被问很多问题，很麻烦。如果快儿没有被捕，我的事也不会被发现。”

问完所有问题后，织部与真野来到另一个房间里喝咖啡。真野似乎头痛难耐，一直按着太阳穴。

44

长峰在高崎的商务宾馆里看到了那则发现和菅野一起逃亡的女孩的新闻，当然，其中并没有提及菅野快儿的姓名。

从新闻得知，菅野果然躲在小诸的那家民宿里。只差那么一点儿，被警方抢先了一步。一想到这里，长峰就很不甘心。但如果不是和佳子和她父亲的好意，现在被捕的一定是他而不是菅野，他应该庆幸才对。而且就算他比警方早到那家民宿，也不知能否碰到菅野，毕竟就连警方也没能抓到菅野。

长峰从椅子上站起来，掀开遮阳窗帘。刺眼的阳光照进来，原本微暗的室内顿时变成了光明的世界。他眯起眼睛，眺望窗外。高崎的街头已经很热闹了。

昨晚他从轻井泽坐末班电车来到高崎。他觉得长野县内的旅馆可能都已收到他的照片，而且或许菅野已经被捕了，那么他已没有理由再留在长野县内。

菅野还没被捕。长峰心想他一定已经离开长野县了。他会逃到哪里呢？令人遗憾的是，长峰对此毫无线索。

长峰离开窗边，倒在床上。

他的身体变得很沉重，那不只是因为连日来的睡眠不足。

菅野逃掉了，但警方可能已经掌握他会逃往何方的线索。既然他们能找到那家民宿，那么找到他下一个藏身处只是时间问题，而且畏惧警方搜索能力的菅野也有可能放弃逃亡，出来自首。

不管怎样，他已完全没有复仇的机会，长峰思忖着。至今的逃亡生活，还有准备好的猎枪，都白费了。

不，这些都不算什么。

对于将来会被逮捕的菅野，他束手无策，这份无力感压得他喘不过气来。法院将来应该会对菅野治罪，但那一判决无法消除他和绘摩的恨意。不仅如此，甚至可能在菅野被判决之前，他就先被定罪了。

长峰是为了复仇才撑到今天的，因此，现在已没有任何东西支撑他活下去了。他的脑海里自然开始冒出寻死的念头。他知道这种行为很懦弱，但即使努力想打消，这个念头还是越来越强烈。

长峰在床上扭动着身体，心想干脆就在这里打电话给警察好了。正如和佳子的父亲所说，他应该去自首。

忽然，他的脑海里浮现出和佳子的脸。

长峰仍不明白她为什么要那样帮他，他知道是出于同情，但无法想象有人会仅仅因为同情就支持杀人计划。她虽然帮忙寻找菅野，但并不赞成他复仇，这或许是她的态度。

长峰想和她聊一聊，现在就打电话给她，问她该怎么办才好。她可能会劝自己自首。长峰觉得如果能被她那温柔的声音说服，心情会彻底轻松下来。

长峰拿起手机开机，随即自嘲似的笑了笑。他已将和佳子的电话号码删除了。他回想起，当初他是为了不拖累和佳子而特意这样做的。

他摇摇头，正打算关机，忽然发现有新留言，好像是两天前才留的。

长峰试着播放，语音提示之后，他听到了那个神秘男人的新留言。

警察已经去长野县了，他们发现了倒闭的民宿。如果靠近那里，恐怕会被警察发现。

长峰很惊讶，再次确认留言的日期。

没错，神秘的信息提供者确实是在警察行动之前通知他的。可见，虽然不知道他目的何在，他似乎并不希望长峰被捕。

这个人为什么能得到如此准确的信息？又为什么要通知长峰？

自杀或自首的念头迅速从长峰脑海里消失，他还有一线希望，就是那个目的不明、身份不明的密报者。

上洗手间的时候，诚的手机响了。出来后，诚看见母亲正拿着电话等他。

“诚，这个……”母亲的表情很僵硬。

诚接过手机，液晶屏幕显示出一个公用电话号码。

诚拿起电话跑上二楼，赶紧将房间的窗户打开。他看见在家对面的马路上停了一辆车。一个警察从车上下来，抬头看他，举起一只手，对他点了点头。应该是叫他接电话的意思。

诚按下通话键。“喂？”

“诚？”传出一个低沉的声音，似乎在窥度这里的情况。

诚立刻知道是快儿，他忽然感到口干舌燥。“嗯，是快儿吗？”

快儿回答："嗯。你旁边有人吗？"

"没有，不过我妈在楼下。"

"她会不会听见？"

"没事的。"诚的声音略带颤抖。

其实，他们的对话楼下的警察应该听得一清二楚。他们在诚的手机里动了手脚。如果被快儿发现了，该怎么办呢？诚一想就很紧张。

"你看电视了吗？"快儿问。

"看了，你躲在长野的民宿里。你能逃掉还真不容易。"

"太惊险了，我没想到警察会到那种地方。"快儿的声音里没有了平时恐吓的语气，他似乎相当焦急。

房间的门轻轻打开，一名刑警走了进来。刑警戴着耳机，手里拿着一张纸给诚看。纸上写着"问出他在哪里"。诚将手机贴在耳朵上点了点头。

"喂，诚，你听得见吗？"诚听见快儿尖锐的声音。

"哦，嗯，听得见，快儿，你现在在哪里？"

"没有在哪里，就是到处乱晃。警察怎么会知道我躲在那家民宿？"

"我怎么知道！我也是看电视才知道的。"

"该不会是你告诉警察的吧？只有你知道那里。"

"我才没说。我只听你们说过长野的民宿，可根本不知道详细地点。"

"……也是。"快儿长叹一声。

诚觉得菅野好像变软弱了。以前，菅野每次找诚麻烦时，几乎不会轻易接受辩解。

刑警再次把那张写有"问出他在哪里"的纸给诚看。诚觉得他真烦。

“你现在还在长野吗？”诚问道。

“怎么可能？我在八王子一带。”

“八王子？你住在那里吗？”

“没有，我来吃饭，顺便打个电话。对了，我以前交代你的事办得怎么样了？”

“什么事？”

诚听到了很响的咂嘴声。

“就是去调查有没有证据表明我们弄死了那个女的啊，你没查吗？”

“哦，那个啊……”诚不知该如何回答。

在一旁监听的刑警赶紧写给他看。“回答没有证据！”

“怎样了？”传来快儿不耐烦的声音。

“哦，我想可能没有证据吧。”诚回答，他看到刑警写下“如果自首可以减刑”，便说，“所以，你还是自首比较好，那样可以减刑。”

快儿哼了一声。“你怎样？警察没找你吗？”

“叫我去了好几次。”

“怎样？那个……你被判刑了吗？”

“没有，警方还不清楚到底发生了什么，那个女孩才死掉了，应该也不知道要怎么给我判刑。”

“嗯……”快儿像在思索，或许是在想要不要去自首。

刑警又写下文字给他看。“如果逃亡，罪会加重。”

“快儿，你还是去警察局自首比较好，你越逃罪就越重。”

“啰唆！我知道，但我不想自首，不想被警察抓，然后被送进少年感化院。”

诚心想，既然这样当初不做坏事不就行了？但他没有说出口。

“我还想再玩玩。”快儿说。

“啊？”

“就算要自首，也等我做些喜欢的事再说。被捕以后就什么都不能做了。”

“哦……或许是吧。”

“不过，我身上没钱了。”

“啊？钱？”

“嗯，我也不知道发生了什么事，但当我用卡取钱时，居然不能用了。不知是不是我家那个死老太婆搞的鬼。”

“死老太婆”指的就是快儿的母亲。快儿始终只把母亲当成取钱的工具。

“诚，你有钱吗？”

“呃，我？不，钱嘛……”

诚正要回答“没有”，看到了刑警急忙写给他的纸条——“回答有钱，可以借你”。

“钱……我是有一点儿，可以借给你。”诚吞吞吐吐地回答。

快儿沉默了片刻，然后说道：“你有多少？”

刑警大大张开双手。

“我、我有十万左右……吧。”诚从未有过这么多钱，但还是这样回答。

“十万？真少。”快儿似乎很不满，“但也没别的办法了。”

“怎样？”

诚问道，他听见对方长叹一声。

“算了，你还是借我吧，现在你身上就有吗？”

刑警用力点头，然后对诚做出“有”的口形。

“嗯，有。”诚回答。

“好，那你带过来。”

“带到哪里？八王子吗？”

“带到这种地方干吗？我只是打个电话才路过这里。我会去你那里，我们找个地方会合。”

“哪里比较好？”

“我看上野好了。”

“上野车站？”

“车站不好，可能会有巡警，反正你去车站旁边，我再打电话给你。”

“我知道了，几点？”

“晚上八点吧，太晚人太少，太早天又太亮。”

“八点在上野，我知道了。”

“你绝对不能告诉任何人，你要是背叛我，我可不饶你！”

“我知道啦。”诚声音微颤。他在想以后该如何解释为什么这段对话会被警察监听。

“那就八点见。”说完，快儿挂断了电话。

诚感到全身无力，直冒冷汗。

刑警没对他说什么，径直冲出了房间。

45

下午三点，鲇村在同样的地方停车，将标示牌从“空车”切换成“回送”。如果一直标示着“空车”停在路边，或许会有客人上车。

他再次确认了时间，表盘上的指针显示三点五分。

他敲了敲方向盘，将视线投向斜前方的便利店。不，准确地说，应该是那家店所在的拐角，中井诚应该会从那里出现。

一到下午三点，中井诚就会走进便利店，如果有菅野快儿的最新消息，他就会戴帽子。鲇村看到后也会走进便利店，若无其事地靠近他。他再将事先准备好的纸条交给鲇村，上面自然写着有关菅野的消息。

鲇村和中井诚达成了以上协议。与其说是协议，不如说是他逼迫中井诚答应的。其实鲇村连中井也很憎恨，甚至觉得他也该杀，但为了知道菅野的藏身之处，只能利用他了。

一直到昨天，中井都遵守约定，一到下午三点就会准时出现在便利店，但没有一次戴着帽子。

其实鲇村本不想用这么麻烦的方式，但中井说不管是电话联系还是直接碰面都不方便。

“我的手机被警察装了奇怪的东西，警察可以监听。可以自由外出，但警察也有可能监视。如果他们看到我和你见面，又要盯上我了。”说这番话时，中井诚快要哭出来了。

所以就想出了这个方法。每天一到下午三点就必须来这里，鲇村因此不敢将出租车开得太远，虽然这样会影响工作，但对现在的他来说，这一点儿也不重要。

鲇村又看了一下手表，快三点二十分了。中井诚从来不曾这么晚过，他越来越焦急。

看见时钟的指针过了二十分后，鲇村便下了车，朝便利店的拐角走去。一转弯再往前走一点儿，就是中井诚的家了。

但转过那个拐角的一瞬间，他不禁停下脚步。中井家前停了巡逻警车，路边还停了两辆车，四周站着一些男人，感觉很明显和普通人不同。

鲇村舔了舔嘴唇，慢慢跨出步伐。他尽量小心不改变步调，心脏却狂跳不已。

中井家的大门开着，几个男人进进出出，脸色都很严肃。

鲇村察觉到事态不同寻常，一定是菅野和中井诚联系了，警察赶到这里商讨对策。

“等一下。”

有人叫住了鲇村。他吓了一跳，停下脚步。巡逻警车旁的男人正看着他。男人个子矮小，大约四十岁。

“你在找哪一家？”

“啊……”

“你不是在找哪户人家吗？还是迷路了？”

“哦，不……”鲇村听懂了对方的意思。他穿着一眼就能看出是出租车司机的制服，如果下车绕来绕去，一般人都会以为是在找路。鲇村挤出笑容，摆了摆手。“我只是在找有没有可以借厕所的地方。”

那个人苦笑。“是吗？那里的便利店不是可以借吗？”

“哈哈……也是，我去试试好了。”鲇村轻轻点了点头就原路返回。他腋下渗出了汗水。

回到车上，他用力吸了一口气，发动引擎，将冷气的风量调大。心跳还是很快，他一边调整呼吸，一边思忖。

难道是发现菅野的藏身之处了？

但如果是这样，警察应该会去那个地方，为什么要来中井诚的家呢？

鲇村看了看表，三点三十分了。中井应该不会去便利店了。他恐怕已经被警察限制外出，就算外出也一定会被跟踪。

那么，难道是中井诚等一会儿要去和菅野见面，但还没确定会合的地点，所以警察必须监视中井？

鲇村越想越觉得可能性很高，如果他猜得没错，现在该采取的行动只有一个。

长峰在饮料台倒了第三杯咖啡。他习惯喝黑咖啡，这次却往托盘上放了一杯牛奶，他有点儿消化不良。

回到座位后，他将牛奶倒入咖啡，略一搅拌。他的桌上没有任何东西，焗鲜虾和汤的碗碟半小时前就被撤走了。

长峰拿出手机，装出正在查看什么的样子，同时端起咖啡杯。他进入这家店已经将近两个小时。他心想等客人一多起来最好就赶快离开，如果女服务员注意到他就危险了，一直盯着他或许就会觉得他很眼熟。

但长峰还是希望尽量待得久一点儿。他从高崎的商务宾馆出来后，还是无法决定接下来的行动，就信步来到了这家餐厅。如果离开这里，他也不知要去何处。

他试着检查手机的留言，他现在唯一的希望就是从神秘男人那里获得密报，所以每一小时就检查一次留言。其实他很想一直开着机，但又觉得警察很可能会打给他。

有一条留言。一小时前还没有，长峰既期待又紧张，他长叹一声。

但并非密报者的留言，他听到了和佳子的声音。

> 我是丹泽，我从新闻得知，上次那家民宿果然没错，但菅野好像已经逃走了。我很担心长峰先生你今后要怎么办，请和我联系，拜托，我的手机号码是090……

和佳子没有将长峰的电话号码删掉。他觉得很为难，但又有种获得到救赎的感觉。他深刻体会到能被人理解是一件多么值得高兴的事。

长峰又听了一遍留言，记下了和佳子的手机号码。他看着那个号码，喝着咖啡。

他不想将毫无关系的人牵扯进来。正因如此，他才在小诸车站与和佳子分手。分手明明还不到二十四小时，为什么却会如此想念呢？他思忖着。他现在的确很想听到她的声音。

长峰对她并没有男女之间的情愫，他最明白现在的自己根本没那种心情。那么他是在寻求慰藉吗？伴随着焦躁与孤独在复仇之路上徘徊时，遇到了唯一一个能理解自己的人，于是想依靠那份温柔，仅此而已吗？

长峰将写了电话号码的纸揉成一团。自己到底在做什么？到现在还在犹豫什么？到底想向和佳子寻求怎样的救赎呢？

他准备关掉手机。他拿这部手机，是为了接收密报者的信息，并不是为了逃避什么。

他正要关机，手机忽然开始震动。是来电。

看见屏幕上显示的数字，长峰睁大了眼睛。正是那张他刚揉成一团的纸上所写的号码。

长峰犹豫着，还是按下了通话键。他觉得如果不赶快接，电话就会断掉。将电话贴在耳边时，他陷入了自我厌恶。接了这个电话也没关系吧，我不是感到很高兴吗，不是很想和她说话吗？

“喂。”他压低声音。

“是……是我，你知道吧？”

“我知道，我听了留言。”

“这样啊，那个，你现在在哪里？”

“我现在……”长峰犹豫着是否要说。

和佳子好像猜出了他的心思，叹了口气。“不要紧的，请相信我。该怎么说呢……这不是陷阱。”

长峰苦笑。“我知道，而且就算被你骗也是没办法的事。我现在在高崎，在餐厅里喝茶。”

“高崎……”

“没有什么用意，只是随便转了班电车，就来到这里了。”

“这样啊，呃，长峰先生，我现在可以去你那边吗？”

“你？为什么？”

“你问我，我也不知该如何回答……可能是为了自我满足。那样扔下你不管，装出一副什么都不知道的样子活下去的话，我觉得我会很后悔。我还是想再和你谈一谈，我觉得应该这样做。”

长峰将电话贴在耳朵上，点了点头。和佳子说的应该是真心话。她已经插手了这么多，如果只能在远远的地方观望结局，或许会觉得很空虚。所以她想见面再谈，确实可以说是为了自我满足。

“喂，长峰先生？”

“我听得见。”长峰说，“在哪里见面？”

“我可以过去？”

“如果只是见面，只要不给你添麻烦就好。”

“没关系，我家在高崎有墓地，可以对父亲说我要去扫墓。”

“我知道了。”

他们只商量好在高崎车站附近会合，至于详细地点，长峰会再与她联系。和佳子说她五点能到。

挂断电话后，长峰将剩下的咖啡喝完，拿着账单站了起来。

长峰心想即使与和佳子见面也没用，她可能是想劝自己自首。但是长峰想听她的话，不管她说什么。他很渴望有人能对自己，能只为了自己说些什么。

一走出餐厅，强烈的阳光令他刹那间感到一阵眩晕，靠在旁边的电线杆上。他拿出太阳镜戴上。

可能已经到极限了，他想。

诚前方摊着一张地图，是上野车站周边的地图，非常详细，不仅有大楼和大型商场，就连小店的店名也写了出来。

一名姓真野的刑警不断对他说明。“一走出车站先左转，请你在这栋流行服饰大楼前站住。在这里手机可以清楚收到信号，我们也可以清楚地看到你。”

“我要在那里做什么？”诚问。

“什么也不用做，只要等菅野的电话就好。你身边会有警察，但不用在意，反倒要注意不要露出不自然的神色。”

“是……”诚微微点头。

接到快儿的电话后，刑警们立刻就赶到了。他们在诚家的电话上也装了录音装置，这是考虑到快儿打电话到他家里的情况做出的对策。

然后他们开始对诚发出各种指示。不知快儿会以什么方式接近诚，为应对各种不同情况，他们准备了模拟问答加以训练。

他们还教给了诚无线麦克风和耳机的使用方法，在和快儿接触之前，他好像必须用这些东西和警察保持联系。听他们的指示时，诚觉得心情越来越沉重。他为自己能否完成这么重要的任务而不安。

另外还有一件事令他不安。

这样下去，快儿一定会被逮捕。到时快儿会怎么看待他呢？

快儿一定会觉得诚背叛、出卖了他。事实也是这样，诚被迫协助警察抓捕快儿。

快儿会被关押吗？但是根据各种媒体的报道，即使被关押也关不了多久。

被放出来后，快儿很可能会对他展开报复，那会是多么残忍的凌虐啊！他只要回想快儿以前干过的勾当，就觉得很恐怖。

只要快儿被杀就没事了，就像敦也那样。

除此以外，他想不到其他能脱离这一困境的方法。如果长峰重树能成功复仇就好了。但已经没有时间了，快儿被捕的时刻正一分一秒地逼近。

真野说了什么，但诚一句也没听进去。

46

五点整，长峰开了手机。他检查留言，结果一无所获。

他在高崎车站旁的咖啡厅中，那是一家自助式的店。他坐在可以眺望马路的柜台前，面前放了一杯拿铁咖啡。大多数顾客都是上班族，看起来像是做完今天的工作，来这里喘口气。

长峰发现自己对他们充满了嫉妒和欣羡之情。在此之前，他也过着这种自己可以稍微掌控的人生——安定的生活、一成不变的每一天。现在他才体会到这些是多么可贵。他现在身体疲惫、心中伤痕累累，即使想回到那时候，也找不到来路了。

为什么会变成这样？这些即使再怎么思考也没有用的事开始在脑海里盘旋，却得不出结果。一切都发生得太突然，如果绘摩没有被那两个禽兽盯上，他现在就能和这些上班族一样，只要想着如何消除一整天的疲惫就好。

归根结底，为什么会有这样的突发事件呢？就是因为有人把那两个畜生生下来却不管他们吗？为什么社会能允许这种事情发生？

长峰看了看四周，心想这并不是允许，只是漠不关心。这里有几个人还记得一个无辜的高中女生被当作性玩具蹂躏并被弃尸的案件呢？他们还记得她的父亲正要为她报仇吗？在播报相关新闻时，人们或许会想起来，但仅此而已。新闻话题一切换，他们的关注点也跟着切换了。

自己不也一样吗？长峰心想。只要能保障自己的生活，别人的事根本无所谓。如果问他是否曾认真思考过少年犯罪问题，或是为了解决问题做过什么努力，他应该也答不出来。

长峰发现自己也是造成这种社会现象的共犯，只要是共犯就有可能遭到相应的报应，他只能认为这次被选中的是自己。

但绘摩并不是共犯，她如果还能活下去，或许会努力改善这个社会。

所以他必须补偿绘摩。如果是自己制造出菅野快儿这样的人渣的，也要由自己来收拾。收拾的方法有很多种，如有人说让菅野改过自新，但长峰无法认同。他认为，社会制造出来的怪物，是无法用人类的力量将其变回人类的。

窗外有三个看起来像是高中生的少女经过，她们有说有笑。长峰忍住几乎溢出的眼泪，伸手端起拿铁咖啡。

这时手机响了。他赶紧按下通话键，将手机贴在耳朵上。

是和佳子打来的，长峰简要地说出咖啡厅的地址，便挂断电话。

和佳子立刻就出现了。找到长峰后，她去买了咖啡，在他旁边坐下。

“等很久了吗？”

“不，没有。”

“这样啊，”她点了点头，喝了口咖啡，“后来有什么事吗？”

长峰没听明白，看着她。

和佳子呼出一口气。“有线索吗？”

长峰苦笑，摇摇头。“毫无进展，我已经束手无策了。”

和佳子低声说：“果然。那……行李呢？”

她应该是指高尔夫球袋。

“我放在车站的储物柜里。没有人会提着那种东西在街上走来走去。”

“也是。”和佳子说，“我觉得你可以就此打住了。”

“你的意思是……”

“我知道你一定心有不甘，但我想令爱一定也不希望你继续下去，失去一切，痛苦不已……或许愤恨难消，但我想她在另一个世界应该会劝你‘算了吧，爸爸’。”和佳子好像是怕别人听见，刻意压低声音，所幸周围没有别的客人。

长峰长叹一声。“我就知道你一定会劝我自首。”

“我的话在你听来，或许只是不负责任的意见。”

“不，”长峰摇头，“不负责任的人不会特地跑到这里。你是真心替我着想，我非常明白，老实说，我很感激，尤其是在我失去目标的现在。”

“那，去警察局……”和佳子窥探着他的脸。

长峰将胳膊肘靠在桌子上，伸手压着眼角。“但我无论如何都想不通。如果我不去做，就没有人替绘摩报仇。反正其他人立刻就会忘记别人被杀的案件，不仅如此，甚至还会替凶手说话，说什么他未成年。”

“但你应该没有办法了吧？”

长峰只能报以苦笑。“你这样说，我很难过。但你说得没错，我连现在要去哪里都不知道。”

“我，”和佳子舔了舔嘴唇，“我觉得为了不使这起案子被淡忘，你应该主动去警察局自首。”

“我去自首，就会有什么改变吗？”

“至少，世人会再次想起令爱的悲剧，不仅如此，你还可以在法庭上质问少年法等问题。挺身自首的你所说的话，社会大众也一定会倾听的。”和佳子看着长峰的眼睛说。

“质问……是吗？”他移开了目光。

“你或许会觉得，我是局外人，所以才能说得那么轻松。”

“不，你或许没错，对现在的我来说，这应该是最好的选择。”说完，长峰靠在椅子上，看着斜上方，“这也是一种吊祭亡魂的方法吧。”

“大家都会站在你这一边。他们都会和我一样，为你的呐喊而动容，我想这样令爱也会感到高兴。”

长峰点了点头，心想确实如此。

“如果你愿意，我可以陪你一起去。”和佳子抬起下巴说，“去警察局。”

“又要麻烦你吗？”

长峰心想，但是这样或许就不用编造拙劣的谎言了。即使是去自首，仍然必须说明以前躲在哪里，到时候该怎么说才能不给和佳子父女添麻烦呢？他一直很在意这件事。如果他说和佳子一直都在劝他自首，警察应该不会判她什么刑。不过，现在才去警察局，长峰也不知道在法律上能否判定为自首。

“只能这样做了。”长峰叹口气，低声说道。

“那现在就去警察局吧？”和佳子睁大眼睛。

看到她的表情，长峰的神色也自然地缓和下来。

“你真是个厉害的人，我一直被你推着往前走。”

“对不起，我太多管闲事了。”她垂下眼帘。

“不，是你救了我。如果没有遇到你，我无法撑到现在，可能早就不知道死在哪里了。”

可能是听到了“死”这个字，和佳子抬起头，露出严肃的眼神。“请你积极地活下去，因为你还必须在法庭上奋战。”

“我知道。”长峰点了点头，“我总是在被你鼓励。”

“那么……”

“好，走吧。”长峰从椅子上站起来。

走出咖啡厅后，他们朝车站走去。要去拿高尔夫球袋。

“请保重身体。”要进高崎车站的西口时，和佳子说。她好像已经开始担心长峰在狱中的生活了。

“谢谢。”长峰微笑，“你也保重。”他伸出右手。

和佳子也伸出右手。两人正要握手的那一瞬间，长峰长裤口袋里的手机响了。他刚才忘记关机了。

他看了看和佳子，将手机拿了出来。没有来电显示。

“喂？”长峰说。

对方可能没想到他会接听，似乎吓得乍一下说不出话来。但随即长峰便听到了低沉的声音。

“今天晚上八点，菅野快儿会出现在上野车站。”

是那个密报者。长峰感到体温上升。

“啊？你说什么？八点上野车站？”

“警察也会去，那是最后的机会。”

“请等一下，你到底——”

电话被挂断了。

长峰瞪了手机一会儿。他没想到在这个节骨眼儿上竟会得到这个突如其来的消息。

八点上野车站、最后的机会——密报者的声音在他耳边再次响起。

长峰关掉手机，放回口袋，然后抬起头，一脸吃惊。和佳子眼眶泛红，直直看着他。

和佳子有种不祥的预感，或者说已经几乎是确信。在现在这种情况下打电话给长峰的人只可能有一个。

“是密报电话吗？”她索性问道，“是吧？”

“不，不是。”长峰摇头，“不是密报电话。”

“那是谁？有什么事？”

长峰没有回答，将视线从和佳子身上移开。

“请不要这样做。”和佳子说，“你好不容易下定决心，不是吗？对你来说……也对令爱来说，你已经做了最好的选择，不是吗？既然这样，请不要三心二意，拜托。”

和佳子说这些话时，体内涌起的热流化为眼泪，在眼眶里打转。路过的女白领惊讶地看着她。

长峰点了点头，将她带到柱子后面。“你说得没错，是密报者打来的。”

“果然是……”

“但是，没关系，你说得没错。我已经知道对我来说什么才是最好的选择了，所以不会改变心意，请放心。”

“那你会去自首？”

长峰慢慢点了点头，说：“会。”

“太好了。”和佳子放心地呼出一口气。

“我去拿高尔夫球袋，请在这里等我。”他将旅行包放到脚边，“我马上就回来，然后你可以陪我一起去吗？”

他是指去警察局吧，和佳子点了点头。

长峰往标示着储物柜的方向走去。目送他离开后，和佳子靠在旁边的柱子上。她这才发现自己已十分疲惫。

她想，终于快结束了。长峰自首以后，她的姓名也可能被媒体报道，她或许会遭受世人异样的眼光，也可能会给父亲添麻烦。但也不得不接受这些。这样做总比半途而废地逃避，然后一辈子后悔要好得多。

和佳子看着脚边的旅行包。她已筋疲力尽。以前长峰只带着这个东西过着逃亡生活，他终于要结束这样的日子了。

她忽然想起了什么，拎起包。很重。

将这个东西放在这里，难道是不再需要它了吗……

和佳子急忙追赶长峰。不久，她来到排列着储物柜的地方。她想，要放高尔夫球袋，必须是大型储物柜。

细长的储物柜整齐地排列着，但那里并没有长峰的踪影。

和佳子开始奔跑，因焦急和绝望而心跳加速，汗水从脖子上流了下来。

她回到原处，但那里也看不见长峰。她捂住嘴巴，环视四周，却只看到和平常一样的景象。

和佳子放下包，双手掩面。

47

快到晚上七点时，中井家门前起了变化。两个警察模样的人将诚带了出来。

将标示牌转到“回送”后，在驾驶座上假装睡觉的鲇村赶紧直起身。

终于要出门了！

鲇村等这一刻已很久了。下午三点多，他发现中井家门前停了几辆巡逻警车，之后的这四个小时左右他一直在监视。

将出租车停在同一个地方很可能会被警察发现。一开始他将车停在他们看不见的地方，然后躲在建筑后面窥探。

不久，巡逻警车开始移动。鲇村一直盯着，诚好像不在车上。现在只剩下灰色轿车还没开出去，那应该是还留在中井家中的警察的车。

确定那辆车上没有人后，鲇村回到出租车上。他发动引擎，将车停在灰色轿车后方约二十米的路边。大约又过了两小时，他觉得很饿，正想去便利店买面包时，诚他们从家里出来了。诚被警察催促着坐上汽车后座，他身穿黑色T恤和卡其色短裤。是要带他去警察局吗？鲇村判断应该不是。如果只是去警察局，不会等这么久。

看见轿车开始移动，鲇村也慢慢发动汽车。

“大约要多长时间？”坐在后座的真野问。

“我想十五分钟以内就能到达。”织部边转方向盘边说，“车停在哪里呢？”

“就停在昭和大道旁边或是附近。你知道上野车站旁有一个很大的天桥吧？”

“知道。”

“让中井从那座桥上走过。好像已经有咱们的人在那里监视了。”

“明白。”织部看着前方点了点头。

案情真可谓急转直下。昨晚刚在小诸的民宿抓到和菅野一起逃亡的女孩，所以直到今天中午之前，织部还和真野他们在长野县。接到菅野与中井诚联系的消息后，他们赶紧回到东京。据说晚上八点菅野会和中井碰面，他们立刻召开紧急会议，做好抓捕菅野的准备。蜂拥而至的刑警们似乎让中井诚不知所措，织部也因这突如其来的发展而头脑一片空白，真野和坐在副驾驶座上的近藤可能也一样。

为什么菅野会和中井联系呢？可能正如他本人所说，钱已经花光了。他带在身上的卡已被冻结。但多半不光是因为钱，这是调查团队的见解，或许村越优佳被捕使得他的意志也动摇了。

一直支持着逃亡中的菅野的，就是村越优佳。虽然她并非扮演鼓励或安慰菅野的角色，但毋庸置疑，她抚慰了菅野孤寂的心。耽于与优佳的性爱，或许可以使菅野暂时忘记自己正被追捕的事实。

对菅野而言，优佳就是让他排遣寂寞的宠物。失去那个宠物后，菅野立刻变软弱了，就和被拿走玩具的小孩一样，不知该如何是好，只想有个人陪在身边或是和人说说话。

真野说菅野本质恶劣，是个只会撒娇的孩子。织部也这样认为。但如果菅野真是这样，那么抓捕他应该不会很困难。他和中井诚的对话也令人觉得他几乎要放弃了。若被刑警围捕，他应该也不会反抗，而是乖乖就范。

近藤对着手机说了些什么，随后挂断电话，对后座的真野说："他们好像从六点多就开始在上野车站的出口监视，但至今还没看见菅野。"

"上野车站的出口很多吧？"真野说。

"好像有四个。"织部回答，"最大的是中央出口。"

"听说所有出口都部署了人手。"近藤说，"只要长得有点儿像的人，就会被拦下。"

"这样做不会被菅野发现吗？"真野咂了咂舌，"唉，这是上级的指示，我们也没办法。菅野对上野很熟悉吗？"他好像是在问后座的中井。

"很熟悉？"

"对周边环境很了解？"

"哦……可能是吧，应该算很了解，他常来这里玩。"

"每次都去固定的地方吗？"

"也不能说是固定，大概都是在街上游荡。"

"他常去的店呢？"

中井答不出来。织部瞄了一眼后视镜，看见中井好像很困惑。

"我不知道，每次都不一样。"中井好不容易吐出几个字。

真野长叹一声，可能是觉得诚的回答毫无参考价值。

斜前方就是上野车站了。驶过跨越昭和大道的大型天桥下方后，织部便驱车左转，在路边停下。他拉起手刹，看了看表，现在是七点二十分。

近藤拿起手机，应该是要打给久冢。

“人真多啊！”真野回过头看，然后说道。

“上野车站周边总是这么多人。”织部说。

近藤挂断了电话。“他叫我们在这里待命。”

真野点头，从怀里掏出烟盒。

“最好速战速决。”

“操作无线电没问题吧？”近藤欠了欠身问中井。

中井默默点头。他脸色苍白，嘴唇发青。

织部又看了一次表，只过了两分钟。

他觉得口干舌燥，心想长峰重树如今在哪里呢？

长峰走出位于阿美横丁的日用品店，手里握着洗地刷。在此之前他还买了大张的包装纸和胶带。

他从高崎搭新干线到东京，折回御徒町后，从那里下车走到上野。他没在上野车站下车，认为出口可能会有警察监视。

正因如此，当他背着高尔夫球袋接近上野车站时，心中也很害怕，觉得好像随时会有人从后面叫住他。他将高尔夫球袋寄存在上野车站旁的储物柜里。约十米外有一个派出所，警察从那里走出来时，他吓得几乎心跳停止，但警察似乎没有发现他。

长峰拿着洗地刷，再次回到储物柜前。确认四下无人后，他将柜子打开，取出球袋，一直走到储物柜室最后面，他发现那里有一个稍微宽敞的空间。他再次环顾四周，将袋子打开。

他把包装纸摊在地上，将洗地刷放在上面，又从高尔夫球袋里拿出十年前买的雷明顿猎枪，检查过保险装置后，便和洗地刷放在一起。他快速将两样东西用包装纸裹在一起，只将洗地刷的刷子部分露在外面，再用胶带固定住。他试着拿了起来，比看上去重多了。这是当然的，因为雷明顿就有四公斤重。

他将不再需要的高尔夫球袋放回储物柜，抱着包好的枪走了出来。

长峰看了看手表，快晚上七点三十分了。他深呼吸后迈出步伐，走上天桥的阶梯。

菅野快儿八点会出现在上野车站——密报者的话一直都是准确的，这次应该也一样。但他没说会出现在上野车站的哪里，也没说为什么会出现。会不会是因为他自己也不知道呢?

密报者还说会有警察，应该是指警察也准备逮捕菅野快儿。就算警察知道菅野会来上野车站，应该也不知道他会以什么方式出现。

长峰心想一定要设法赶在警察之前找到菅野。正如密报者所说，这是最后的机会。就算菅野被警察逮捕，他也要混入人群接近菅野，完成复仇计划。

他站在天桥上俯瞰车站周边。道路左边商店林立，前方的人行道上人山人海。右侧有车站，前方自然也是车水马龙。他很担心这样能否找到菅野。

但长峰很快意识到现在不是考虑这个的时候。他旁边站着一个目光锐利的中年男人，正一边用手机打电话，一边和长峰一样环顾四周。

是警察！长峰下意识地这么认为。

长峰抱着用包装纸裹好的枪，悄悄从那个人身旁走开。天桥直通车站对面的百货公司二楼，他走了进去。入口前方也站着一个男人。

长峰穿过百货公司，搭扶梯下到一楼。从正门走出去后，他看着车站，慢慢沿马路前行。

他下定了决心。不管走到哪里都有警察，他不可能比警察先找到菅野。如果不小心被发现，就毫无意义了。只要菅野一出现，警察就会一起展开行动。那么，在一旁观望应该就能了解情况。

只有在那个时候才能行动，只有那个时候，他想。

七点三十分，近藤的手机响了。

“是要跟我们说差不多该过去了吧？”后座的真野说。

织部挂上无线电的耳机，准备下车。

近藤的样子却有些奇怪，他将手放到织部的肩膀上，拉住了他。

“知道了，我会告诉真野他们。”挂断电话，近藤回头看向后面，“上头说再等一下，有东西要送过来。”

“东西？是什么？”

近藤舔了舔嘴唇，交替看着真野和织部，然后说道：“说要我们带枪，会把枪送过来。”

“枪？怎么回事？”真野问道。

织部想到了。“是……长峰吗？”

近藤点了点头。“长峰好像也来这里了，而且可能已潜入某处。”

“消息准确吗？”

“我不知道，好像接到了密报。”

“密报？”

“一个女人打电话到警视厅，听说是从高崎的公用电话亭打来的。”

“为什么是从高崎……”

对于真野的疑惑，织部也有同感。为什么不是长野而是高崎？

“是什么样的密报？”真野问。

“详细情形我也不知道，好像是说长峰重树为了复仇，已经前往上野车站，希望我们能去阻止。”

“是女人打来的？”

“对。”

真野喃喃自语：“到底是谁呢？”

“看来是知道长峰的行动的人。”织部说。

“或许就是她藏匿了长峰。”近藤双臂环抱胸前。

“可是长峰是怎么知道菅野会出现在上野车站的？”

近藤和真野都没有回答织部的问题。

“长峰……一定有什么……”真野慢慢地说道，“他一定有什么特别的消息来源，否则一开始他就不可能杀掉伴崎。”

“你是说消息来源？可今天的事除了警察之外，应该没有人知道。”近藤说。

“但还是泄漏出去了，一定哪里有漏洞。”真野平静地说。

48

浅间五二八次列车在晚上七点二十五分驶出了高崎车站。根据时刻表，应该会在晚上八点十分抵达上野车站。和佳子不知道八点上野车站会发生什么事，应该来不及了。

但她还是冲上了列车，因为她无论如何都想看到底会发生什么事，长峰会采取什么行动，以及这么复杂的事态会如何收场。

我背叛了长峰吗？和佳了思考着。

走出高崎车站前，和佳子打电话给警察，通报了长峰的行动。警察现在可能正前往高崎车站。

自己一直藏匿长峰，如今却又报警，这或许可说是背叛。

但和佳子又觉得，应该说是长峰先背叛了她。长峰曾经说要自首，那应该不是在说谎，但他却因一个电话改变了心意。

八点上野车站——和佳子听见长峰这样说，当时他的表情显得狼狈又迷惘。

即使这样，和佳子仍相信他所说的“不会改变心意”，或许应该说是和佳子想去相信他。

或许，对于和佳子会去报警，长峰已经有心理准备。那么，他一定不会认为和佳子背叛了他。

我到底希望怎样呢？和佳子扪心自问。报警是希望警察阻止长峰犯罪，但又不只是为了防止犯罪。

杀人自然不好，但和佳子觉得像菅野这种人渣被杀了也无妨。如果菅野在某个地方被某人杀了，和佳子或许会觉得他罪有应得。

但她不想让长峰去做这件事。他女儿的一生已被他们毁了，如果连他的人生也被他们破坏，那不是太悲惨了吗？

长峰已杀了一个人，想必会被处以重刑。和佳子希望到此为止，她想阻止长峰摔得更惨。

但另一方面，希望长峰复仇成功的心情也仍然存在。如果不能预防他摔得更惨，至少她想让他达成心愿。

我到底希望怎样呢？和佳子自己也答不上来。

姓真野的年长刑警看了看手表。诚也跟着看了一眼自己的手表，七点五十分。

“还有十分钟。”真野说。

坐在副驾驶座上的刑警在用无线电说话，声音很低，诚听不清楚在说些什么。其他警察似乎也在听。

“出发吧。”真野对诚说。

诚默默点头，他紧张得发不出声音，口干舌燥，嘴唇干裂。

“他没问题吗？”驾驶座上姓织部的年轻刑警说，“看到他的样子，菅野不会怀疑吗？”

“现在说这个也没用，”真野回答，“会紧张也是理所当然的，不是吗？毕竟要和逃亡中的嫌疑人私会。”

“也是……”年轻刑警点了点头。

“那就走吧。”真野将后门打开。

织部和诚也相继下车。只有副驾驶座上的刑警留在车上。

“就如同我刚才所说，你过天桥走到车站，在车站大楼入口停下，然后等菅野的电话，明白吗？”

“明、明白了。”

“我会在你后面跟着，但你绝对不可以往后看，有需要我会和你联系，在那之前，你就像平常和人见面时一样走路。万一半路忽然遇到菅野该怎么办，你还记得吗？”

“将帽子取下来慢慢接近……”

“然后呢？”

“和快儿站着闲聊就可以了，对吧？如果快儿骑摩托车出现，叫我坐上后座，我也绝对不能坐，要一直等警察过来。”

“这样就可以了，然后就由我们来处理，你赶快离开。”

“……我知道了。”

只要一想到那一刻，诚就浑身起鸡皮疙瘩。快儿应该会被警察逮捕，当他知道自己欺骗了他之后，会露出什么样的表情，会以怎样的眼神瞪自己呢？

走到昭和大道时，真野停下了脚步，用下巴指了指天桥。

“请问……”诚开口。

“怎么？”

“长峰也会来上野吗？”

真野面色凝重。“这个你不用管。”

“但如果他出现……”

“你四周都是警察，只要长峰一出现，我们就会发现，到时会给你指示，你不用担心。”

“哦。”诚点了点头，迈出步伐。真野好像打算稍作等待再跟过来。

大约十分钟前，另外两个警察靠近汽车，他们带着小型手提箱。坐在车上的警察们拿过箱子，打开一看，里面装了手枪和枪袋。真野等三人随即在狭窄的车内装备起来，他们不发一语，使诚觉得本就很紧张的气氛变得更为凝重。

通过眼前这些人的对话，诚得知长峰重树也来到了上野。枪想必就是为了对付他而准备的。诚希望长峰重树能出现，并期待他想办法杀了菅野，因为他想不出其他办法令自己免遭菅野报复。

天桥近在眼前，诚压抑住想回头看的念头，慢慢走上台阶。

看见中井诚走上天桥后，织部和真野一起迈开步伐。他们仔细观察四周，没有发现菅野快儿和长峰重树的身影。

织部摸了摸胸前，确认枪已放好，耳朵里仍残留着无线电中传来的久冢的声音。“带枪是为了避免最坏的情形发生，绝对不要让长峰开枪，只有要避免这一情况发生时才可以用枪。”

带枪的目的可以理解，但欠缺具体的指示。要如何用枪才好呢？只是用来吓退长峰吗？长峰应该不是轻易会被吓退的人。

那么，为阻止长峰开枪，警察应该可以视情况先开枪。只要一开枪，就有可能夺走长峰的性命。难道这样也没关系吗？

织部明白不能让长峰在人潮聚集的场所开枪，但长峰只会锁定菅野一人，应该也不想伤害其他人。那么，他只会在菅野进入射程后才开枪。

警察必须阻止长峰这样做，即使他因此死去也无可奈何，这就是上司们的想法。

总之，这把枪——织部脑海里浮现出自己的枪，这把枪是为了保护菅野、防止长峰绘摩的父亲对杀害女儿的罪魁祸首展开复仇行动而存在的。

他们到底是什么？织部心想，逮捕犯法的人是他们的职责，这样才可以消灭罪恶。多么冠冕堂皇的说法！

可这样真的能消灭罪恶吗？把坏人抓起来然后予以隔离，换个角度看，其实就是在保护坏人。经过一段时间，当社会逐渐淡忘被“保护”的坏人时，他们又可以回到原来的世界，其中有许多人会再度犯法。他们明白，自己不会因犯的罪遭到报复，国家会保护他们。

织部不禁怀疑自己手中的正义之刃是否真的朝着正确的方向。即使方向正确，这把刀又是真的吗？当真具有斩“恶”的能力吗？

中井诚走上昭和大道上方的天桥，和织部他们保持约十米的距离。天桥上到处都是织部熟悉的面孔，他们全是警察。有人穿着西服，有人穿着夏威夷衫配白色长裤，还有男女警察乔装成情侣。

通过昭和大道后，中井诚开始走下通往车站的台阶。

“我去百货公司。”织部对真野说。真野默默点头。

天桥通往百货公司二楼，织部在那之前和真野分开，往入口走去。一走进去，织部就看到一个假装在用手机通话的男人。那是今井小组的川崎，他们的目标是长峰重树。听说长峰已经来到上野了，他一定很紧张。

“怎么样？”织部问道。

“在上野车站出口监视的同事说，没有疑似长峰的人经过。”

“他不一定会从上野车站出来。”

“当然。”川崎说，“御徒町的站员说，一小时前看到一个背着高尔夫球袋的男人经过。很少有人带着这种东西，所以他有点儿印象。”

“给他看长峰的照片了吗？”

“给了，他说不太记得了，没看清长相。”

织部心想这也很正常。要找到长峰，最明显的目标就是高尔夫球袋。但他不可能一直带着那种东西走在街上，一定会用别的东西来掩饰。所以所有调查员都已接到命令，只要发现有人带着细长形状的包裹、盒子等，不论男女老少，都要清查里面装的东西。

“这里就拜托你了。”说完，川崎便打开玻璃门走了出去。

织部走进旁边的咖啡厅，女服务员立刻走了过来。他制止了女服务员，看向窗边的柜台。有一个认识的女警察身穿便服坐在最里面的座位上。他朝那里走去。

“辛苦了。”她抬头看着织部，小声说道。

织部心想这样一听就不是情侣间的对话。他点了点头，坐到她身旁。好像没有其他警察。

织部隔着窗户看向车站。从这里几乎可以看到车站的正面，中井诚就站在车站大楼前，真野却不见踪影。

织部看了看手表，刚好八点。

诚被手机铃声吓得几乎跳了起来。他的心狂跳不已，胸口都痛了起来。

屏幕上没有显示来电号码，他战战兢兢地接了电话：“喂……”

对方好像正在揣测这边的情况，隔了一会儿才说：“是我。”

“快儿？”

“嗯，现在你在哪里？”

“我在上野车站的 Atre 百货公司前。”

快儿咂了咂舌。“你在那么显眼的地方干什么？唉，算了，你带钱来了吗？”

“我带了十万。”

“好，那你现在照我说的去做，你先到轨道下面来。”

“轨道下面？”

“就是电车的轨道啊，你不知道？”

“哦……是铁桥下面啊。”

“别挂电话，快过来！”

“我知道了。”诚迈开步伐。通话内容正被警察监听，他们一定也和诚一样要去铁桥下，快儿被逮捕只是时间问题。

诚心想即使快儿被捕已不可避免，也要想些办法让他不要恨自己。即使不可能完全不恨，至少要将他的恨意冲淡一些。

铁桥越来越近了，诚焦急地东张西望。快儿在哪里？警察到底在哪里监视着自己？

就在这时，诚在人群中看到了一个令他大感意外的人——鲇村。鲇村眼里闪烁着光芒，正盯着诚。

诚感到脑中一片混乱。为什么鲇村会出现在这里？他的确答应了给鲇村提供情报，但今天他们没见面，鲇村应该不知道快儿要来上野车站一事。难道是从他家跟踪过来的？只有这个可能了。

该怎么办？还是通知警察比较好吧？但这样就必须使用无线电，而手机还未挂断，所以现在不能说这个。

不，或许不理会鲇村更好，或许鲇村可以替他杀了菅野。但如果鲇村失手，会有什么后果呢？如果警察知道他向鲇村提供情报，他就会又多一项罪名了吧？

该怎么办？该怎么办？

苦苦思索的诚看到了另一个人的身影。快儿就站在一家二手服装店前。他戴着黑色毛线帽和太阳镜，好像还没发现诚。

诚慢慢走了过去。警察反复教过他，如果看到快儿该怎么做，但他早已忘得一干二净。

不久，快儿也看到他了。

49

“中井现在在铁桥下，手机仍未挂断。”

“帽子呢？”

“还戴着。”

“直接靠近。”

织部听着久冢和真野在无线电里的对话，走出百货公司。他走上天桥，从道路正中央望向铁桥下方，但没有看见中井诚。

“我是真野，发现一个疑似菅野的男人，站在二手服装店前，戴黑色毛线帽、太阳镜，穿灰色衣服。”

织部听见了真野的声音。

“中井发现了吗？”

“他正看着那个方向，疑似菅野的男人正向他靠近。”

“中井摘下帽子了吗？”

“没有，那家伙为什么没摘帽子呢？”真野的声音有些焦急。

“你确认那个男人的长相，或许弄错了。”

“明白。”

织部走到通往车站前的台阶上方。许多人正从铁桥下往车站走，数量相仿的人则走向另一个方向。他终于在其中看见了真野。

随后，他就听见真野的声音：“是菅野，没错！”

“去锁定！”久冢的声音响起，“别被他发现，包围他。”

快儿太阳镜后面的眼睛一直盯着诚，嘴角浮现出微笑。诚想起，不论是在强暴女孩还是在欺凌同伴时，他都挂着同样的表情。

“喂，”快儿发出低沉短促的声音，“你一个人吧？”

诚默默点头。明明感到口干舌燥，全身却大汗淋漓。

“钱。”快儿伸出右手，“快点儿拿来！不要拖拖拉拉。”

快儿只想着跟诚要钱，和以前一样，只是把诚当成利用的工具。

“快儿，那个……”诚心想是不是该告诉他有刑警，这样他也许不会认为是自己背叛了他。但这样做又一定会遭到警察训斥。

“什么事？”快儿皱起眉头。

“没什么。”诚摇摇头，将手伸进口袋。他这才想起根本没带要给菅野的钱。如果见到菅野，应该立刻摘下戴在头上的帽子，而不是给钱。

诚赶紧伸手去摘帽子，正要摘下时——

忽听有人“呜哇”大叫一声，就像饥渴的野兽即将攻击猎物时发出的声音。诚一看，一个男人正朝着他们冲过来。是鲇村。过了一两秒钟，诚才发现他手里好像握着一把刀。

快儿很快就发现了危险，在千钧一发之际闪过了鲇村那把刀。不仅如此，他还飞快地踹了鲇村一脚，踢翻了他。刀掉落在地。那是一把菜刀，快儿手脚利落地捡起刀。

周围的人尖叫起来，悉数向后退去。

“诚！你居然出卖我！”快儿如猛兽般瞪着诚。

诚拼命摇头。“我没有，我没有！”

快儿握紧菜刀，向着诚逼近一步，但立刻像是察觉到了什么，脸色大变，转过身拔腿就跑。

有人从一脸茫然的诚身旁冲过，是真野，还有好几个警察也从别的地方跑出来，紧紧追赶快儿。

鲇村仍倒在诚脚边，呻吟着想站起来。这时，不知从哪里冒出一个男人抓住了他的手。诚心想这个人应该也是警察。

“浑蛋！来搅什么局！”警察大声骂道。

站在天桥台阶下方的长峰觉得人们的动作有些异常。原本三五成群走着的行人，都停下脚步往同一个方向看去，然后像要躲避什么似的，全挤到路边。

一个年轻男人跑了过来，像是将人潮一分为二似的，他手里拿着亮闪闪的东西。但长峰立刻将目光从男人手里的东西移开，看向他的脸，顿时全身颤抖起来。

这个人一定就是菅野快儿！那是长峰每晚都满怀着憎恨与哀伤凝视的脸。

看到追在菅野后面的人，长峰立刻明白那些人是刑警，他们想逮捕菅野。长峰蹲下来，将手伸进旁边的台阶下方，那里藏着一把用包装纸裹好的猎枪。

织部在天桥的台阶中央待命，因为一看见菅野的动作，他就明白菅野一定会上天桥。如果不上天桥，就只能进入车站，这样就形同走进了死胡同。

但菅野居然采取了令人意想不到的行动。他一走到车站前，就抓住一名还不清楚事态、呆站在那里的女孩的手臂，将她拉过来，把菜刀架在她脖子上。

“不要过来！否则我杀了她。”菅野怒吼道。

和佳子刚走出上野车站，正在想该怎么办时，眼前就发生了令人难以置信的事。她两腿发软，无法动弹。

“不是说不要靠过来吗？再往后退！再退！不然我真杀了她！”

一个年轻男人一手扭着一个女孩的手臂——那个女孩看起来像是初中生——另一手挥舞着菜刀。所有人都远远看着他们，周围想伺机接近的应该是警察。

“不要白费力气了，你应该知道即使这样做也逃不掉。放了那个女孩！”穿着西服的中年男人声音很大，用的却是安抚的口吻。

“少啰唆，诚，你给我过来！你这浑蛋，给我记住！我绝不饶你！”年轻男人怒吼着。

诚是谁？和佳子不知道，但她确信那个男人就是菅野。那么……她赶紧搜寻四周。长峰应该就在这里，他一定正混在人群中窥探情形。他现在依然没有放弃复仇，正在找机会扣下猎枪的扳机吗？

看热闹的人陆续聚集过来，根本不可能找到长峰。

和佳子心生绝望，往天桥那边看去。就在这时，她看见一个男人从台阶下方出现。

真是天助我也！长峰想。如果菅野被大批警察制伏，就不可能用猎枪射杀他了。但菅野抓了个人质，还试图作最后的挣扎。这样警察无法靠近他，不相关的人被卷入的可能性也随之降低。

警察好像并不急着逮捕他，负责劝说的警察态度从容不迫。他们想必是认为事情发展至此，逮捕他只是迟早的问题。

“不要动！你们别靠过来！”菅野仍不断叫喊。

真蠢！长峰心想。就连小孩子都看得出来，现在这种情势，再怎么挣扎都是徒劳。在众目睽睽之下，还有大批警力包围，怎么可能逃掉呢？

长峰再次认识到菅野个被宠坏的任性小孩，只有身体发育成了大人，脑袋里毫无社会常识。他以为只要大吼大叫，周围的人就会乖乖听话。

绘摩居然是被这样的人杀的。就像小孩子要玩具一样，菅野也只是想要一个性玩具。在这种人眼中，绘摩根本就不是人。

长峰的视野急速缩小，眼中只剩下菅野，就连菅野手里的人质都已意识不到，也听不见任何声音。

织部依然站在天桥台阶上，观望着事态发展。

千万不可大意，但也没必要焦急。凶手并非据守某处，又被这么多警察包围，根本不可能逃脱。

警方只想避免让人质受伤，即使是擦伤，他们都难辞其咎。真野他们不着急，因为只要过一段时间，菅野一定会投降。只要耐心等候即可。

织部看了看表，八点十五分。菅野到底要坚持到什么时候？估计顶多三十分钟。他抓着少女，体力最多只能撑这么久，最后要么束手就擒，要么放开少女逃跑。织部只考虑着他逃跑时的情形。

织部只顾着看菅野，过了一会儿才发现自己正下方出现了一个男人。不久，他发现不对劲儿，看着那个人，但并没有马上意识到他和这一事件有关。

就在织部发现那个人手持黑色长棒时，围观的群众也几乎同时发出莫名的叫声。

“是长峰！长峰出现了，就在天桥下！”织部一边对着对讲机大叫，一边冲下楼梯。

但这样的报告根本没必要，因为长峰手持猎枪，慢慢接近菅野，眼里似乎没有其他任何人。

看热闹的人一看见黑色枪身，顿时尖叫着逃跑。警察们刹那间无法动弹。如果莽撞地接近长峰，一旦他开枪，后果不堪设想。

菅野快儿也愣住了，脸上现出惊恐的神色。他手上的力道放松了，少女挣脱出来，赶紧跑向真野。他似乎无暇顾及少女跑向哪里。他看见了长峰，眼睛瞪得好大。然后他似乎回过神来，转身就逃。

织部心想糟了。长峰已举起猎枪。

绘摩！长峰一边用瞄准镜捕捉菅野的背影，一边在心中呐喊。现在爸爸要替你报仇了，爸爸要亲手埋葬那个让你受苦、毁了你的幸福人生、夺走你性命的畜生。爸爸其实想用更残忍的手段杀死他，但只想到这个办法，对不起。爸爸杀了这个畜生后就去找你，我们在那个世界相逢，一起快乐地生活，爸爸不会再让你独自一人了，不会再让你受苦了。

长峰稳住枪身。猎物正在逃跑，但对长峰来说，人类再怎么跑都没有用。他看不见四周的动静，也听不见任何声音，全神贯注，用力扣住扳机。就在这时——

“长峰先生！”一个女人的声音划破了这个无声的世界，使得静止的瞄准镜大幅度摇晃。

长峰感到一阵混乱。那是谁的声音？为什么只听得到那个声音呢？他也不知道。但他没有时间思考这些。菅野就要逃掉了，他正要逃进旁边的建筑。长峰再次瞄准目标。

绘摩，爸爸要开枪了。

他扣下扳机。

50

猝然响起的声音撞上墙壁，又反弹回来。那一瞬间，上野车站周边被寂静包围，只听得见昭和大道上的汽车声。

诚不明白发生了什么事，就站在路边。他周围的人也没有移动。这样的状态持续了好几秒。

“请让一让，请让一让！”有人在前面叫着，好像是一个警察。

那声音好像一个暗示，四周顿时变得喧嚣。“怎么回事？出什么事了？”“刚才是枪声吗？”“怎么了？”

诚被后面的人推挤着。围观者想弄清发生了什么事，开始往车站前移动，诚被人潮推着往前走。他听见有人叫着“请让一让”，也听见了哨声。巡逻警车的警笛声也越来越近。

织部仍拿着手枪。他无法动弹，直直看着前方。前方约十米处，他的同事们正围着一个倒下的男人。地上有很多血。

真野走过来，将织部的手压下。“把枪收起来。”

织部终于回过神，赶紧把枪放回怀中。“真野先生，呃，长峰……”

“还不知道，总之你先上车，开枪的警察留在现场会很麻烦。”

“可是……”

“好了，照我说的做！你的判断没有错。”

“真野先生……”

织部看着真野，真野对他点了点头。“快去。”

织部正打算听命离开，忽见一个女人茫然地站在距人墙稍远的地方。

“怎么了？”真野循着织部的视线看过去。

“那个女人……穿白衬衫、牛仔裤的女人，好像在哪里见过？”

“怎么了？那个人有什么不对吗？”

“她刚才大叫‘长峰先生’，所以长峰犹豫了一下才开枪。在那之前不管我怎么叫，长峰都不理睬。”

“哦，我知道了，我来问问。”

真野靠近那个女人，和她说话。那个女人好像没有立刻回过神。看见真野将那个女人带到别处，织部才转过身，走上天桥。

他的手指仍残留着扣扳机的感觉。这是他第一次对人开枪。射击距离比平常练习时近了很多，但他不觉得自己会打中，可当时实在想不到别的办法。

“长峰，住手！把枪扔下！”

织部从后面警告了好几次，但长峰完全没有反应，拿着猎枪，不动如山，从他的背影就可以感受到坚定的决心。

若从背后冲过去，距离太远，剩下的时间已不到几秒钟。若不是那个女人叫住长峰，在织部犹豫不决时，他早已扣下扳机。

织部全神贯注地拿起枪，连瞄准长峰腿部的时间都没有，便瞄准了后背。万一没有打中，也不能令其他人受伤。在这短短几秒钟里，织部想的只有这个。

子弹打中了哪里，织部并不知道。但长峰背后染成一片鲜红的情景映入了他的眼帘，他也清楚地记得长峰倒下时的样子。

织部站在天桥上回头看，长峰仍被警察包围着。不远处，菅野被押上了警车，他看起来完全没有反抗。

你的判断没有错——真的是这样吗？织部心想，他是为了保护菅野才对长峰开枪的，这样做真的对吗？

诚不太明白警察的意思，只能反复说着同样的话："我都说了只打过两次电话，我觉得不应该保持沉默，就打了电话。我没有报上姓名，是因为害怕快儿知道是我密报的，会报复我。"

"你是给谁打的电话？"

"我不是说了打到警察局吗？但没有问对方的姓名。"

"第一次你打的号码是从传单上看到的？"

"是的，是在车站捡到的传单，上面写着一起女孩被杀的案子，说如果有任何线索，请打电话。"

"是这张吗？"警察拿出一张纸放在诚面前。

"对。"

"这里有三个电话号码，你打的是哪一个？"

"要我说多少次呢？我说我打电话到警察局。"

"那么是哪个号码？"

"就是这个！"诚指着其中之一，"写着城东分局，我就打到了这里。"

"真的？会不会是你弄错了，打到上面的那个号码呢？"

"不会。对方接起电话时，还说'这里是城东分局'，然后我对他说，我看到了传单才打电话来的，他就将电话转到另一个地方，我对接电话的人说出了敦也和快儿的事。那个人叫我下次打到手机上去，告诉了我另一个电话号码。"

“你把那个号码记下来了吗？”

“我存在了手机里，第二次就打到那里去。我不能用自己的手机，就用了家里的座机。”

“第二次打的时候，你透露了什么？”

“我说快儿可能躲在长野的废弃民宿里，就这样。”

“但是，警察都说没有接过你的电话。”

“我说的是真的，我为什么要说谎？我真的通报了，我协助了调查，请相信我。”

在侦讯室里，诚拼命解释。快儿已经被捕，再编些拙劣的谎言反而不好，他觉得有必要将以前说过的小谎做些修正。同时，他也必须坚称他曾打电话到警察局，通报凶手就是快儿和敦也。

诚心想，快儿一定会被送进少年感化院。在他出狱之前，要赶紧离开这里，去远一点儿的地方就业。

正在休假的织部被真野叫出来，是在十月初的某天，长峰事件已过去一个月。两人在一家位于东阳町的旅馆的咖啡厅里见面。

“不好意思，正休假还把你叫出来。”真野道歉。

“没关系。为什么要在这么高级的地方？”织部抬头看着天花板上的水晶吊灯。

“因为那个人就住在附近。”

“那个人？”

“嗯，还有一个人要来。”真野看了看手表，“对了，新工作环境怎么样？”

织部苦笑了一下。“才去一个星期，什么都不知道。”

“也是。”真野也笑了笑。

织部被调到了江户川分局。调动很突然。表面上单纯是为了补充人员，但不必说自然和他在街头开枪有关。但他并没有受到其他惩处。据大多数在场警察的证词判断，他开枪是迫不得已。

真野将目光投向织部背后，织部也回过头去。久冢正慢慢走过来，织部站起身。

“你们俩看起来精神很好。”久冢坐到椅子上，“是谁找我呢？”

“是我，组长。”

久冢对真野摇摇手。“我已经不是组长了，只是普通市民。”

久冢在长峰事件后立刻提交了辞呈。虽说是不可避免的情形，但警察终究开了枪，杀了嫌疑人。他认为自己应该负起这个责任。辞呈被接受了，对认为应该由某个人出来负责的上司们而言，这正是个好台阶。

“丹泽和佳子好像不会被起诉。”真野说，“就是那个藏匿长峰的女人。”

“哦。”久冢点了点头。

“但她的证词中有一部分令人难以理解。她说长峰接到身份不明的密报者提供的情报，那个人到底是谁现在仍是个谜。”

“这表示你们的任务尚未完成？”

“关于这一点，中井诚说出了一件令人在意的事，他说他曾经打电话到调查总部，通报菅野和伴崎是掳走绘摩的人。这一内容和长峰接到的密报电话极为类似。”

“那么中井就是密报者了？”

“有这个可能性，我们已对中井诚展开调查，但应该不是他。中井后来又打了一个电话，通报菅野躲在长野县倒闭的民宿里。当时他拨打的号码，据说就是他第一次报警时，接电话的人给他的手机号码。我们试着调查那个号码，发现是用假名申请的预付卡，那好像是中井打的最后一次电话。他的供述应该可信。神秘的密报者甚至连菅野会出现在上野车站也告诉长峰了，当时中井正被我们监视，根本没有机会打电话。”

“原来如此。”久冢从口袋里掏出香烟，用打火机点燃，吐出一口烟雾。

“长峰从密报者那里得到的情报都非常准确，而且都抓对了时机，全是普通人绝对得不到的情报，所以只有一个可能。”真野继续说，“密报者是警察内部的人，而且是个和调查渊源很深、可以掌握调查进度的人。他能收到来自市民的目击线索，并事先准备好一部匿名的手机。”

织部屏气凝神，看看真野，又看看久冢。织部终于明白真野到底想说什么了。怎么可能？他想。

“三年前的虐杀案，组长一直耿耿于怀。”真野说，“结案后，您仍去被害人父母家，尽量提供信息，您说能做的只有这些。”

“真野先生，”织部说，“你有证据吗？”

真野摇摇头，目光仍停留在久冢身上。“没有，所以我或许正对以前的上司说出冒犯的话。”

久冢从容地抽着烟，动作节奏几乎没有改变。“警察到底是什么呢？”他开口了，“是站在正义的那一边吗？不是，只是逮捕犯了法的人而已。警察并不保护市民，要保护的是法律，为防止法律受到破坏，拼命东奔西跑。但法律是绝对正确的吗？如果绝对正确，为什么又要频频修改？法律并不完善。为保护不完善的法律，警察就可以为所欲为吗？践踏他人的心也无所谓吗？”说到这里，久冢露出微笑，“警察证我拿了这么久，其实什么也没学会。”

“组长的心情我非常理解。”真野说，“我也不想把这件事公之于世，只是有一件事想请教您。”

“什么事？”

“组长……不，您认为神秘密报者的所作所为正确吗？您觉得那就是正义吗？”

原本很平静的久冢霎时变得很严肃，随即又露出笑容。“该怎么说呢？最后的结局是这样，或许不能说是正确。但如果密报者什么都不做，结果会如何呢？当真会有更好的结果吗？菅野和伴崎被捕，形式上受到惩处后很快又可以重返社会，然后重复作恶，还会有长峰绘摩接二连三地浮尸河中。这就是幸福的结局吗？”

真野答不出来。久冢看向织部，织部低着头。

“对，没错。”久冢说，“我们都无法回答。面对孩子遭到杀害的父母，谁能对他们说：‘这是法律的规定，请您忍耐吧！’”

真野仍无言以对，织部也沉默不语。不久，久冢站起来。“我今后还要继续寻找答案，所谓的正义到底是什么？当然，在此之前，针对本案，如果你们带来了逮捕令，那又另当别论。”

真野和织部默默目送前上司离去。几分钟后，真野长叹一声。“今天的事……”

“我明白。”织部点了点头，“我不会对任何人说。应该说是说不出口吧。”

真野苦笑，搔着头。“走吧。”

“好。”

走出旅馆时，真野的手机响了。他简短说了几句后便看向织部。“我本想和你一起去吃碗荞麦面，但现在又有任务了。一个主妇在大楼里被杀了。”

“是年轻主妇吗？”

“好像是中年人。”真野撇着嘴角，“请为我祈祷凶手不是小鬼。”

“我会的。”

真野跳上出租车。目送他离去后，织部转身往反方向走去。

图书在版编目(CIP)数据

彷徨之刃 / (日) 东野圭吾著 ; 刘珮瑄译. -- 3版. -- 海口 : 南海出版公司, 2021.8
(东野圭吾作品)
ISBN 978-7-5442-9976-3

Ⅰ. ①彷… Ⅱ. ①东… ②刘… Ⅲ. ①长篇小说-日本-现代 Ⅳ. ①I313.45

中国版本图书馆CIP数据核字(2021)第067427号

著作权合同登记号 图字：30-2010-034

彷徨之刃
〔日〕东野圭吾 著
刘珮瑄 译

出　　版　南海出版公司　(0898)66568511
　　　　　海口市海秀中路51号星华大厦五楼　邮编 570206
发　　行　新经典发行有限公司
　　　　　电话(010)68423599　邮箱 editor@readinglife.com
经　　销　新华书店

责任编辑　张　锐
特邀编辑　蒋屿歌　朱东冬　王心谨
营销编辑　李　畅　李清君
装帧设计　李照祥
内文制作　王春雪

印　　刷　北京盛通印刷股份有限公司
开　　本　850毫米×1168毫米　1/32
印　　张　11
字　　数　265千
版　　次　2011年1月第1版　2021年8月第3版
印　　次　2024年4月第8次印刷
书　　号　ISBN 978-7-5442-9976-3
定　　价　59.00元